心里满了，就从口中溢出

当厄运威胁犹太人，以色列拉比巴尔·沙姆·托夫就退回森林，点起篝火，低头祈祷。这样，厄运就能被避免。随着时光流逝，这一任务落到了第二位拉比身上。他知道森林中那一处地点，也记住了祈祷文，但他不知道要生一堆火。然而，厄运同样被避免了。第三位拉比只知道那处林中地点，至于火堆与祈祷文则一概不知。可是这一点足够了，厄运也被避免了。最后，这一任务落到拉比利兹恩身上，他对地点、篝火和祈祷文统统不知道。他只会讲故事。

“而这就足够了。”

INDIAN FAIRY TALES

讲了 100 万次的故事 · 印第安

刘锡诚　马昌仪 ——— 编译

北京联合出版公司
Beijing United Publishing Co.,Ltd.

重新发现故事，继续讲故事

从前，幻想国里的一只小蚂蚁、一只鸡蛋和一只知了，为了得到更大的幸福，一起去圣地朝拜。

——法国故事

人类天生需要听故事。人类也天生需要讲故事。

故事是经验的累积，也是想象的扩展。故事是教化，也是娱乐。世界一天天长大，故事也一天天长大，今天的故事和几千年前相比，看上去已经完全不同，但有理由相信，一些藏在故事里的东西，是一直没有变的。它们改头换面，在不同的故事里，以不同的样子出现，以后，它们可能还会发展出更多不同的样子，并且越来越复杂。但无论如何，那些恐惧或希望，那些抵抗或顺服，那些寻找或失落，那些选择或没有选择，那些藏在故事里的、人类的情感和命运，总还在那里。

我们回眸人类童年时代的故事，它们并不一定比现在的故事更高明，但这些朴素的故事里，有一种简单直接的力量，或者说，有一种天真，将很久很久以前，人类祖先的所思所想传递给我们。几千年之后，世界也许天翻地覆，而人们依然可以从那些朴素的故事中接收力量。

故事的这种永恒性，激发着讲故事的人，也激发着寻找故事的人。故事有时候会消失，有时候又重新出现，只看有没有人把它讲出来。这套《讲了100万次的故事》是来自不同时代、不同国家和地区的故事合集，完全源于口头传播，也就是说，它们都是讲出来的故事，而不是被哪个作家写出来的。可以想象的是，书里面的这些故事，有一些已经传承了千百年，甚至更久，说它们是“讲了100万次的故事”一点也不夸张，而与此同时，这些故事被确定为现在这个样子，则只是一段“刚刚发生的历史”，离我们最近的一部分文本，甚至只有不到五十年的时光。这些书曾经在不同的国家、不同的时代，以不同的形式出版过，它们唯一的相通之处就在于，它们都出自那些“寻找故事的人”之手，它们被记录下来的目的，就是为了提醒人们，不要遗忘，而这正是故事传播的动力所在。

一、这些故事，来自人类遥远的童年

那是山多、林多、动物多的年代。

——北欧故事

山多、林多、动物多的年代，已经过去了。它不仅仅是我们时代的往昔，在故事里，它们就已经是往昔了。考古学家和历史学家做了很多工作，想尽力还原那个人类的童年时代，但有时候，故事可以告诉我们一些不同的东西。比如下面这个非洲故事。

天为什么这么高

听说从前天不像现在这么高，天和地是离得很近的。多近呢？人站在地上一伸手就能很容易地把天摸到。

上帝一直是住在天上的。他为地上造了人，造了动物，造了植物。他把他造的人当成自己的孩子，为人准备了美味可口的食物，为人制定了切实可行的法律。当时人们日子过得很不错。

谁知，不幸的事情发生了。

一天，有一个人不知得了什么病，一下子变成了盲人。这是世界上的第一个盲人。

上帝啊，上帝啊！
你为什么惩罚我呀？
我两眼一抹黑啦，
我肚子咕咕叫啦！

后来，他饿得实在支持不住了，气急败坏地举起烟斗就往上捅，他想叫天把门打开，让他去找上帝。

老天啊，老天啊！
快把门打开吧！
上帝再不可怜我
我就要饿死啦！

可是，捅了好长时间，天一动也不动。

于是，盲人又想出了另一个办法：在地上点起一堆火，他以为有了火也许能看到东西。

大火熊熊燃烧起来，火焰越来越旺，火舌直舔到天上。

这时上帝来了，他吃惊地问："谁点的火？"

他万万没有想到自己造出来的人竟敢拿烟斗来捅天，用火来烧天，所以怒气填胸，把手一挥，带着天一步一步地往高处升，一直升到人无论拿什么也够不到的地方。

从这以后，天和地就相距得很远很远了。为了惩罚人，上帝让地上总是有盲人。

这个故事里有恩赐，也有不恩赐。创造和恩赐，要看上帝的心情。这个故事里有冒犯，也有绝望：盲人看上去很蠢，但作为一个人，他做了他能做到的一切，而他能得到的唯一回应，是上帝的愤怒。这个故事里有怀念，也有无奈：天和地没有分开的日子，是好时光，但如果上帝要带走天空，要让人眼盲看不见，人们也只能接受。当然，这个故事里还有命运："谁知，不幸的事情发生了"，对此，无论是人类还是上帝，都没有办法。

我们没办法确切知道这是一个什么时代的故事，但我们完全可以想象，在"山多、林多、动物多的年代"，人们的日子过得可能跟那个盲人差不太多，"不幸的事情"总是会发生，人们只能怀想，曾经有一个黄金时代。就像今日，我们依然怀想"黄金时代"一样。

二、这些故事，铸就人类共同的记忆

世上力气最大、跑得最快的是风；最肥的是土地，因为万物都靠它来养育；最柔软的是手，因为不管你睡在什么东西上面，都要用手来垫头；第四个嘛，世界上再也没有什么能比睡觉更讨人喜欢的了。

——俄罗斯故事

说起"寻找故事的人"，人们首先想到的自然是格林兄弟，《格林童话》也已经成了两百年来最重要的一部经典故事集。但其实，"寻找故事"是持续了一个时代的主题，与格林兄弟同时或稍晚，不同的人在不同的地方，做了相同的工作：阿斯别约恩生在挪威，卡瓦利乌斯在瑞典，阿法纳西耶夫在俄罗斯，之后柳田国男和关敬吾在日本，卡尔·维诺在意大利，劳尔·洛伊奈在芬兰，林兰和董均伦在中国，他们搜集各自国家和地区的故事，去芜存菁，最终给故事一个方便传播的确定文本。有意思的是，人们最初"寻找故事"，是希望通过故事确定一种身份认同，去区别于世界上的其他人。但当我们把不同国家和地区的故事放在一起的时候，会惊讶地发现有些故事具有高度相似性。是的，故事可以依附于任何强有力的外部元素，但也可以很轻易地脱离开它们——有时候，两个故事的外壳、人物、背景、语言完全不一样，但我们一眼就可以看出那是同一个故事。很显然，故事在告诉我们，在民族和地域这些元素之外，"人"其实是所有人更基本的一种共同身份。

我们来读一个法国故事。

树蝇死了

一只小飞蛾和一只小树蝇是朋友，它俩一块儿吃住，一块儿玩耍，好得谁也离不开谁。这天，它们俩一起做晚饭。小树蝇负责做汤。汤做好以后，它想尝尝汤的咸淡，一不小心，掉在大汤勺里淹死了。

小飞蛾哭着离开了家。它遇见了一棵橡树。

"小飞蛾啊，你为什么哭？"

"树蝇死了。"

"那我，我弄掉一根树枝。"

橡树的上空飞着一只喜鹊。喜鹊问：

“橡树啊，你为什么掉枝？”

“树蝇死了，小飞蛾哭了，我就掉枝了。”

“那我，我就脱毛。”

喜鹊落在一道篱笆上。篱笆问：

“喜鹊啊，你为什么脱毛？”

“树蝇死了，小飞蛾哭了，橡树掉枝了，我就脱毛了。”

“那我，我就折断自己。”

篱笆的旁边是一片草地。草地问：

“篱笆啊，你为什么折断自己？”

“树蝇死了，小飞蛾哭了，橡树掉枝了，喜鹊脱毛了，我就折断自己。”

“那我，我把草割了。”

一条小河从草地中间流过。小河问：

“草地啊，你为什么把草割了？”

“树蝇死了，小飞蛾哭了，橡树掉枝了，喜鹊脱毛了，篱笆折断了，我就割草了。”

“那我，我就干涸了。”

一个女仆带着两只水罐来河里打水。她问：

“小河啊，你为什么干涸了？”

“树蝇死了，小飞蛾哭了，橡树掉枝了，喜鹊脱毛了，篱笆折断了，草地割了草了，我就干涸了。”

“那我，我就把这两只水罐打破。”

主妇正等着用水洗黄油。她问：

“女仆，你为什么打破水罐？”

“树蝇死了，小飞蛾哭了，橡树掉枝了，喜鹊脱毛了，篱笆折断了，草地割草了，小河干涸了，我就打破罐子了。”

“那我，我就把黄油扔到围墙上去。”

一个赶大车的人路过这儿。他问：

“女主人，你为什么把黄油扔到围墙上去？”

“树蝇死了，小飞蛾哭了，橡树掉枝了，喜鹊脱毛了，篱笆折断了，草地割草了，小河干涸了，女仆打破罐子了，我就把黄油扔到围墙上去了。”

“那我，我就打马快跑。”

接下去，又引出了其他一些人，由于树蝇的死和小飞蛾的哀悼而引起的这场可怕的连锁反应，不知是如何结束的。

这个故事非常古老，也非常有趣。但有人说它有些幼稚可笑，因此令人难以置信。其实，这个故事反映了自然界的一种规律：到了十一月底，当树蝇死的时候，树本身，以及草地和河流似乎也都与树蝇一起死去了。每年在这个时期，要是我们仔细听听的话，会听到小草在北风的吹拂下簌簌作响，仿佛在说：

“树蝇死了，我们也快死了……”

这是一个顶针结构的故事，不同的国家和民族，类似结构的故事不胜枚举。它不仅是一个故事，也可以是一场游戏，讲故事的人和听故事的人，可以顺着这个顶针结构，把故事一直讲下去，讲到厌倦为止。但如果你像法国人一样，从一只树蝇的死亡开始这个游戏，你迟早会进入那个“白茫茫一片真干净”的世界，当你读到“小草在北风的吹拂下簌簌作响，仿佛在说：‘树蝇死了，我们也快死了……’”这样的句子时，你会感觉到，从故事到文学的那个变化，似乎正在发生。

三、这些故事，帮助人类应对世界的改变

世界已经变了，世界还将变化，你说的故事也许是真的。

——芬兰故事

我们的故事来自传承，至于一个具体故事的起源，则大都渺不可考——也不必考，继续讲下去就是了。

故事大王简·约伦在《世界神奇故事集》的前言之中讲述过一个故事，说的就是故事的起源与传承，我们已经把这个短小又重要的故事放在了扉页上，但似乎还是有必要在这里再郑重地引用一次：

当厄运威胁犹太人，以色列拉比巴尔·沙姆·托夫就退回森林，点起篝火，低头祈祷。这样，厄运就能被避免。随着时光流逝，这一任务落到了第二位拉比身上。他知道森林中那一处地点，也记住了祈祷文，但他不知道要生一堆火。然而，厄

运同样被避免了。第三位拉比只知道那处林中地点，至于火堆与祈祷文则一概不知。可是这一点足够了，厄运也被避免了。最后，这一任务落到拉比利兹恩身上，他对地点、篝火和祈祷文统统不知道。他只会讲故事。

“而这就足够了。”

故事可以是个体内心的密码，也可以是群体信念的表达；故事可以安慰一个人，也可以激励一群人。故事还是记忆，人们的生活方式一代一代改变着，曾经的森林、篝火，甚至祈祷，或迟或早，总归是退出了人们的日常，但故事还在。只要人们还在讲着故事，我们就还是我们。

在简·约伦引述的这个故事里，有一点需要特别注意，如果故事里的每一任拉比都会讲故事的话，那么几乎可以肯定，拉比利兹恩讲述的故事，跟他的每一位前任讲出来的，是不一样的，哪怕那是同一个故事。这涉及到故事的一项超凡能力，它总能和一个时代的精神主流结合在一起，又总能和它们剥离。说到这里，事情已经很清楚了，那个威胁着以色列人，也威胁着所有人的“厄运”，其实就是遗忘，而对遗忘的抵抗，不是森林，不是篝火，也不是祈祷，这个抵抗，是，也只是，故事。

有的时代，有的地方，人们会觉得篝火很重要；有的时代，有的地方，人们会觉得祈祷很重要；有的时代，有的地方，人们会觉得民族很重要；有的时代，有的地方，人们会觉得世界很重要；有的时代，有的地方，人们会觉得所有这些可能都不那么重要，或许一个人自我内在的达成更重要。故事穿行于所有这些时代，以不同的面目出现，和不同时代的主流观念结成同盟，但故事不会在任何时代和地方停下，一旦停下，它就死了。一般来说，我们不大容易区分一个故事里面，哪些部分属于时代意识，哪些部分来自久远的传承，但如果我们一次又一次遇到同一个故事的不同样子，我们或许可以学会分辨出，那些不能遗忘的东西，到底是什么。

四、讲故事，而不是读故事

王子随身带着一块石头，他总把它放在床前。因为这块石头知道世上的一切事情。

——挪威故事

我们相信故事里藏着许多秘密，也许，故事就像那块神奇的石头一样，知道世上的一切事情。所以我们把不同国家和地区的故事收集在一起，并冠以“讲了100万次的故事”这一主题，强调故事作为人类共同的文化遗产，需要我们再次去激活它。激活一个故事的方法很简单，就是把它讲出来。当一个地方的故事被另一个地方的人讲述出来的时候，新的可能性就出现了。

需要说明的是，“讲了100万次的故事”是重要的主题，但“讲了100万次的故事”这套书，确确实实只是一个阶段性的成果。这并非妄自菲薄，事实上，现在这套书，收录了很多经典文本，比如“挪威卷”的原本是阿斯别约恩生的《挪威童话》，这是迄今为止唯一一个从挪威语翻译过来、最接近完整的译本；比如“俄罗斯卷”的原本是阿法纳西耶夫的《俄罗斯童话》，这是俄罗斯文学名著，包括托尔斯泰在内的大量俄罗斯作家都曾经受这本童话集的影响；比如“非洲卷”，不但编译了大量文献，编译者董天琦先生还在刚果（布）记录下来五十多个口传故事，这可是第一手的活生生的故事。

以上这些，都是这套书的重要特点，但它的不足也很明显，首先就是完整性不够，意大利、西班牙、日本、东南亚，以及阿拉伯的故事，都没有能够收入；第二是编译作品多了一些，当然，编译者刘锡诚、马昌仪、曹乃云、董天琦等诸位先生，都堪称故事大家，也代表了故事这个领域的编译水准，但从文献角度出发，不同国家的故事，还是本国学者和作家的编辑版本，来得更加可靠。

即便如此，我们还是热忱向读者推荐这套故事书。这已经是目前市面上可以找到的最完整的人类故事原典，你不可能喜欢里面的所有故事，但其中一定会有能够打动你的故事。还有一点特别需要注意的是，今天的人们，特别习惯给孩子讲故事，但我们这套书来自往昔，来自人类的童年，那时候，现代的儿童观念还没有形成，所以故事里有些来自往昔的观念，并不一定都适合今日的儿童。这一点，希望给孩子讲任何原典性故事的家长都能够加以甄别，不照单全收，也不因噎废食。

《讲了100万次的故事》这套书，在文本上大都有一定的经典性，这是口头文学和书面文学相遇产生的结果，但故事的魅力在于讲述，而讲故事不仅仅需要文字，还需要表情，需要语气，需要肢体语言，在这个意义上，《讲了100万次的故事》只是一个数据库，里面的每一个故事，都等待着，第1000001次被讲述。

所以，开始讲故事吧。

目 录

上编 北美洲印第安人的传说故事

下编　拉丁美洲印第安人的传说故事

第一部分　火地人

第二部分　查科地区

第三部分　热带森林地带与稀树干草原

第五部分　西印度群岛与中美洲

第六部分　墨西哥

上　编

北美洲印第安人的传说故事

神桥

古时候，世界还很年轻，人类也过得很幸福。诸神住在太阳上，给人类一切生活必需品。因此，人类不知道有冻饿之苦。

有兄弟俩，有一次，两人为土地争吵起来。老大想霸占大部分，老二也不退让。大神决定给他们解决纠纷。夜里，趁哥俩沉沉入睡之时，大神把他们带到一片新的土地——高山之国，一条大河把这里的山地分割开来。

大神带着哥俩降落到高山顶上，叫醒了他们。眼前是一片富饶而美丽的土地。

大神对他们说："你们两人各自往不同的方向射一箭，箭头落在哪里，哪里就是你们的土地，你们就是这片领地上的大首领，这条河就是你们的疆界！"

老大朝南射了一箭，落在威拉米特河[1]谷。他就成了穆尔克诺曼部族[2]的始祖和大首领。

老二朝北射了一箭，落在克利基塔特。他就成了克利基塔特部族[3]的始祖和大首领。

1.哥伦比亚河的支流。

2.居住在威拉米特河下游的奇努克人的一个部族。1833年白人殖民者带来了麻疹，几乎使该部族灭绝。

3.居住在华盛顿州西北部的印第安部族。

接着，大神在河上修建了一座桥，并对兄弟俩说："我在河上修了一座桥，让你们和你们的亲属相互串亲戚走动。这座桥是你们和睦相处的象征。只要你们和睦相处，这座神桥就会安然无恙。"

这座桥的桥石很宽很宽，可以让好几个人骑着波尼马[1]同时通过。

许多年过去了，人们和睦相处，探亲走访，相安无事，谁也不知道从什么时候开始，一切都变了。人们被嫉妒和贪婪迷了心窍，常常吵个没完。大神非常恼火，为了惩罚他们，把太阳熄灭了。失去了火，天又下起冻雨，人都冻僵了。

大神发怒了。这时候，人类才知道后悔。他们去央求大神把火种还给他们。

"把火种给我们吧，我们都要冻死了！"他们向大神祈求说。

他们的祈求使大神心软了，他来到一个老奶奶的家里，那里的火还没有熄灭，因为她一生没有做过坏事。

"如果你能把火种分给大伙儿，你想要什么，我给你什么！"大神许诺她，"你最希望得到什么呢？"

"我想变得年轻漂亮。"老奶奶不假思索地说。

"明天太阳出来的时候，你就会变得既年轻又漂亮，"大神说，"不过，你得先把火种拿到大桥中央，放在河两边的人都看得见的地方。你要守住火种，让它永不熄灭，叫人类记住大神的善心与仁慈。"

1.一种80厘米~140厘米高的矮马。

“明天太阳出来的时候，你就会变得又年轻又漂亮，”大神说，“不过，你得先把火种拿到大桥中央，放在河两边的人都看得见的地方。你要守住火种，让它永不熄灭，叫人类记住大神的善心与仁慈。”

——《神桥》

这个名叫路·威特的老奶奶照着大神的吩咐做了。大神命太阳重新普照人间。第二天早晨，当太阳升起的时候，人们惊奇地看到，在桥上的篝火旁边坐着一个漂亮的姑娘。人们也看见火了。他们的家里很快就变得暖融融的了。就这样，河岸两边的人又重新笼罩在和睦友爱的气氛之中，这样的日子过了好长一段时间。

小伙子喜欢火，更喜欢眼前这个美丽的姑娘，有事没事老去找她。姑娘看上了两个小伙子：一个漂亮的小伙子是南岸的首领，叫威斯特；另一个漂亮小伙子是北岸的首领，叫克里基塔特。姑娘拿不定主意，不知哪一个更好。

两个小伙子互相猜忌、争吵，甚至大打出手。许多武士参与其中，大河两岸爆发起了一场惨烈的争斗，不少武士在争斗中身亡。

大神看到人类这种背信弃义的行为不禁大怒，于是他把象征两个部族和睦相处的神桥毁掉，把桥板扔到河里，还把两岸的首领变成两座大山。据传说，这两座山峰直到如今还为路·威特争吵不息哩！它们喷出熊熊的火舌，互相抛掷着烧得赤红的石块。大部分石块打不到对方而落到河里，堆积了起来。这就是为什么哥伦比亚河这样弯弯曲曲，而且它的主流特别是靠近泰达勒斯城这一段，水势这样湍急的缘故。

路·威特变成一座积雪覆盖的山峰，直到如今还保持着大神赠予的青春与美貌。如今她的名字叫圣·艾伦斯山，威斯特叫胡德山，而克里基塔特叫亚大穆斯山。神桥塌陷的那个地方及其山岩，就是哥伦比亚石滩。

波特拉奇节[1]的来历

有一次，在离村寨不远的洋面上飞来了一只怪鸟。所有基拉乌特印第安年轻的小伙子都跑到海岸上，想把怪鸟射下来。可是，谁也没有成功。那时候，蓝色的松鸦是金鹰的随从，他每天早晨都跑去看猎人射击这只怪鸟。

有一次，金鹰说："我的孩子有办法逮住这只怪鸟。"

"得了吧，不行，"松鸦紧跟着说，"你的孩子都是些丫头，怎么行！"

金鹰的女儿听到了他们的话，谁也没吭一声。第二天一早，两个最小的妹妹到森林里待了整整一天。一连许多天都这样，对谁也不说她们去干什么。你猜怎么着？女孩子家又怎么样，她们在森林里选箭哩！

有一次，天蒙蒙亮，她们到林子里把自己做好的箭取来，回村的时候，正好看到猎人们驾着独木舟去射杀怪鸟。这时候，两个姑娘化了妆，把头发垂下遮住脸部，不让别人认出她们。她们沿着河岸游去，谁也没有发现她们，神不知鬼不觉地靠近了怪鸟。姐姐三箭就把怪鸟射中了。

1.波特拉奇节是一种分赠礼物的仪典，是居住在从俄勒冈至阿拉斯加太平洋沿岸的印第安人部族的重要仪式。分配礼物时，常伴之以欢宴、跳舞、唱歌和竞技，也有人赌博。夜晚，人们常常在篝火边讲故事。

晚上，姑娘对父亲说：“我们把怪鸟逮住了，放在树林子里！这怪鸟的羽毛五光十色，鲜艳极了，我们想把它的羽毛分赠给乡亲们。明天你让蓝松鸦把群鸟请到家里来，好吗？”

第二天一大早，蓝松鸦飞出去，四下发出邀请。不多一会儿，群鸟应邀来到金鹰家里。

“我的女儿逮住了那只怪鸟，”主人说，“这只鸟的羽毛五光十色，她们想把这些羽毛作为礼物分赠给大家。”

姑娘们把五彩鸟羽分赠给百鸟：黄色的和褐色的赠给了百灵鸟，红色的和褐色的赠给了欧鸲，褐色的赠给了鹪鹩，黄色的和黑色的赠给了小碛鹨。每一只鸟都披上了自己所得礼物的色彩。她们就这样把羽毛分光了，一根也没有留下。

从此以后，每一种鸟都披上了不同颜色的羽毛。从此以后，也就有了波特拉奇节。我们所说的就是第一个波特拉奇节，百鸟应邀前来，从主人那儿第一次得到一份赠品的故事。

姑娘们把五彩鸟羽分赠给百鸟：黄色的和褐色的赠给了百灵鸟，红色的和褐色的赠给了欧鸲，褐色的赠给了鹪鹩，黄色的和黑色的赠给了小碛鹨。每一只鸟都披上了自己所得礼物的色彩。她们就这样把羽毛分光了，一根也没有留下。

——《波特拉奇节的来历》

河神和山神

很久很久以前，河神曾经同山神发生过一次残酷的争斗。在这次争斗中，山神在河上筑起了一堵石墙，把大小河神的去路给挡住了。

河神的首领非常生气，推倒了挡路的石墙。他把大小河神招来，在他们的帮助下，在山岩里凿了一条长长的隧道，在河上驾起了一座又高又大的石拱桥。人们可以牵着波尼马、带着狗在宽宽的桥面上自由行走了。

大神住在天上。他把住在河两岸的部族招来，对他们说："这座桥叫塔赫玛赫纳维斯[1]。桥属神们所有，但它将为人类所享用。只要你们和睦相处，它就会平安无事。如果你们起了贪心和恶意，互相争吵，彼此杀戮，这桥就会塌陷，掉到河里。"

人们在桥上行走，在桥下驾独木舟穿行。如果有几只独木舟来到桥下，印第安人就让独木舟一只跟着一只鱼贯而行，以免在漆黑的通道里互相碰撞。他们向大神祈祷，请他赐给他们勇气，帮助他们在黑暗中平平安安地穿越这条长长的通道。

多年以来，居住在河道两岸的印第安人和睦相处，相安无事。他们一起逮鱼，一起打猎，一起采集浆果，一起挖卡玛

1.大神的名字。

斯[1]，一起过波待拉奇节，一起进行竞技，一起烤制食品，冬天的夜晚又一起跳舞唱歌。

可是，到了下一代人，部落之间出现了纠纷，他们相互仇恨，还发生了战争。这次因为桥的归属问题引起的争吵，终于导致了一场持续多日的血腥厮杀。

有一次，半夜里大地震动起来。山神喷出红红的火焰，天空里飞溅着石块，河里落满了熊熊燃烧着的熔岩。

河神的首领很生气，他掀起一排排巨浪，向着桥桩砸去。高耸的山岩颤抖了。雷鸟在山上发出砰然巨响，塔赫玛赫纳维斯随之倒塌了。土地、村庄——一切都消失在奔腾咆哮的大水中。

事情发生后的第二天早晨，我爷爷到泰达勒斯城和石滩之间的河岸上去逮鱼。他感觉到大地在颤抖，又听到隆隆的声音。他亲眼看到火舌一吞一吐，石块四处横飞，这些都是山神喷出来的。但是，他不知道事先大神有过什么预言。

爷爷逮鱼的时候，河水涨满了河床。爷爷往高处爬去，水也往高处涌去。他爬得越来越高，水也跟着他的脚跟涌到了山上。河水涨得这样满，漫得这样宽，就好像有什么人用大坝把它拦住了一样。

远处有一个印第安人跑来，边蹿边大声呼喊："桥塌了！

1.鳞茎类植物，生于谷地及雨水充足的草原。卡玛斯蒜是太平洋海岸西北部印第安人的主要食物。卡玛斯属于奇努克语，是"甜蜜"或"鲜果"的意思。

大神显灵了！”

桥坝塌了，因为大伙儿忘记了大神的嘱咐，忘记了老一辈酋长的遗训。桥坝塌了是因为人类不再和睦相处。印第安人受到了惩罚，昔日的强盛已经一去不复返了。乌安娜河谷和大河一带，如今成了白人入侵活动的天地。

但是，当我们各个部族重新和睦团结，我们的酋长与白人言归于好的时候，幸福的时刻就会到来的。在原来架设神桥的地方，一定会架起一座新桥。

沙斯塔山和灰熊

古时候，地球上还没有人类。天神孤零零地守在天上，实在闷得慌！他拿起一块石头钻天，钻呀，钻呀，把天钻了一个大洞。然后，他不断地朝洞里撒雪花和冰块，雪花和冰块在地上堆成了高山，一直顶到天上。后来，人类把这山称作沙斯塔。

这时候，天神从云端走到山顶，又顺着山坡往下走去。走到离山谷还有一半路程的时候，他心里想："应当在山上种些树木。"于是，凡是经他手指碰到的泥土，都长出了树木。他脚下的雪融化了，出现了一条奔腾的河流。

天神折断了从天上带下来的拐棍，把从小头掉下来的木屑撒到河里，大块一点的木屑变成了海狸和水獭，小块的变成了鱼。他又把粗的一头变成其他走兽。

走兽中最大的是灰熊。灰熊像我们今天所见的熊一样，浑身是毛，有锐利的爪子，所不同的是他用两只脚走路，还会说话。灰熊的样子看起来很可怕，所以天神让它住在离自己远远的山脚下的森林里。

天神还把树上飘落下来的树叶收拢到一块，吹口气，把它们变成飞禽。

这时候，天神决定搬到地面和他的家人同住。大山就是他的住所，他在山的中心生起一堆很大的篝火，在顶部钻了一个洞口，让烟和火星从洞口飞出去。每当他往火堆里添加一块大劈柴的时候，大地就会震动，洞口也会飞出火花。

有一年春天，天神和他全家坐在篝火旁，风神把可怕的暴风派到地上，刮得山顶东倒西斜地摇晃起来。大风不停地怒吼着，篝火的烟没法子从山顶的洞口出去，憋在山里，把他们的眼睛刺得生疼。这时候，天神对最小的闺女说："到洞口那儿，求风神轻点儿刮。告诉他，再这样下去，我担心咱们这座山怕是保不住了。"

干这差事，小姑娘最开心了。

父亲又嘱咐她说："当心，到了山顶，别把头伸出去，否则，风神就要抓住你的头发，把你扔到地面。你先跟他摆几下手，然后再跟他说话。"

小姑娘来到山顶，和风神说好了。正当她动身往家走的时候，忽然记起父亲曾经说过，从他们家的屋顶可以看见海洋。小姑娘可一次也没见过海洋哩！要知道，父亲造海洋是在他们全家从天上搬到人间以后的事！"

于是，她从洞口探出头来，四顾张望着寻找海。就在这时候，风神抓住她那长长的头发，把她从大山拖出来，扔到冰雪地上。

她跌落在森林与雪原交界的一片低矮的云杉林里。她那火红色的头发在雪地里闪闪发光。

给小熊仔觅食的灰熊路过这里，发现了小姑娘，把她带回家，问她是谁，打哪儿来的。熊妈妈对她很亲热，还让她认识自己的孩子——小熊仔们。这个火红头发的小姑娘和小熊仔一起吃，一起玩，一起长大。

小姑娘长成一个大姑娘了。灰熊的大儿子和她结为夫妻。很多年过去了，他们生下的孩子，既不像爸爸，又不像妈妈。他们身上的毛没有灰熊那么浓，但长相也不像诸神。所有的灰熊都为这些孩子感到骄傲。灰熊既善良又亲切，他们为这个火红头发的妈妈和她的那几个前所未有的孩子们专门修建了一间房子。房子离沙斯塔山很近，我们现在管它叫小沙斯塔山。

这以后又过了许多年。灰熊妈妈自知死期已近，心里感到万分不安，因为她夺走了天神的女儿。她决定把过去的一切告诉天神，并请求他的宽恕。她把所有孩子召集到她孙子们的新屋里，派遣长孙到沙斯塔山顶见天神，告诉他早已丢失的女儿现在住在什么地方。

天神听后高兴得不得了，三步并作两步地往山下赶来。他走得太快了，他脚下走过的地方雪都融化了。直到现在，我们还能在朝阳的山坡小路上，看到天神留下的巨大的脚印。

他来到自己女儿的住处，大声呼喊："我的女儿在哪儿？"

他以为，他的女儿还是多少年以前的那个小丫头哩！

可是，当他看到他的女儿生养了这么一群怪模怪样的孩子，当他意识到这些都是他的外孙的时候，他的愤怒简直达到了顶点。地球上出现了一个新的部族，他竟然一无所知。他恶狠狠地瞪了熊妈妈一眼，熊妈妈登时就死了。他诅咒所有灰熊："你们统统给我把腰弯到地下！从今以后，你们都得用四条腿走路，再也不准你们说话。你们犯了多大的罪呀！"

他把外孙们从房子里赶了出来，背上女儿回到自己的山上。打那以后，天神再也不到大森林里来。有人说，他熄灭了自己家里的火种，与女儿一起又回到天上去了。

而这些奇怪的造物——他的外孙们，却布满了大地。他们就是最早的印第安人——所有印第安部族的祖先。

这就是住在沙斯塔山附近的印第安人为什么不逮杀灰熊的缘故。如果有印第安人被灰熊咬死了，他的尸体要立即被烧掉。在若干年中间，凡是过路的人，都要往他的坟上扔上一块石头，直到堆起一座大石冢，别人再也找不到他死去的地方了。

古时候，地球上还没有人类。天神孤零零地守在天上，实在闷得慌！他拿起一块石头钻天，钻呀，钻呀，把天钻了一个大洞。

——《沙斯塔山和灰熊》

雷尼尔山和大洪水

古时候，世界还很年轻，大神住在雷尼尔山积雪的顶峰上。有一次，大神对住在大地上的人和兽大发脾气。

大神生气是因为人兽不和，彼此纷争。大神想把人兽都毁了，只留下一些善良的动物和一个善人以及他全家。

他对善人说："你瞄准挂在山顶下的那块乌云射一箭！"

善人照办了，他射出的箭正好嵌在乌云里。

大神又说："你再射一箭，让箭头射中第一支箭的箭羽。"

于是，第二支箭套在第一支箭的箭羽上。就这样，一支又一支，一支套一支……不多久，这些箭就连成了一根从云端到山顶，一直垂到地面的长长的箭绳了。

大神又说："现在，你叫你的老婆孩子沿着箭绳往上爬，叫所有益兽也往上爬。但你要看着，不要让恶人恶兽靠近绳子。"

善人叫自己的老婆攀着箭绳往上爬，紧跟着是他的孩子，后面是益兽。善人看到他们已登上云端，自己也跟着爬了上去。

他站在云端往下一看，看见恶兽啦，大蛇啦，全都排成一串往绳子上爬，谁都希望登上云端。这时，善人从云端里拔掉了第一支箭，绳子登时断了。眼看着所有恶兽、大蛇全都摔到山坡上了。

大神看到善人、益兽全都安然无恙，才吩咐大暴雨出来。一连下了几天几夜的瓢泼大雨，大地被洪水淹没了。洪水越涨越高，一直淹到雷尼尔山坡上，最后涨到了雪线——终年积雪不化的那个地方。

结果，恶兽、恶人都在大洪水中淹死了。大神止住了大雨。大神以及善人全家都看到，洪水渐渐退了，地面很快也干了。这时候，大神告诉善人："现在你和你一家，还有各种益兽，都可以回去了。"

他们从云端降落。善人领着他们沿着山路回到地面，在那里住了下来。一路上，再也没有碰到恶兽和蛇。直到今天，雷尼尔山再也没见到恶兽和蛇的踪迹。

贝币迷

古时候，在大河下游，大约就在现今的炮台一带，住着一个上了岁数又有点儿小聪明的尼斯卡利人，他就是我爷爷。他同住在河边的印第安人一样，以打猎和捕鱼为生。除此以外，世界上他最喜欢的就是贝壳了。贝壳是北方一种螺的外壳。在我们民族的眼里，贝壳是一种装饰品，也被用作钱币。在这片谷地里，谁要拥有比别人多的贝壳，谁就更加被人看得起。

我爷爷一生都在积攒贝壳，不过攒来攒去也存不下几个。为了积攒贝壳，他做驼鹿肉和鲑鱼肉买卖。他不让自己的老婆戴贝壳的耳环和项链。他本人也不佩戴贝壳制作的装饰品。只要一弄到贝壳，他就立刻藏起来。我们这里每年春天，为了庆贺鲑鱼鱼汛到来，总要举行一些庆典活动，他从来都不参加。

"大吃大喝的人都是败家精。"他常常说，"大吃大喝的人必终生受穷。从大吃大喝到穷光蛋只是差了一步。"

邻居的大嫂和大娘刚要储藏食物，他就把驼鹿肉卖给她们，把她们手中的贝壳钱币捞来。他常常做些昧良心的买卖。比如他拿一把全是筋的干驼鹿肉和一些缺吃缺喝的女人交换，把她们手上的贝壳饰物捞进自己口袋里。他对一切产鲑鱼的水塘和有驼鹿的草场简直了若指掌，鲑鱼和驼鹿肉得来全不费工夫。

这样一来，贝壳就慢慢集中到他的手里。这还不够，他连做梦都想找到一个大量埋藏贝壳的地方，他日夜祈祷神灵，请神灵指给他一块可以挖出更多贝壳的地方。不过，神灵并不理睬他。最后，驼鹿神穆斯穆斯告诉他，在塔科布特山[1]顶上埋藏着好大一堆贝壳钱币。穆斯穆斯详详细细地向他说明，怎样才能挖出这笔宝藏来。

谁也没有登过塔科布特山。这座山的山坡就是森林的尽头。大神塔赫玛赫纳维斯就住在那里。我爷爷非常渴望得到这些贝壳，这个强烈的愿望给他增添了勇气。太阳刚落山，他就单枪匹马地开始爬山了。

为了上路，他带了少量的干驼鹿肉和卡玛斯蒜，带了石烟袋和一把烟叶，带了一副弓箭和两把大鹿角做的铲子。

他在山坡上爬了一夜，又爬了一天。第二天夜里，他来到雪线，停下休息。天实在太冷了，但是，他又怕邻居跟踪他，把宝藏截获而去，因此，他不敢捡些树枝、生上一堆篝火来烤火。等月亮刚刚在天空露面，他又沿着大雪覆盖的山坡继续往上爬，在他以前，这里是人迹未到的地方。他头上就是塔科布特山峰，脚下是深深的山谷，乌胡尔日[2]河水在闪闪发光，浩瀚无垠，就像海洋一般。人陷在深深的雪地里，往上爬是非常吃力和缓慢的。

太阳升起的时候，他登上了峰顶。顶上有一个很大的洞，这就是喷火口。喷火口的边壁覆盖着皑皑白雪，喷火口的当中

1.雷尼尔山的印第安名称。

2.普吉特桑特海湾的印第安名称，意即“咸水”。

是一泓黑色的湖水，喷火口的对面竖着三块石头。他急忙向石头走过去，这就是驼鹿精穆斯穆斯告诉他的那个地点。

第一块石头像是一个身材高大的庄稼汉，脑袋却像鲑鱼的头。第二块石头尖尖的，很像卡玛斯蒜球茎。第三块石头离这两块稍远一些，真像长着茸毛犄角的驼鹿头。

“一切的一切，都和穆斯穆斯说的一模一样！”他心想。

他心里一阵激动。驼鹿精对他说过，贝壳钱币的宝藏就埋在这鹿石下的雪地里。

他甩掉背上的背包，抡起驼鹿角制的铲子动手挖土。他刚把铲子刨下去，就听到身后传来喘气的嘘嘘声。他往四周看了看，发现一只水獭正从湖里爬上来。这只比普通水獭大四倍的水獭，就连他这活了大半生的人也没有见过！水獭停下脚步，用尾巴拍打着雪地，紧接着从湖里爬上来第二只、第三只、第四只……它们都跟在首领后面，一共爬上来十二只水獭。它们迈着有节奏的步子，一只跟着一只，向他走了过来，在他周围围起一个密密的圆圈。每一只水獭都比栖居在乌胡尔日水中的水獭大两倍。

十二只水獭围成了一个圆圈。这时候，它们身材巨大的首领一下子跳上了有鹿角的石头，蹲坐在顶部鹿角的中央。所有的水獭，仿佛按照一个口令似的大声喘起气来。

他战栗了一下，又重新干起活来。每当他用鹿角铲刨十三下，水獭首领就用尾巴打一下石头，其他十二只水獭就学着首领的样子，用尾巴打一次雪地。听它们砸地的声音，似乎雪地底下是空的。

他刨呀刨呀，把冻结的积雪扔得远远的。一会儿，雪被铲光了，露出了布满石块的土地。

他感到燥热，疲劳的双手艰难地攥着鹿角铲。他停下手里的活儿，歇一口气，擦掉流过眼睛的汗水。但是，只要他一停下来，水獭首领就转过身来，用尾巴重重地抽打他。其他水獭也转过身来，一阵阵地抽打他。

他被打得遍体鳞伤，来不及喘口气，又拿起鹿角铲干起活来。他刨呀，刨呀，把鹿角铲刨断了。这时候，水獭首领从石头上蹦下来，把另一把鹿角铲递给他，又重新蹲到鹿角石头上去了。水獭的包围圈一刻比一刻紧。现在，它们紧贴着他，连它们的鼻息都可以感觉得到。还是在他刨了十三下以后，它们往地上甩一次尾巴，而雪地底下的空响声也越来越清晰了。

终于看到了一个方形的大洞，他往洞里一看，简直惊呆了。由于过度激动和兴奋，他屏住呼吸，死命盯着这个方坑，里面是满满一坑数也数不清的贝壳钱币。

他伸手到贝币的坑洞里，四下摸了摸，完全够不到底。他高兴得大笑起来，他的愿望终于实现了。贝壳不大，红得发亮，这样好看的贝壳，一串串地用鹿皮绳穿了起来。

他全身挂满了贝壳钱串：胸前挂一些，双肩挂一些，左右手又各拿了五串。即使拿了这许多，坑里的贝壳仍不见减少。于是他拿定主意要尽可能地搬运，然后再返回来把其余的拿走。他用石头把坑口填平，又在石头上覆盖上雪。

但他忘记了一件事，他对众神并没有表示感谢。他本来应该拿一串贝币挂在像鲑鱼头的石头上，另一串挂在像卡玛斯蒜球茎的石头上，拿两串挂在像驼鹿头的石头上。可是，他实在太贪婪了，不知道感恩图报。

他背着一大堆贝壳钱币，腰身被压得弯弯的，爬出了火山口。这时，水獭首领冷不丁地从它蹲坐着的石头上跳了下来。顿时，12只水獭喘着粗气一只跟着一只排成整齐的一队。接着，它们迈着端庄的步子，向湖边走去，跳进水里，用尾巴拍打着水面。

脚步是那样沉重，雪又那样松软，他爬到火山口的上面，就已经花了一个多小时。他停下来，往后面看了看。从那些水獭拍水戏闹的湖面上升腾起一团浓雾，雾过去后是一片黑云，这黑云越来越大、越来越浓。

“难道一下子众神都来到了这片云团上不成？”他慌张起来。

他一步步走下山，云也一步步跟着他。这云骤然间变成了飓风，直吹着他，把他抛掷到尖尖的石头和冰块当中。他被贝壳串缠住了，好不容易才迈开步子往前走。风越刮越厉害。在风神的呼啸声和雷神的隆隆声中，听得见大神塔赫玛赫纳维斯的声音：

“哈——哈——哈依柯瓦[1]！哈——哈——哈依柯瓦！哈——哈——哈依柯瓦！哈——哈——哈依柯瓦！”

大神的呼号声越来越响亮。眼前的黑暗一刻比一刻浓重。

1.贝壳钱币的印第安语。

飓风越发令人感到恐怖。他终于醒悟了，知道自己必须向神贡献些什么。因此，他把左手拿着的五串贝币向飓风抛去。

飓风登时停息了。在一片瘆人的寂静中听得见远方水獭的喘息声。但不久，飓风又向他发动新的攻势，在雷神的呼啸和隆隆声中，又响起了诸神的声音：

"哈——哈——哈依柯瓦！哈——哈——哈依柯瓦！"诸神在大声呼喊。

他觉得诸神似乎正伸手把他胸前和脖子上挂着的那些贝币夺走，他惊慌极了，六神无主地从胸前扯下贝币串，向飓风抛去。有一段时间，飓风停息了，又响起13只水獭的喘息声。突然刮来一阵风，把他扳倒在地。雷神发出了可怕的隆隆声。同时，又想起了诸神的声音："哈依柯瓦！哈依柯瓦！"

他把右手拿着的贝币抛出一串，紧接着又抛出第二串、第三串、第四串。但飓风一点儿也没有歇息的意思。他多么不愿意把第五串贝币串抛出去呀，要知道这已经是最后一串了。然而，没有办法，他只好把它抛了出去。

他顿时感到自己已经精疲力竭了，他觉得头昏脑涨，跌倒在松软的雪地上，睡得死死的。

过了好久好久，他才醒过来。淡蓝色的松鸦为迎接东升的旭日而发出的啼叫声唤醒了他。他环顾四周，发现自己此刻所在的地方，就是他安下营地，等待月亮升起就开始往山上攀登的地方。在他周围长满了密密一层卡玛斯蒜。"怎么回事？卡玛斯蒜只能在水源充足的牧场生长，山上是不会有的呀！"他纳闷了。

他饿了，打算从背包里找点儿鲑鱼肉干或干卡玛斯蒜吃，但怎么也没找到背包，只在不远的地方找到石烟袋。他开始下山了，只觉得全身麻木，关节吱嘎吱嘎作响。他拢了拢头，感到头发实在太长了，乱蓬蓬的。最奇怪的是，他感到异常轻松：无论对自己还是对周围的世界，他从来也没有像现在这样感到满足。他愉快地倾听着鸟儿欢快的歌唱和枝头树叶的窃窃私语。他已经不再去想什么贝壳币了。如今，他只想着一件事：去看看自己的邻居。虽然关节痛得很，他还是加快了步子。最后，他总算到家了，但却没有找到自己原来的家。这里的一切都已经面目全非了。在他原来的家的地方，现在是一幢新的、比原来大得多的房子。原先的小树，如今都成了高大的、枝叶繁茂的树木了。

在房子前面，坐着一个很老的老太婆，她正在篝火上煮鲑鱼汤呢！这就是他的克鲁契门[1]吗？哎呀，在他外出这段日子里，她老得实在太快了。还有，她变了，变得富有了！你看她脖子上、胸脯前挂着这么多贝壳串。她一面在锅里搅拌，一面唱着歌：

> 我的丈夫去了，去了，去了，
> 我的丈夫到山上去了，去了，去了，
> 老早以前他去打驼鹿去了！
> 什么时候他才下山，下山，下山？

1.当地奇努克语，即老婆之意。

等着他的是一锅鲑鱼汤和我！

他听了很高兴，一下子扑到她的身边，高声加入了她的歌唱：

他从山上下来了，下来了，下来了，
来到鱼汤和老婆子身边。

他老婆告诉他，他走后已经下过三十场雪了。在这些年里，她捡拾卡玛斯蒜球茎和草药去卖，盖起了新房子，买了这些贝壳串项链。

老婆子和邻居们很快就看出，她的丈夫去过塔科布特之后，完全变成了另一个人，就连性格都变了。他对贝壳钱币完全冷淡了，对一切都感到心满意足，对邻居总是尽其所能地给予帮助。他告诉大伙儿去什么地方打猎和捕鱼最好。他教给人们用各种方法捕鲑鱼和猎驼鹿。居住在塔科布特山下和乌胡尔日河畔的人，都乐意到他那儿求教。他还告诉他们应该善待山上的众神，他成了尼斯卡利人最大的巫医。

锡山和森林的来历

从前，月亮斯诺克沃尔姆是天上的首领。有一次，他对蜘蛛帕乌克说："你用雪松皮搓一根绳子，把天地连接起来！"

狐狸和蓝松鸦看见这根绳子，就顺着它往上爬去。夜幕沉沉的时候，他们爬到了天上拴绳子的地方。蓝松鸦在天上钻了个洞，他们从洞里爬了进去。

蓝松鸦飞到了树上，狐狸变成海狸钻到湖水里。斯诺克沃尔姆在湖里布下了网，海狸不小心一头撞了进去。第二天清早，斯诺克沃尔姆把海狸拖上来，剥了皮，把皮挂起晒干，把海狸的身子扔到一边准备熏制。

夜里，斯诺克沃尔姆睡着了，鼾声如雷。海狸等的时机到了。他一跃而起，拿起自己的皮，套在身上。在斯诺克沃尔姆酣睡之时，他围着月亮的房子转了一圈，把整个天宫看了个够。

屋子后面是一片辽阔的森林，种着冷杉、红松、雪松。海狸连根拔起几棵大树，略施法术，把它们变得很细小，夹在自己腋下。他一只手拿着打火石，可以用它打出白天的光亮；另一只手也拿着打火石，可以用它打火，这火用事先准备好了的灰、树叶和树皮盖上。他找到了被关在月亮家里的太阳，把他领到外面来。

然后，海狸找到蓝松鸦凿开的那个洞，重新变成狐狸，顺着绳子到了地上。他把火交给人类，他种植树木，他把太阳挂在天上……狐狸从天上给人类带来了礼物——光明和温暖，人类非常高兴。

月亮斯诺克沃尔姆一觉醒来，发现海狸皮不见了，密室里关着的太阳也不见了，不禁勃然大怒。他知道，地面上的生灵作弄了他。他在屋里发现几个脚印，跟踪追去，很快便看到蜘蛛帕乌克搓的绳子。月亮大喊："到了地上，你也逃不出我的手心！"

可是，斯诺克沃尔姆刚要下到地面上去的时候绳子断了。斯诺克沃尔姆和绳子一起吧嗒掉在地上，变成了一座山。如今我们叫它锡山。从这山的一面岩石坡上，可以看到月亮斯诺克沃尔姆的脸。狐狸从天上带下来的树，种在地上，长大成林，变成了喀斯喀特山脉上的森林。

库里山和他的两个妻子

柯莫·库里山是个高个子的漂亮小伙子。按照本民族的习惯，他娶了两个姑娘做老婆：一个叫达赫–胡阿特赫克，意思是晴朗的天空；另一个叫乌哈赫特一克，意思是淡黄头发的姑娘。

晴朗的天空成为柯莫·库里山的爱妻，已经好几年了。她非常漂亮，为库里山生了三个孩子。淡黄头发的姑娘在姿色上不如前者，却格外善良和温存。她以自己始终不渝的善良征服了库里山的心，尽管她为此引起了晴朗的天空对她的仇恨。晴朗的天空喜欢嫉妒，心地又不好。因此，家中常常发生争吵。

有一次，晴朗的天空数落柯莫·库里山："那淡黄头发的丫头算什么东西！我是三个孩子的妈妈，你应该更爱我！"

库里山一笑置之，什么也没说。

晴朗的天空见他这样，不禁勃然大怒，对他说："那我走，孩子留给你好了，我走！"

当然，她并不打算离开。她希望柯莫·库里山对她说："你是孩子他妈，别走了。在这个世界上，我爱你胜过一切。只是你不要走！"

不过，库里山并没有求她。当然，他并不希望她走，他是爱她的。但是，他生性高傲，不会求她。

他始终没有求她，只是说："如果你愿意，你可以走，到你想去的地方。”

于是，晴朗的天空开始收拾自己的东西。她收拾得很慢，磨蹭了好长一段时间才上路。她带着种子、卡玛斯蒜球茎、胡萝卜、浆果和各式各样的花。孩子们看见妈妈扔下他们不管，都放声大哭。晴朗的天空倒是满不在乎。她以为她走不了几步路，库里山一定会把她叫回去的。

她不紧不慢地下了山谷。走一会儿，就停下脚步，回头张望。但库里山并没有对她说：“回到我的身边来吧！”

她又走了一会儿，然后在山顶上停了下来，回头望着库里山和孩子们。只要稍稍踮起脚，她就看得见他们。但库里山还是没有对她说：“回家吧，晴朗的天空！”

她继续往南走，走进了高低不平的丘陵和山岗，但却没有一座山把柯莫·库里山遮住。

她不断踮起脚，尽量使自己站得高一些，可是库里山还是没有喊她回来。她已经往南走得很远了，站在一块大石头上面，伸长了脖子尽量站得更高。从这里她还能看见库里山和孩子们，他们也能看见她。她不断地挺起身子，使自己站得更高一些。显然，她的丈夫并不希望她再回来。而她自己也决心永远留在这里了。她知道，天气晴朗的时候，从这里可以看到自己的家。于是，她把背包扔到地上，把种子、卡玛斯蒜球茎和胡萝卜掏出来，种在附近的土地上。

淡黄头发的姑娘和库里山一块过了许多年。有一次，她对库里山说：“库里山，我想去看看我的妈妈。我很快就要生孩子了，我很想见见她。”

淡黄头发的姑娘的妈妈住在乌胡尔日的一座孤岛上。

“你怎么到你妈那儿？”库里山问，“去那儿没有路。沿途除了岩石、树木和大山，什么也没有。”

“我也不知道怎样到那里。可我非常想见我妈，你能帮帮忙吗？”

于是，库里山把百兽召来。海狸、旱獭、美洲狮、熊都来了，他们都有尖利的爪子。大鼠、家鼠、田鼠也来了。他命他们挖一条大沟。百兽用利爪开沟，开得又深又宽，足足可以并排行驶两条独木舟。

随后，库里山把邻山的河水引过来，往大沟里灌满水。如今这条河可以行驶最大的独木舟了，我们管它叫作努克萨克河。

上路以前，淡黄头发的姑娘把吃的东西准备好了。然后，她顺着河水下山，不知不觉中，已经到了乌胡尔日咸水湖。

她在第一座岛上吃早饭，吃了一些双壳贝类，留了一些放在岛上。所以，这个岛如今还能找到这种贝壳。她在第二座岛上吃了一些软体动物，又留下了一些。在第三座岛上，她吃了一些卡玛斯蒜，又留下了一些，所以如今玛蒂亚岛的卡玛斯蒜特别多。在第四座岛上，她吃了一些章鱼和浆果。每到一个湖泊、岛屿，她都留下一些食物，像鱼啦，胡萝卜啦，浆果啦，等等。所以印第安人常用食物给这里的岛命名。

她来到了平顶峰岛，决定在附近找个地方过夜，可周围都是水，该在哪儿过夜呢？姑娘拿不定主意。这时候，风呼呼地吹，水面上形成许多漩涡。如果掉到漩涡里，就会被水流无情地吞没。这时候，创世神过来对她说：“你还不赶快躺下？你这么站着，大风就要围着你使劲吹，谁都会葬身于漩涡之中，谁都活不成了！”

淡黄头发的姑娘躺下，创世神把她变成了斯潘登岛。离斯潘登岛不远还有一座一模一样的小岛，那就是姑娘所生的孩子，如今大伙儿管这座小岛叫作守护岛。

留在北山的库里山带着孩子登上山去，他伸长了脖子，想看看自己的妻子在哪里。孩子们也往山上爬，爬呀，爬呀，一直爬到最高的山顶上。有一个孩子叫舒克散，他站在库里山东边不远的地方，个头儿和父亲差不多。其他两个是双胞胎姐妹，她们一个往西，一个往南，离库里山远远的。

在南方很远很远的地方站着他们的妈妈——晴朗的天空。如今她就是雷尼尔山，并因此闻名遐迩。她带来的种子和胡萝卜现在已经长出了叶子，雷尼尔山脚下长满了奇花异草，像是铺上了彩色的地毯。无论是阳光明媚的白天还是月光皎洁的夜晚，大山总是银装素裹，忧郁地注视着并排耸立的柯莫·库里山和孩子们。

奥林波斯山的和平谷

很久很久以前，在印第安人的奥林波斯山的心脏地带有一片圣谷。这片谷地开阔而平坦，群山环抱。山脚下覆盖着雪松、红松和云杉等常青植物。一条潺潺溪流嬉嬉闹闹地穿过谷地，河岸两边长满了各种各样的野花野草。

这是一个和平恬静的地方，印第安人把这里叫作和平谷。有一次，所有的印第安部族，包括过去交战过的部族，都从四面八方聚集到和平谷来。他们沿着崎岖的山路爬上山顶，从高处看着这美丽的山谷，久久舍不得离开。

然后，他们放下武器，下到谷底，与昔日的仇敌言归于好。他们在那里交换物品，举行欢快的竞技、角力和技巧活动。

结果，印第安人忘记了纷争是怎么回事，他们年复一年地到和平谷来集会玩耍。这种和平的集会，却不合恶鬼首领西特柯的意。

西特柯是个巨人，他一脚就能摧毁整个村庄。他的个子比最高的云杉还高出一截。他的吼声盖过汪洋大海的怒涛。他的脸叫人看了毛骨悚然，比最凶猛、嗜血的野兽的嘴脸还可怖。他在水里、陆地上、空中都畅行无阻。他力大无比，能连根拔起整片森林，能毁灭一切山岭。他只要吸一口水就能改变河流的流向。

各部族在和平谷聚会，可把西特柯气坏了。有一次，在当大伙儿到这里做买卖、进行和平竞赛的时候，西特柯突然出现在他们面前。一刹那山摇地动，大水把人类吞没了。幸免于难的印第安人寥寥可数，来得及从震怒的西特柯手心里逃出来的人更少。幸存者回到村子里，嘱咐自己的亲属离谷地远远的。从此，再也没有印第安人到这里来了。

七魔鬼山

很多很多年以前，世界还很年轻，在蓝山上住着七个巨魔兄弟。他们任何一个人都比最高大的红松还高，比最结实的橡树还结实。

百姓很怕他们，因为他们吃过百姓的小孩。每年巨魔兄弟都要到东方去，一路上碰到什么就吃什么。母亲们纷纷带着孩子逃离自己的家园，但还是有不少孩子落入巨魔之爪。村里的酋长惊惶不安，心想这样下去他们的部族很快就一个人也剩不下了。

谁有本领去对付这七个巨魔呢?

酋长最后决定请凯欧蒂来帮忙。村民们说："凯欧蒂是我们的朋友，他曾经战胜过许多恶魔。这次他一定会帮助我们。"

于是，他们去求凯欧蒂。

凯欧蒂答应替他们杀死七个巨魔。

不过到底该怎么办，凯欧蒂心里也没数。虽然以前他曾经和湖妖、河怪打过交道，但要打败这七个巨魔，他还是没有把握。

于是，他去找他的好朋友狐狸求教。

"我们要先挖七个深坑，"狐狸说，"挖在巨魔们去东方的必经之路上。然后，往坑里倒上滚烫的脏水。"

为了挖这七个深坑，凯欧蒂动员了所有有利爪的动物：海狸、旱獭、美洲狮、熊，还有大老鼠、家鼠和田鼠。挖好以后，凯欧蒂在坑里灌满了浑黄的脏水。为了把脏水煮开，他的好朋友狐狸往坑里扔进一些晒得滚烫的石头。

七个巨魔动身往东方去了。他们昂首阔步，旁若无人，好不威风，因为他们知道谁也不敢招惹他们。这时候，凯欧蒂和狐狸正在山岩和树丛后面看着他们呢！

七个巨魔都掉到了坑里，在滚烫的脏水里越陷越深。他们死命地往外爬，可是坑实在太深了，怎么挣扎也没用。他们大声呼喊，挥舞着双手，弄得精疲力竭。他们一边挣扎，一边往四周喷吐出红褐色的脏水，喷得有一天的路程这么远。

这时候凯欧蒂走了出来，让七个巨魔安静下来，巨魔马上就认出他是谁。

“这是对你们暴行的惩罚，”凯欧蒂对他们说，“我要把你们变成七座高山，让所有人都看得见你们。你们将永远站在这里，让人们记住：恶必有恶报。为了不让你们再去为害他人，我要用一条深深的山谷把你们和人类隔开，你们中任何一个都不能跨越它。”

凯欧蒂命他们挺起腰来，然后把他们变成七座山峰。

接着，凯欧蒂使劲拍打大地，地颤抖了，在七座山峰的山脚下形成一条深不见底的峡谷。

如今，这山就叫七魔鬼山，山脚下的峡谷叫蛇河鬼谷。七个巨魔喷出来的脏水，就是至今还没有开采完的铜矿。

劳与斯凯尔之战

从前，在大山劳·扬那的山顶上有一泓很深的湖水，湖里住着一个有势力的大神，名叫劳，他是众神的首领。众神中最出类拔萃的是巨神拉克，他长着两条长胳臂和一双强有力的手。他一伸手就摸得着湖四周耸立的山岩。只要愿意，他可以把任何一个胆敢走近圣湖的人拖到湖底。

住在劳山的诸神都有变化的本领，当他们想从湖里到陆地上溜达时，常常变成兽类，这些兽的大部分现在还有哩！劳·扬那山的北坡，也就是圣湖旁边那块巨大的山岩附近，有一片开阔的平地，诸神常在这里玩各种游戏。他们也常常和那些来自各地、同样变成兽类的诸神在此地戏耍。

斯凯尔也是一个相当有势力的大神，他掌管克拉玛特沼泽地王国，他住在离雅赛姆河不远的地方。斯凯尔和劳一样，是众神的首领。斯凯尔麾下的众神想从泥潭出来到陆地上游逛的时候，就变成羚羊、鹿、狐狸、狼、秃鹰、金鹰、鸽子，以及其他一些灵巧的益兽和益禽。

最有势力的要算住在天上的大神柯穆·卡穆普斯了，他的势力甚至比劳和斯凯尔都大，他是一切神祇的创造者和总头目。

多年以来，劳与斯凯尔和睦相处，相安无事，时常一块在劳·扬那山坡上玩耍。可是，有一次，他们之间发生了一场纠纷。神们争吵不休，打得你死我活。好多年过去了，他们还不分胜负。

经过无数打斗，斯凯尔终于在克拉玛特沼泽地王国上遭到了灭顶之灾。斯凯尔的对手挖出了他的心，欢天喜地地拿来见劳·扬那。陶醉在胜利的喜悦之中的劳及其众神决定在这座山上举行欢宴和竞技。

他们邀请了依山傍水居住的各路神祇前来参加，斯凯尔的众神也不例外。欢庆日到来了，劳宣布，竞技活动的第一项是赛球。这球就是从斯凯尔身上挖来的那颗心脏。

斯凯尔众神心里都明白，只要将心脏放回他们首领的身躯之中，他就会死而复生。于是，他们暗地里商议，要把斯凯尔的心夺来，把它放到他的躯体里去。

斯凯尔诸神在山坡各处躲了起来。鹿躲藏的地方离球赛最近，因为他最拿手的是跳跃。羚羊站在林子边，因为他腿长，跑得最快。其他各兽都在劳与停放斯凯尔躯体之间的地方隐蔽下来。斯凯尔众神以逸待劳，占据了整座山的斜坡。

此刻，劳和他属下诸神围成了一个大圈，把斯凯尔的心脏抛过来抛过去，还时常把它抛到空中。每当他们往空中抛去的时候，斯凯尔众神都要起哄，把赛球的劳的神祇嘲弄一番。

“难道你们就不能抛得再高些吗？”狐狸每次都这样喊，“连小孩子也扔得比你们高！”

于是，劳的神祇一次比一次扔得更高，斯凯尔的神祇还继续起哄，挑逗他们。

狐狸大喊：“高些，再高些！”

劳终于把心抢到手，使出浑身力气往上抛去。谁也没有他扔得高、抛得远。那颗心飞到游乐者的圆圈外面去了。

躲在近处的鹿等待的就是这个时机，他抓住斯凯尔的心，顺着山坡往下跑去。霎时间，劳的神祇呼喊着，向鹿追跑过来，他们哪能追得上这只飞毛腿鹿呀！

鹿跑累了，就把心转交给等待着他的羚羊。羚羊接过心，继续往前跑。劳和他的神祇穷追不舍，羚羊把心交给狼。狼累了，把心交给秃鹰。秃鹰又交给了金鹰，金鹰又交给了鸽子。

鸽子带着心来到停放斯凯尔躯体的地方，把心放进斯凯尔身躯之中。斯凯尔复活了，重新率领他的部下和劳开战。

当鸽子那轻轻的哨声传到劳和他的神祇那里时，他们就不再追赶，回到劳·扬那山。斯凯尔率领众神尾随他们紧追，战事又开始了。在你死我活的厮杀中，劳战败阵亡了。斯凯尔众神把劳的尸体抬到湖边那块高高的山岩上，为了不让劳死而复生，斯凯尔命令把他的尸体割成碎块，扔进湖中，喂了拉克及其精灵。而且，斯凯尔还骗劳的部下，让他们相信被打死的不是劳，而是斯凯尔，他的身体被扔进湖里去了。

“你们看，这是斯凯尔的脚！”斯凯尔一边喊，他的部下一边把劳的躯体一块一块往湖里扔，让拉克和他的精灵美美地吃了一顿。

“你们看，这是斯凯尔的手！”斯凯尔大喊。

他就是这样拯救了自己的生命，并且在至高天神柯穆·卡穆普斯的帮助下平息了拉克的愤怒。

劳的神祇终于得知湖里的那个头颅就是他们的首领劳，此后他们再也没有管它，如今他还露在湖面上。

人们管这露出湖面的劳的头叫作柯尔东纳岛。

大神劳的灵魂依然住在那高高的岩石上，从那儿注视着湖面。

有时候，地面和水中众神睡着了，大神劳就从山岩上一跃而下，跳入湖中。

在湖水中，他尽情地发泄着自己的怒气，拍击湖水，掀起巨浪。透过风的怒号声，能听到他那悲愤的声音。

火山湖和两个猎人的故事

住在克拉玛特的人，都相信火山湖里有一个很有势力的大神。他住在耸立于湖心的山岩上，山里点着一堆火，岩顶上有一个洞口，吐出通红通红的火舌，冒出浓浓的黑烟。

大神只允许克拉玛特的巫师靠近湖边，巫师们都说那是一个通向地心的大洞。

“那个洞深极了，是个无底洞！”巫师们都说，“就像天一样深，够不到底。湖四周的山深深地伸到地下，山峰直插云端。大洞里填满了水，水是蓝色的，比映在水里的蓝天还要蓝。我们的先祖好久好久以前，就是从这湖里出来的。他们从地底出来的时候带着火，也带着烟。如果克拉玛特有人死了，他的灵魂也会回到湖心的小山上。”

巫师们有时到湖里去，向大神讨主意。他们在那儿找到一些治病的药草。他们在那儿捡到避恶鬼的护身符。他们在那儿遇见一些死者的灵魂，并向生者转达了死者的消息。恶人的魂寄住在湖里山洞上空袅袅升起的烟雾之中。他们千方百计地设法逃避严峻的惩罚，而大神不停地撵他们回去，追赶他们。

人要是一辈子清清白白，他的魂就可以在湖上、山间和草地上尽情欢乐，自由翱翔。有些灵魂驾着独木舟在湖上游弋、捕鱼。有些灵魂像飞鸟一样在湖上盘旋，从一个山头飞到另一个山头。有些灵魂在森林里猎捕鹿和熊的灵魂。

巫师把这一切告诉自己的人民。他们说，大神有一条法规，除巫师外，任何人不得靠近死者的房子和大神的住所。有谁破坏法规必遭死亡，他的灵魂也将会堕入山间那永世不灭的大火之中。

克拉玛特人对巫师的话深信不疑。只有两个猎人不把巫师放在眼里。他们俩在森林中捕杀过最凶猛的野兽。他们把从最剽悍的武士头上取下的带头发的皮挂在腰带上。他们打败了所有的敌人，如今无所畏惧。现在，他们所向往的是去看一看诸神的圣地。

猎人们出门，离开克拉玛特湖后的家，穿过森林，朝他们熟悉的山峰走去。他们非常清楚，湖的四周是高耸的山峰，就像一个巨大的碗的边缘一样。他们顺着通往神界的斜坡往上爬了好久，尽管他们并没有忘记巫师的警告，但仍然勇气百倍地继续往前赶路。

他们终于来到了一片林中空地，远远往下一看，一个圆形的深深的湖就在眼前。一切都如同巫师所说的那样。在湖面上，在守护着圣湖的群山之间，有无数类似飞禽的精灵正在振翅飞翔。他们欢快地互相嬉戏，唱出鸟鸣般的歌声。湖中心有一座不高的山峰，从山顶的火山口里喷射出火焰和浓烟，浓烟里传来生前做过坏事现在正受着煎熬的恶灵的哀叫声。猎人们默默地打量着湖面，怎么也看不够，仿佛与岩石长到一块了。他们站着看着，直到大神从湖里出来，看到了他们。大神把湖底的湖怪叫到跟前，把站在山岩上的两个猎人指给他看。

湖怪比鹰还迅速地游到岸边，向他们猛扑过来，用爪子抓住一个猎人。他带着这个吓得半死的猎人，游回山头来。

另一个猎人拼命逃跑。他就像一只受惊的小鹿，被一大群恼怒的精灵追赶着，沿着山坡落荒而逃。他连气都不敢喘，一直跑回自己村子。

他向村民们讲述自己不听巫师和酋长的话所受到的惩罚，告诉大伙儿他的同伴被湖怪抓去了。说完，他便跌倒在地，死了。大神的预言应验了，猎人的魂被投进湖心那座小山的喷火口里。

克拉玛特人永远也忘不了两个猎人的故事。从那以后，敢于去看一看现在叫作火山湖的圣湖的只有寥寥几个人。

火山湖的来历

这是好多年以前的事了，究竟有多少年，谁也说不清。那时候，白种人也像野兽一样，住在森林里。可是，我们这个部族却住在石头盖成的屋子里。

那时候，还没下过陨星雨哩！地上的神和天上的神，海神和山神，常常来我们部族里，和我们聊天。

有时候，冥王也从他的家——地心出来，站在最高的那座山顶上。那时候，这座山上还没有湖，但有一个通向冥府的洞，冥王就是从这个洞来到人间的。

他从家里走出来，他的脑袋露出山顶。他的头碰到了星星，这些星星就在另一个万能的大神——天王的住所周围。

有一次，冥王从地府出来，碰见了部族首领的女儿罗哈。罗哈的身材像箭一样颀长而匀称，是一个名副其实的美女。她的一双眼睛黑幽幽的，眼神就像有穿透力似的，长长的头发闪出黑色的光泽。罗哈是个人见人爱的姑娘，很多部族的军事首领都想得到她的爱情。

冥王对她一见钟情，他向姑娘表白了爱慕之情，并邀她进山到地府里去。他说，到了他那儿，可以长生不老，爱活多久就活多久。但罗哈还是不答应。

于是，冥王派遣他的一个武士参加罗哈部族的一个节日，命他当众宣布他向罗哈求婚的消息。

“姑娘到了冥王那儿，”武士向印第安人许诺说，“她将会长生不老、无病无灾，死神连碰也不敢碰她！大王要我把她带走。”

谁知这次姑娘又拒绝了他。怎么办呢？酋长们商量了半天，也不打算说服她了，只是叫她以后别再让冥王看见。

使者急忙返回地府向冥王禀报，冥王勃然大怒。他用雷霆般的声音立下誓言，要荡平罗哈的部族，让他们受到火的惩罚。随着一声可怕的轰隆声，他从山顶的洞里嗖地冒了出来，怒不可遏地站在山顶上。

这时候，天空中，在数不清的星星中间，天王那光彩夺目的面容登时映入了他的眼帘。全能的天王安详而从容地从天而降，站在沙斯特山顶上。两个大王从两个山头上展开了一场前所未见的鏖战。地界和天界各路神祇，很快各就各位，投入了战斗。群山震惊了，抖个不停。一块块巨大的、像整座山丘一样的、通红炽热的岩石，向天际飞去。火星像大雨一样倾落地面。

冥王口喷火焰。烈火像无边无际的海浪一般，沿着山坡和谷地，铺天盖地滚滚而来。所到之处，一切全淹没在火的海洋之中。无情的烈火从冥王的嘴中喷吐出来，很快就卷到人类居住的地方。人们惊恐不安地四处逃走，到克拉玛特湖中寻求解救。母亲们双手抱着孩子，站在湖水中，祈求这场可怕的战斗快点儿结束。男人们被派到天王跟前，央求天王把人类从火的灾难中解放出来。

这时，有两个巫师开始说话了。

其中一个说："人类犯了错误，因为贪心才受到了火的惩罚。只有贡献生灵才能平息冥王的愤怒，把人类从烈火的浩劫中解救出来，我们部族里有谁愿意做牺牲呢？"

另一位巫师说："年轻人是不会愿意做牺牲的！老头儿呢，健在的也为数不多了。我们倒并不害怕把自己生命的火把投到冥王的火堆里去，只不过必须从我们中间找到几个能够跟着火把跳进火堆里去的有胆量的人，只有这样才能赎罪。"

冥王听到两位巫师的话，从山顶出来，对大伙儿说：

"你们的巫师说得很对！我曾经多次警告过你们，你们不听，如今受到惩罚了。你们的田园将要荒芜，颗粒不收。"

他的话音刚落，克拉玛特最年长的、最受人尊敬的两位巫师从水里走了出来，举着火把，向着冥王的山头走去。

留在湖里的人，看着他们火把的亮光，沿着长长的山脊一步一步往上升高。

他们的火把像是两块宝石，在漆黑的夜空里发出灿烂的光芒，向着耸立在地府入口处的岩顶移动着。岩石顶上，站着暴怒的冥王。两个巫师默默地注视着从山的洞口里喷出的烈焰和浓烟。紧接着，他们把燃烧着的火把高举过头，举身投入火坑之中。

大天王萨哈烈·因站在沙斯特山顶看见了两位巫师的这一壮举，很赞赏他们的勇敢行为。这时候，群山又一次晃动起来，大地也抖动不已。这是冥王钻进自己的住所，随后，山顶轰一声塌陷了。当太阳升起的时候，人们看到大山已经没有了。冥王居住的那座山峰，再也不能和沙斯特山并肩站在一起了。

这时候，下起倾盆大雨，一连下了许多年。冥王进出的那个洞注满了水。火的惩罚结束了。大地恢复了和平和宁静。冥王再也没有走出地府，他的声音再也不会令人害怕了。

现在你们明白了吧，为什么我们从不到那个湖里去？这个传说经过了多少代人才传到我们这儿。做父亲的都要告诫自己的孩子，不要到那个地方去。否则，不死也要终生受苦。

火山湖的传说

故事发生在白人到来以前。一群克拉玛特印第安人到一个如今叫俄勒冈的地方去打猎。有一次，他们爬上一座山，突然发现一个火山口。他们吓坏了，一声也不敢吭，悄悄地往下面张望。

在火山口的深处，有一泓圆形的、像天空一样湛蓝的湖水。湖心有一座岩石岛，岛的顶端有一座小火山。湖的周围就像一个大碗的四边一样，被高大的岩壁包围着。印第安人谁也没有见过这样深、这样蓝的湖。

“这一定是神王居住的地方！”一个猎人悄悄地说。

这些克拉玛特人被吓得浑身哆嗦，一声不吭地走开了。他们心里明白，圣地是不许看的，谁看过一眼，绝没有好下场。印第安人赶快下山，离开圣湖有一大段路了才安营住下。

可是，有一个猎人竟然坐不住，鬼使神差地，就像有什么东西把他带到了圣湖边。第二天，他来到火山湖边上，点上一堆篝火，安安稳稳地睡了一觉，而且中间一次也没有醒过。第二天一早醒来，他觉得特别精神、特别清爽，就下山来和伙伴们会合。第二天、第三天晚上，他又返回湖边，单身一人睡在那块高高的岩石上。到了第三天晚上，一阵喧哗声把他惊醒了。从湖里传来一种神秘的声音。

年轻的猎人并不害怕。他照旧到湖边去，而且劲头一次比一次大。有时他还攀缘着陡峭的石壁下到湖里，在蓝色的湖水中洗澡。他常常在高大的岩石脚下过夜。为了欣赏那美丽的湖和到湖里洗澡，他常常到湖边来。好几次他还遇到过人。这些人很像克拉玛特人，所不同的是他们在湖里安家。

过了一些日子，这个猎人成了部族里最有力气的武士。

“我的力气来源于湖神的神力！”他向其他武士解释说。

于是，其他武士也开始向这个坐落在地心的火山湖走去。他们在那儿度过的每一个夜晚，都会给他们增长力气。上了年岁的武士在出发打猎或出征以前，总要打发自己的孩子到湖上去。他们开头睡在火山边的岩石上，后来在湖岸过夜。末了，他们甚至到蓝色的湖水里洗澡。因此，他们一个比一个健壮，一个比一个有力气。

然而，他们终究未能逃脱神的惩罚。有一次，一个年轻的武士头一个来到圣湖，斗胆打死了一个住在湖里的精灵。谁也不明白他为什么会这样做。住在湖里的大神劳气坏了，命随从悄无声息地一下子抓住了他。他们把他带到高耸在湖面上的那块岩石上，用石刀割断了他的喉咙，把他的身体剁成碎块，投进湖中。暴怒的湖神一拥而上，将他的尸体吃个精光。

克拉玛特的老人常常对孩子们说：“谁要胆敢到湖边去，绝没有好下场。那个湖是劳的心脏，谁要胆敢看上一眼必死无疑！”

死灵魂湖里的驼鹿精

我们远祖的时候，胡得山附近住着一个名叫普临·费吉尔的青年武士。他的护身精灵是一只强壮的驼鹿。小伙子跟这只驼鹿学了许多本领，很快就成为本部族最熟练的猎手。他对各种走兽的习性了若指掌，到他挑选的狩猎地总能满载而归。

每次打猎的时候，他的护身精灵总要提醒他："无论任何时候，千万不要捕获超过自己需要的野味。你真的需要才能动猎杀之念。知足者常乐，你要永远记住！"

普临·费吉尔听护身精灵的话，吃多少，打多少，他捕获的东西刚够他食用。别的猎手逗他、笑他，说他不喜欢射箭，放一两箭就从猎地回家。可是，普临·费吉尔常把护身精灵驼鹿的话记在心上，从不动摇。

狡猾的大乌鸦是部族里的一个老头儿，他想出一个坏主意：唆使这位年轻的猎手不听护身精灵的话。狡猾的大乌鸦放出风来，说他成了巫师，大神给他托了一个梦，告诉他今年冬季很长、很冷，而且多雪。

"要尽可能多打野兽，"狡猾的大乌鸦对猎手们说，"我们要储存起一个冬天的肉！"

猎人们听信了他的话，纷纷来到森林、草原，尽可能地多猎野兽，准备过冬。打猎时，猎手一个赛过一个。开始时，普临·费吉尔没有和其他猎手一块儿出去。可是，狡猾的大乌鸦死乞白赖地缠住他："大神托梦给我，说今冬的日子很不好过，让我们现在就得准备储存过冬的肉食。"

普临·费吉尔以为狡猾的大乌鸦说的是实话。有一次他也憋不住了，出门去打猎。他沿着一条如今叫胡得河的小河岸走去，开头打了一只鹿和几只熊。接着，他遇上五只一群的驼鹿。除了一只受伤逃跑以外，其余四只都被他打死了。普临·费吉尔哪里知道，这只受伤的驼鹿正是他的护身精灵。

这只流着血的驼鹿逃进了密林深处，普临·费吉尔还穷追不舍。在森林覆盖着的山峦深处，猎人发现了驼鹿的蹄印。蹄印把他引到了一个美丽的小湖边。受伤的驼鹿就躺卧在岸边的湖水中。普临·费吉尔正要涉水把这只受伤的驼鹿拖上岸来，谁知道他一摸到驼鹿，就连同驼鹿一起沉到湖底去了。

普临做了一个梦，醒来发现自己躺在湖底。驼鹿、鹿和熊的精灵都围在他的身边，他们都是人形。他听到有一个声音说："把他拉过来！"

精灵们把他拉到受伤的驼鹿那儿。

"把他拉过来！"同一个声音又说。

精灵们把他拖到离受伤驼鹿更近的地方。现在他们挨在一起了。

"你为什么不听我的话？"驼鹿问，"你看看周围这些被你打死的野兽的精灵。如今，我不能再做你的护身精灵了，因为你不听我的话，打死了我的朋友。"

这时候，那个声音又说："把他拉过来！把他从这儿撵出去！"

精灵们把他逐出水面，扔在湖岸上。

普临·费吉尔绝望了，好不容易才回到自己的部族里，两腿刚迈进屋里，就跌倒在地。

"我要死了，"他喃喃说，"我去过死灵魂住的地方！"随后，他翻了一个身，背朝地下，死了。从那以后，印第安人把这湖叫作死灵魂湖。在那平静的碧蓝的湖水下面，安葬着成千上万的死灵魂。在它洁净透明的水面上，映照着胡得山的面容，它高高地耸立着，如同一座死灵魂的纪念碑。

美丽的姑娘纳赫吉塔

好多年以前，美丽的姑娘纳赫吉塔住在北山脚下。这座山如今我们管它叫奥林波斯山。这温柔的姑娘纳赫吉塔非常爱自己的部族。她长得那样迷人、那样漂亮，就像林子里一颗毛茸茸的蕨菜。她的声音是那样欢快、那样悦耳，就像她屋旁那条小溪发出的淙淙声。

她的部落靠独木舟维持生计。他们的食物大部分靠从咸水中捕捞，少部分靠陆地狩猎。夏天，女人晒鲑鱼肉，准备过冬时吃；秋天，她们到林中采集浆果，挖块根，找卷丹球茎。但是，她们几乎从来也不到森林的深处去。

有一年秋天，有一次，纳赫吉塔和她妈妈、姐妹一起去采集块根。纳赫吉塔走进林子，眼前是一片地毯般铺满大地的蕨菜、横七竖八的树干和长满青苔的大树，一束束黄绿色的光透过绿叶闪闪灼灼，这美丽的景色使她心旷神怡、流连忘返。

过了好久，她才发现自己走得太远，迷路了。她大声呼喊妈妈和姐妹，尽管她心里明白无论怎样呼喊，她的声音也不能穿过稠密的树林传到她们的耳朵里。她的亲人除了这淙淙的流水声外，恐怕很难听到别的什么。姑娘努力回忆她是从哪条路走过来的。这时候，林子里那点微弱的黄中透绿的光线，渐渐变得暗淡了。夜来了，纳赫吉塔吓得直哆嗦，她跨过东歪西倒的树干，迈过一丛丛野葡萄、蕨菜，还有在长满青苔的老枝上寄生的嫩枝芽。

最后，她又怕又累，倒在长满青苔的树干上睡着了。

第二天一早，全部落的人都出发去找她。

“纳赫吉塔！纳赫吉塔！”人们一遍又一遍地喊着。

但是没有回答，只有风儿在树梢呼啸，山溪在淙淙作响。

找呀，找呀，足足找了三天。第四天，一个寻找的人在一棵横卧在地上的生满苔藓的树前绊倒了。纳赫吉塔的身体躺在树旁的血泊里，猛兽把她咬死了。

大伙儿满腔悲痛，在林中空地上把她的遗体火化。多少天以来，村寨里哭声不断。人们的悲痛感动了众神之王。有一次，人们一觉醒来，眼前出现了一个美丽的小湖，里面蓄满碧蓝碧蓝的湖水，周围长满了白色树干的赤杨。大伙儿都惊呆了。这个湖就坐落在纳赫吉塔遗体火化的地方。

印第安人管这湖叫作纳赫吉塔。每到秋天，人们就会看到一群群小鸟在湖畔盘旋，嘴里喊着：“纳赫吉塔！纳赫吉塔！”

但是，回答他们的只有水的拍击声。

如今这个湖叫苏席尔连德，因为第一个看见它的白人的名字叫约翰·苏席尔连德，纳赫吉塔却被人遗忘了。只有本部族一些上了年岁的人还记得她。

迈桑湖和哭泣的鸳

在奥林波斯半岛东半部，有一个不大的迈桑湖。印第安人传说，这个湖里有一些水妖。

离湖不远，住着一个小孩，他游泳游得很好，几乎所有时间都消磨在水中和河岸上。这条河现在叫作胡得河。小孩的妈常常警告他，不让他在湖里游泳，说那里有水妖。在湖里游泳，会得罪水妖，水妖会给他厉害看的。但是，小孩在这清澈透明的水里，并没看见什么水妖，只看见一群群淡水鲑鱼。他整天整天地在水里游泳嬉闹，非常开心。肚子饿了，他就去追逐那些游得飞快的鲑鱼，想用手把它们逮住。后来，他终于逮住一条鱼，把它带上岸来。

他想：用这条鲑鱼做一顿午饭多美呀！于是，他在岸上生起一大堆篝火，把鲑鱼煮来吃了。

鱼肉非常鲜美可口。但是，小家伙哪里知道这条鱼的骨头里藏着一个湖妖。结果，他吃完了最后一块鱼肉，就变成了鸳。

他惊恐万状地飞回家去，在自己家上空盘旋了好久，呼唤着妈妈。他想用鸳的尖叫声告诉她，儿子出事了。可是妈妈听不懂，她不知道这只呼号着的鸳就是她的儿子，甚至还用棍子驱赶这只狂叫着的飞鸟。小家伙伤心极了，他怕妈妈把他打死，就啼叫着飞回湖畔去了。

自此以后，如果有小男孩和小女孩不听父母的话，鸳就用尖厉的啼声劝导他们。

约瑟夫酋长讲述的约洛夫湖的故事

很多年以前，大约有两辈人那么长的时间，我们这个穿鼻部落很强大，人数也很多。每到夏季，我们的武士总要到野牛国去捕美洲野牛。居住在柯莫·库里山以东地区的黑脚部落的人也在那儿狩猎。

有一年夏天，正当我们穿鼻部落的首领红狼和一些武士追逐一头野牛时，一支人数众多的黑脚部落的队伍狙击了他们，红狼手下的大部分随从遇难身亡。

第二年，我们的部落用了整整一个冬季的工夫制作矛和箭，准备还击。夏天到了，红狼带领着武士向野牛国进发。在那里又爆发了一场战争。当时穿鼻部落实力很强，全队无一伤亡，凯旋回营的时候，还俘获了黑脚部落的许多马匹和带发头皮。每年夏天，两个部落都要在野牛国相遇，然后发生一场厮杀。每一个刚刚成年或学会使用武器的孩子，都要被派到野牛国去。老首领和红狼死后，年轻的红狼继续率领武士作战。

有一年夏天，我们部族许多猎人集中在野牛国，夜里却遭到了黑脚部落的袭击。我们的武士都在睡梦之中，许多人被打死了。幸存者为了返回家园，不得不多次发起反击。

疲惫不堪的红狼直到夜里才东倒西歪地回到了自己的村寨，身边只剩下寥寥几个武士。黑脚人却士气旺盛，只是因为天黑了，他们才没有杀进村来，而是在湖的对岸扎下营寨。他们打算在第二天太阳东升时，把穿鼻部落的男人统统杀死，把女人和儿童统统带走。

黑脚人点起篝火，他们呼喊着，欢跳着，通宵达旦。我们的人没有点篝火，没有跳舞，只有女人在为死者哭泣。红狼的领地沉浸在悲哀的气氛之中。

红狼膝下有一个女儿，她长得非常漂亮，名叫亚赫隆纳。所有武士都爱亚赫隆纳，她也爱他们，尤其爱自己的父亲。她知道，父亲的力量太弱了，难于取胜；武士不多，难于挫败对手。

亚赫隆纳背着自己的家人和朋友，神不知鬼不觉地溜出村寨，借着柳树丛的遮挡，上了自己的独木舟。在穿过湖面的时候，她尽量不让桨发出声响。抵达岸边后，她把小船拖靠岸，就直奔最大的那堆篝火而去。

一个威武慓悍的武士正在同他的人说话，他的腰间挂着六块穿鼻部落人的带发头皮。他的话音刚落，亚赫隆纳就出现在他面前。

“我是亚赫隆纳，红狼的女儿！”她说，“我有话要和黑脚部落的首领说。”

“我是黑脚部落大首领铁血的儿子，你要跟我说什么？”大汉问她。

“我来央求你，不要毁灭我的部族！他们不知道我到这儿来。我们的年轻武士都已战死了，女人都在哭悼死难的人，村里已经没人点燃篝火了。我父亲说，天亮的时候，你们就要把我们全部杀死。但我相信，你们并不稀罕老人、妇女和儿童的带发头皮。我求你们回家吧，不要再发动新的战争了。我们决不再来骚扰铁血部落，因为我们的武士已经战死在沙场上了。”

亚赫隆纳说完，就躺在沙滩上，把自己的脸孔遮掩起来。铁血首领的儿子特列斯卡把自己的斗篷扔到了她的肩上。

他对姑娘说：“你很勇敢，你爱你的人民。我很同情你，我再也不会和你的人民打仗了。”

父亲听了儿子的话，十分生气：“她的人民是一群狗！特列斯卡，收起你的斗篷，杀死这姑娘！”

特列斯卡连动都没有动。

“红狼武士不是狗！他们打起仗来非常勇敢！”特列斯卡反驳父亲说，“多少天来，我们都在陡峭的山路上追赶他们！我们看见了，这姑娘饿得东倒西歪的，可是当她一转身同我们打仗的时候，却从来也没有一点胆怯。在我们的武士中，只有我是她的对手，她的那根狼牙棒能把我的肩膀打烂。红狼的女儿不是狗。我也不把我的斗篷从她肩上拿走！”

铁血首领最爱这个年轻的武士，他的心软了下来。

“孩子，你的话是对的！”他高声说，“过来，穿上我的斗篷吧！”

这时，亚赫隆纳从地上站起来，向自己的独木舟走去。现在，她相信她的民族得救了。当她去拿桨的时候，她看见特列斯卡正站在她身旁。

他说：“红狼的女儿，你很勇敢，也很漂亮。记住，12个月以后，你要是听到湖畔有一只白枭的嘹亮叫声，那就是我有话要对你说。”

亚赫隆纳回到自己的村寨，没有人再攻打她的部落，人们重新点燃篝火，过着安居乐业的日子。

亚赫隆纳数着日子，第12个月就要过去了。一天夜里，村里的人已经睡熟了，从湖边传来一声白枭的尖叫。亚赫隆纳走出屋子，悄悄穿过村子，来到湖边。特列斯卡在等着她呢。

“黑脚部落有不少姑娘眼巴巴地盯着我，因为我是一个威武的武士，但我的心是属于你的，我希望你做我的妻子。”

“不行，”亚赫隆纳说，“我的人民会把你打死，然后把你的骨头喂狼的！”

特列斯卡说：“六个月以后，你会听到一只灰狼的嗥叫声。你若是游过湖来，我还有话要对你说。”

亚赫隆纳天天数着日子。六个月过去了，一天夜里，她听到一只灰狼的嗥叫声，便悄悄来到独木舟上，一次桨都没有摇，就来到了湖的对岸。特列斯卡在那儿等她呢。

“我对父亲说了，”他说，“他的心肠变软了。明天一早，我将同父亲带着我们的武士到红狼的村寨去。我们要和你们的首领以及武士讲和。我们将会在自己的湖里捕鱼，你们如果到野牛国打猎，也不必担心我们攻打你们。”

亚赫隆纳把特列斯卡的话一五一十地对父亲讲了。红狼又把这番话转告所有武士。大家等着天亮。天亮了，铁血首领、特列斯卡和黑脚部落的武士来到穿鼻部落的村寨里。红狼和他们一起围坐在篝火周围，商议结亲的事。

黑脚部落的大首领对红狼说："我的儿子喜欢你的女儿，他愿意娶你女儿为妻，我的儿子是个威武的武士！"

"这事我女儿已经说过了，她的心也已经交给了特列斯卡，我决定同意她的婚事。"红狼回答他。

随后，红狼派人去通知住在库库斯金河岸边上所有穿鼻部落的人，通知亚基玛和凯尤斯的朋友们，邀请他们前来参加这对年轻人的婚礼。

婚礼的头一天傍晚，亚赫隆纳和特列斯卡荡舟湖上，站在岸边的人们看着他们一桨一桨地越划越远，向山里划去。突然间，湖水汹涌，湖面掀起一排排连天巨浪。浪越来越大，好像是什么精灵从湖底把湖水抬了起来似的。紧接着，一条巨蟒从水里钻了出来，把独木舟团团围住，然后往上腾起，用尾巴狠劲地打着小船。

打那以后，再没人看见过亚赫隆纳和特列斯卡了。两个部落的人四处寻找他们的遗体，找了许多天也没有找到。黑脚部落的人悲伤地返回他们的住地。他们深信是大神生气了，才把他们如此爱戴的青年首领带走的。

穿鼻部落也这样想，他们和自己的仇敌和好，引起了大神的不满。他们害怕再受到惩罚，从此再也不敢到约洛夫湖里游泳。

当穿鼻部落的年轻首领约瑟夫在篝火旁讲完这个故事以后，乔治·怀戈奈问道："你讲的是真事，还是编出来的？"

"噢，绝对真实。"约瑟夫保证说，"我听我们部落的人讲过多次，也听黑脚部落的一些人讲过。”

“难道你就相信有一条大蟒从水里冒出来，吞食了特列斯卡和亚赫隆纳吗？”

“不，”约瑟夫回答说，“一阵风吹来，起浪了，于是一切……”

凯欧蒂怎样获得神力

宇宙开辟之初，众神之王把百兽召来。

“你们当中还有不少没有名字，”百兽抵达以后，神王说，“有些不喜欢自己的名字。明天太阳升起以前，我给你们大家起名字。我还要送给你们每只兽一支箭。天亮以前，你们到我的屋里来。头一个来的可以随意挑一个自己喜欢的名字，我会给他一支最长的箭。得到这支最长的箭的就会最有力量！”

百兽回去了，凯欧蒂对朋友狐狸说：“我要得第一，我不喜欢我的名字，我想叫熊或者叫鹰。”

“谁也不稀罕你的名字！”狐狸嘲笑他，“你还是给自个儿留着吧！”

“我一夜都不睡，准能得第一！”凯欧蒂说。

他一宿没有合眼，坐在火堆旁边。枭叫、蛙鸣，凯欧蒂全都听到了。可是，当星星闭上眼睛的时候，他实在支撑不住了，梦神找到了他。他的眼睑就像灌了铅一般。

“我要做一个撑住眼皮的架子。”他说。

于是，他拿来两根小棍，做了一个撑眼皮的支架。“现在，我不会睡着了。”他这样想。

可是，他还是睡着了。一觉醒来，太阳在地面上拖了个长长的影子。由于睡得太晚，凯欧蒂双眼干涩，啥也看不见。但是，他还是不顾一切地向大神的住地跑去。

“我要当熊！”他以为自己得了第一，大声喊叫着说。

屋里除了大神外，什么兽都没有。

“这个名字已经被领去了。熊得到了一支最长的矛，他是兽中之王。”

“那我就叫鹰吧！”

“这个名字也被领去了。鹰得到了第二支箭，他是鸟中之王。”

“那我就要鲑吧！”

“这个名字也有主了。鲑得到了第三支箭，他是鱼中之王。现在只剩下最短的一支箭和一个名字——郊狼凯欧蒂。”

大神把最短的一支箭给了凯欧蒂。凯欧蒂跌倒在大神面前。他的双眼仍然很干涩，大神可怜他，用水洒了洒他的眼睛。这时候，凯欧蒂又闪出一个念头：去求灰熊换个名字。

“不行！”灰熊回答说，“我不换。这是大神亲自给我的！”

凯欧蒂又回到大神跟前。大神对他说：“我要使你具有一种神力，我故意让你最后一个到我这里来，是要你去办一件事，办这事要有一种神力。有了神力，你要变什么就能变什么。你如果需要帮助，就把神力叫来。狐狸是你的兄弟，必要时，他也会帮你。如果你死了，他会使你复活。你到湖里去，擒住四个水怪。神力就在那儿。然后，你要按我吩咐的去做。”

从此，凯欧蒂有了一种非凡的神力。

为什么河流总往一个方向流

一

好久好久以前，世界还不是现在这个样子。有一次，百兽参加了一个大会，主持者是鹰。他住在天上，在一棵高高的大树顶上。百兽在决定一些重大的事情的时候，常去找栖息在大树上的鹰，鹰会给他们出主意。

每一只兽都有权在这样的集会上发表自己的意见，连给大伙儿当差的乌鸦和水貂，也可以向到会者陈述自己的见解。乌鸦的意见非常得体，因而博得了智者的美称。

河流该往哪个方向流呢？大伙儿为了这个问题争个没完。往上流，还是往下流？或者同时往上又往下流？除了乌鸦以外，百兽认为，所有的河流都应当往下流，然后倒转过来，以同样的速度往上游流。

“我们的主意行得通吗？”他们征求鹰的意见。

“可以，”鹰回答说，“如果河流往两个方向流去，那么，将要来到这个世界的人类日子就很好过了，到上游或下游都毫不费力，你看怎么样，乌鸦？”

“我不同意你的看法，”乌鸦反驳说，“如果河水瀑布倒流，鲑鱼就不可能停下来。如果他以同样的速度往上游或下游游去，他实际上是后退了，那么，他该在哪儿产卵呢？人怎样才能捕获鲑鱼呢？我想，一切河流都只能往一个方向流去。”

“乌鸦说得对！”水貂说，“如果河流往两个方向流动，人要逮住鲑鱼就很难了。”

“我认为，一切河流都应当往一个方向流去！”乌鸦重复说，“我以为一切河流的拐弯处，都应该有些不大的漩涡。有了这些漩涡，鲑鱼才能游得慢一些。这样，人就可以捕住鲑鱼了。”

“乌鸦说得有道理。”鹰在树上说。

“乌鸦说得有道理。”人在地上说。

一切都按乌鸦说的实现了。

这就是河流只往一个方向流，以及鲑鱼总是逆流而上、到小河湾里产卵繁殖的缘故。

二

世界诞生以前没有多久，有一次，鹰曾经提出要把克维诺特湖变为草原，让克维诺特河穿过草原流过去。

乌鸦不赞成鹰的意见：“这样一来，人的日子就太好过了。他们应当用劳动来获取他们所需要的东西。要得到卡玛斯块根，就应当越过森林去寻找远方的草场，从草场把卡玛斯块根运到河边来。”

到头来，克维诺特湖仍然是个湖。乌鸦坚持自己的意见。克维诺特河从山上流出来，注入湖中，然后汇流入海。

后来，鹰对乌鸦说：“我想，河的一端应往上流，另一端应往下流。”

“你说得不对！”乌鸦说，“这样一来，人的日子就太轻松了。他们要想溯流而上，必须靠竹竿撑划。这样，在靠近岸边的地方就会形成一些漩涡。”

这就是为什么所有的河流都往下流的原因。乌鸦坚持自己的意见，只是为了迎合鹰的想法，才在河上留下了一些漩涡。

鹰说：“应该把鲑鱼养得肥肥的，让人可以炸来吃。”

乌鸦说：“不行，如果鲑鱼的膘那样肥，不是太便宜人了吗？”

过了一些时候，鹰的幼崽死了，鹰很难受，去找乌鸦，对他说：“如果人死了可以复活，那该多好呀！”

乌鸦说：“不，还是死了的好，人死后不应该返回人间。”

世界的一切就是根据乌鸦的意见安排的。鹰的幼崽死了，人死了，都不能返回人间。

世界诞生没多久，有一次，鹰提出要把克维诺特湖变为草原，让克维诺特河穿过草原流过去。

——《为什么河流总往一个方向流》

凯欧蒂和哥伦比亚河里的水怪

凯欧蒂在周游世界的时候，有一次听说哥伦比亚河里有一个水怪，名叫纳什拉赫。河里的一切生物都死在他手里。被杀的生物实在太多了，百兽都不敢靠近河边，不敢捕食淡水鲑了。

"我要帮助你们，"凯欧蒂允诺他们，"不许水怪为非作歹！"

不过，该怎么办呢？连他自个儿也不晓得。因此，他只好求他的三个姐妹帮忙。他的三个姐妹全都聪明过人，以浆果为形体，藏身在他的肚子里。世间的事，她们无所不知。凯欧蒂有求，她们当然得帮忙哩！不过，开头的时候，她们并不很乐意："帮忙可以，可你先得说说，你自个儿有什么打算！"

"好呀，你们如果不想帮忙，"凯欧蒂吓唬她们，"我就要在你们身上下大雨、下冰雹了。"

浆果最不喜欢的就是下雨和下冰雹了。

"得了，可别让我们淋雨！别给我们下冰雹！"她们央求说，"我们告诉你该怎么办，你尽可能多捡些干柴来，点上篝火，再去拿五把锋利的刀子。你知道吧，在维什拉姆[1]附近，纳什拉赫杀死了所有的人。只要有人驾着独木舟走过他跟前，他就把人吞了。信不信，他也会把你吞下肚的！"

"就是，我的好姐姐，我也这么想，"凯欧蒂回答说，

1.居住在哥伦比亚河两岸的奇努克部族的一支。

“开头我也这么打算！”

凯欧蒂听从姐姐们的劝告。他捡了干柴和树枝，把五把尖刀磨得锋利无比，然后到纳什拉赫居住的那个深水潭里去。水怪看见凯欧蒂了，不过没有吃他，因为他知道凯欧蒂还是一位大首领呢！

凯欧蒂知道只要刺激他几句，水怪准会暴跳如雷的。于是，他开始肆无忌惮地骂他。果然，水怪一听就气得嗷嗷的，他吸了一口气，凯软蒂仅仅来得及抓起几根棍子，就已经来到了水怪嘴边。

在水怪的肚子里，他看见许多兽类，有的饿得半死，有的冻得半死。

“我要在这儿给你们生一堆火，”凯欧蒂说，“给你们准备一点儿吃的。等你们暖和过来，吃饱了的时候，我就要把纳什拉赫杀死。我到这里来救你们，我的同胞兄弟！你们很快就要和自己的亲人见面了！”

凯欧蒂在水怪的心下面点的篝火熊熊燃烧起来了，冷得发抖的野兽全都围到他身旁取暖。凯欧蒂抓起一把尖刀，把妖怪的心头肉，一块一块割了下来，放在火上烤。

群兽饱餐了一顿，凯欧蒂割断了联结妖怪心脏和身体的血管。他弄断了一把刀子，还是继续割，接着又弄断了第三和第四把刀子……终于，他用第五把刀子割断了最后一根血管。水怪的心直通通地掉到了火里。

惩治了妖怪以后，凯欧蒂大声咳嗽了一声，地上的兽民也跟着咳嗽起来。

“我说过要搭救你们的！”当兽民们集合到河岸上，围在凯欧蒂周围时，他大声说，“现在你们可以过太平日子了，我还要给你们每只兽起个名字哩！”

凯欧蒂给百兽起名，一个都没有漏掉。

“你是群鸟中最英俊最勇猛的，你叫鹰吧！你是兽类中力气最大的，你叫熊吧！你是最有本领的医生，你叫猫头鹰吧！你是河中最大的，你叫鲟鱼吧！你是世界上最美味的，你叫淡水鲑吧！”

接着，凯欧蒂给海狸、美洲狮、鹿、啄木鸟、松鸦以及所有飞禽走兽都起了名字。最后，轮到他自己了：“我是百兽中最有智慧、最机灵的，我叫郊狼凯欧蒂。”

然后，他向妖怪说：“从今以后，不许你像过去那样危害人民。新一代人类已经在大地上诞生了，大河上下都是他们的天地。你不能把人一个个都溺死。要是有独木舟从你头顶上划过，你可以使它们摇晃颠簸。以后，所有独木舟都会绕过你住的深水潭，不会在你的住处上面划行。你只有在极少数的情况下才能杀人，你要终生遵守这条法规。从现在起，你已经不是过去那个水怪了。”

从这一天起，有了凯欧蒂法。自从凯欧蒂解除了水怪身上的神力以后，水怪再也不敢吃人了。当然，偶尔他还会从水底下拽住个把来往的独木舟，连人带船一起吞掉。但这不是经常发生的。印第安人通常把独木舟推到岸边，从水怪住地绕行，谁也不从它头顶上过去。尽管水怪还住在深水下面，它的力气可大不如前了。

白人开到河里的第一艘轮船被纳什拉赫挡住了。印第安人劝说白人往水里扔一些食物，他们这样做了。他们从船上把糖、面粉、大米以及其他食物扔到水里，纳什拉赫才让轮船开走。

凯欧蒂为什么要改变哥伦比亚河的流向

在圣波埃尔河附近，凯欧蒂有一幢印第安人的小屋，旁边是翠鸟的小屋，并排挨着的是狼四兄弟的小屋。也就是说，那里有三幢小屋。

翠鸟的日子很不好过。翠鸟又叫鱼狗，鱼狗嘛，离不开鱼。可他抓到的鱼连他自个儿都不够吃的。凯欧蒂呢，还等着翠鸟为他打鱼哩！可是，翠鸟打来的鱼又不合他的口味。

狼四兄弟靠肉食为生，他们随时都可以捕获到鹿，所以不愁没有肉吃，要多少有多少。他们也很大方，常把肉分给凯欧蒂吃。要知道，狼四兄弟是凯欧蒂的外甥。翠鸟呢，不吃肉，鱼又不够吃，日子当然不好过哩！

有四个姐妹，她们在下游塞利洛瀑布附近的河里设下拦鱼坝，不让一条大鱼到上游去。

凯欧蒂受不了了，他说："这还得了，我要去瞧瞧，究竟出了什么事。不光是四姐妹需要鱼，大伙儿都需要鱼。我这就到下游去，想个办法对付她们。"

说话又过了好些日子。凯欧蒂还没有去四姐妹设下拦鱼坝的地方呢，他一直在心里琢磨：该怎样才能不得罪她们，不跟她们吵架，又要拆掉她们的拦鱼坝，把鱼放到上游去呢？该怎样对付她们呢？于是，他呼唤自己身上的神力来助他一臂之力。

他问神力："我要把鱼放到上游去，该怎么办？"

神力回答说："要费很大的劲，你对付不了。"

"你提醒一下我该怎么办，不就得了！"凯欧蒂说。

于是，神力给他出了个主意："你沿着河道往下游走，扎进水里，顺流游去。你变成一只小木碗，照直往拦鱼坝游去，这时候，姐妹们看见这只小碗，就会捞起来，带回家中。"

凯欧蒂照办了，他扎进水里，变成一只小木碗。小碗卡在拦鱼坝上，游不动了。他就待在拦鱼坝里了。不多久，四姐妹采完浆果，从山岗上下来，来到河边，舀干里面的水，看看拦鱼坝怎么样了。她们走到拦鱼坝跟前，看见里面有一只小木碗。

"喂，你们看，一只小木碗！"一个姑娘大叫道。

"真好看！真漂亮！"另外两个姑娘也奔过来，大加赞赏。

这时候，只有站在岸边的小妹说："我看，这只来历不明的小碗掉到这里面来，可不是个好东西，最好甭动它，否则咱们要倒霉的！"

"你胆子真小，"一个姐姐说，"一只小木碗能把咱们怎么样？大概谁的独木舟在上游翻了，所有东西都掉到水里去了。一只小木碗能跟谁作孽，把它带回家得了！"

没说的，她们把它带回家了。她们到家，做了一顿鱼肉饭，吃饱以后，把剩下的盛到这只小木碗里，留着下一顿吃。

然后，她们把小木碗放进储藏室，睡觉去了。

第二天早晨一觉醒来，碗里空空如也。里面的食物一丁点儿也没有了。

“我对你们说过，这只木碗到了咱们这儿可不是个好东西。可你们就是不听我的，扔掉算了！”

“也许是大老鼠或是什么东西偷偷把鱼吃掉了！”其他几个姐妹说，“怎么能怪罪这只小木碗呢！”

小妹妹有什么办法，一比三，输了！她们又另外烤了一些鲑鱼，吃了个饱，把剩下的盛在小木碗里，放到储藏室里。然后，她们到山上采浆果去了。

过了一会儿，她们回来了。进屋一看，得，小木碗空空的，啥也没有了。

“这回你们该信了吧，这不是个好东西！”小妹说。

如今，姐姐们相信了，她们一起出去，小妹拿着这只碗。塞利洛瀑布附近全是石头，姑娘捡起一块大的，向木碗砸过去，想把它砸碎。谁知一石头砸过去，木碗掉到地上，变成了一个小男孩。一个姑娘跑到小男孩跟前，拉起他的手，小男孩定定地看着她。

“看呀，多可爱的小家伙！好极了，我们有了一个小弟弟了！我们来抚育他，等他长大了，帮我们捕捉鲑鱼。我们用不着再去捕鱼了，顶多就是把鲑鱼肉晒干，别让鱼霉烂掉就得了！”

“别碰他，”小妹说，“咱们家里谁也不要他！”

不过，三比一，她又输了。她们把小男孩带回家里。小家伙实在可爱，满脸笑容，让人喜欢。

姐姐们都说：“多可爱的小家伙呀！现在，我们有了自己的小弟弟啦！”

姐妹们把小男孩喂饱，安排他在自己屋里睡下，就到山上采浆果去了。姐姐前脚出了门，凯欧蒂立即变回一个男子汉。他下到河边，手脚不停地把姐妹们费了好大工夫才修建起来的拦鱼坝拆掉。

姐妹们回家之前，他就回到小屋里，重新变成一个小男孩，躺在床上。

几天过去了。凯欧蒂每天都到拦鱼坝那里，挖呀，挖个不停。每天他都想着很快就可以推倒这座堤坝了，于是，他拼命干。这一天，他心想："姐姐们该回家了，不过我还没挖完，现在不能回去。她们不能把我怎么样！"

他随身带着小木碗，把它戴在头上，泥土在他的铲子下飞扬。没过多久，姐妹们到河边打水来了，她们看见了他在拦鱼坝上干的事。

"哦，这真是个巨人呀，他正在挖我们的拦鱼坝呢！"姐妹中有一个大声叫喊。

"这回你们可明白了吧！我早就说过，这小家伙是个祸种！"小妹说。

姐妹们抓起棍子，向男子汉扑去，照他的脑袋猛击。不过，要想把他打倒可没那么容易，他脑袋上顶着那只小木碗呢！他又铲了几下，堤坝就倒了。大功告成，凯欧蒂也溜了！

临走，他把几姐妹奚落了一番："哈，你们这些女人家，竟然还想战胜我们男人，做梦！男人永远比你们强！"

他扔下她们，扬长而去，所有鲑鱼也都跟着他走了。堤坝决口了，鲑鱼急匆匆地从他挖开的口子穿过去。凯欧蒂沿着河岸大踏步往前走，他饿了，累了，就停下脚步，从河里叫一条鲑鱼来。这时候，一条大鱼从水里蹦了出来。他把鱼逮住，煮熟吃了。稍稍休息，他又继续往前走。他每次停下休息，鲑鱼也停下来。就这样，他逆水往上游走去。

有一次，他在一个地方停下来休息，这个地方如今叫干瀑布。当时哥伦比亚河也流经此地。他看到岸边有一家人家境贫寒，仅能勉强度日，因为此地河里的鱼实在太少了。这家有两个可爱的姑娘，他对这两个姑娘很有兴趣，于是他决定在这里住下来，做一番事业。

凯欧蒂来到她们家的时候，天色已经黑了。两个姑娘去采浆果，还没回来。凯欧蒂一边和老人攀谈，一边等她们回来。

“你们跟我到岸边去吧，一定会有好运气，”他向姑娘的父亲说，“我看见一堆鲑鱼，你们一定会高兴的。”

他们下河捕了一条鲑鱼，提回家中烤熟了。姑娘回到家里，高高兴兴地美餐了一顿鲑鱼肉。凯欧蒂同她们聊天，一夜过去了。太阳升起的时候，他又到河边逮了两条鲑鱼，送给老头儿。

早饭以后，凯欧蒂向两个老人提出求婚。

“这事我还得问问姑娘自己。”老头儿回答说。

他又向姑娘求婚。

“不，”姑娘回答他，“我们现在还不愿意出嫁，我们还想过自由自在的生活。”

她们的答复使凯欧蒂非常生气，他决定毁掉这条河。

“你们俩不愿意嫁给我，就等着喝西北风吧！我立即就把这条河从这里带走！”

于是，他改变了河道，叫这条河按它现在的走向流。

“将来有一天，”他对老头儿说，“会有一个有本事的人到这里来，他会重新叫河流改道的。再过几年，这个人再来，又会让河流按以前的流向流的。”

说完，他就上路了。他溯流而上，一直走到圣波埃尔河口。在那儿，他看中了一个姑娘。

他修造了一道堤坝，把鬼谷围住，好让姑娘的双亲能捕到所有的鲑鱼。鲑鱼无法越过修筑的堤坝，因为它实在太高了！但是，姑娘拒绝了他。

“大河里有四五种鲑鱼在往上水游。最大的鲑鱼王就生长在大河里，可是没有一条大鱼会游进圣波埃尔河。起初，有铁头鱼、奇努克鱼，后来有银鲑鱼之类的小鱼，它们顶多像个小铜币那么大，这几种鱼都会到你这条河里来的。不过，鲑鱼王和其他大鱼就不会来了！”

说完，他推倒了他在鬼谷建筑的堤坝。从此，鬼谷里就残留下许多岩峰和石礁。他又率领鲑鱼溯游而上。他一直走，一直走，来到了凯特尔瀑布。当然啦，那时候这里还没有瀑布，河的两岸有人居住。在这里，他又看上了一个漂亮的姑娘。她是海狸家族的女儿，尽管她满嘴獠牙，他还是看中了她。

“这回得瞧瞧我的本事了！”凯欧蒂心想。

他逮了一条鲑鱼，向姑娘的双亲献殷勤。第二天早上，他向老头儿提出要娶他的女儿为妻。

“你倒是可以把她带走，”老头儿说，“不过，有一个条件，你要把所有的鲑鱼交给我，使我在有生之年想吃多少就吃多少。”

凯欧蒂就这样在凯特尔瀑布附近找到了一个老婆，这里的一些瀑布就是他造的。打那以后鲑鱼就不再来回游动了，他造的这些瀑布一直都好好的，为百姓谋福利。如今每年鱼汛期，鲑鱼溯游而上，都必须经过这里。

凯欧蒂与海狸的女儿非常恩爱，他送给她一件用柔软的上等毛皮做的皮袄，并允许她到瀑布一带定居。

“如果你看见人，或听到有人走近，”他对她说，“你可以躲到瀑布附近，在那儿，你会很安全的！”

凯欧蒂搬来石头，放到河里，就地造了一座瀑布。他用石头砌成三级台阶，即使到了枯水季节，瀑布也不至于断流。当鲑鱼游过瀑布的时候，捕鱼人只要站在岩石上，一伸手就可以逮住。

从水源到凯特尔瀑布，整个河流流程中的大小瀑布，都叫凯欧蒂毁了。鲑鱼很快繁殖起来，繁殖得那么多，海狸用棍子在水里打，每一棍子都可以打着一条鱼。

于是，凯欧蒂任命海狸做鲑鱼的首领。

“许多部落都要到这里来捕鱼，”凯欧蒂对海狸说，“你将成为他们的首领。每个到这儿的人，你都要送给他一份。这里的鱼足够大家用的。记住，贪婪的人绝没有好下场！”

凯欧蒂怎样帮助人类

老一辈天神造了地和第一批兽人之后，又派凯欧蒂来到他们中间。古时候的人日子过得很艰难。他们混沌未凿，愚昧无知。老一辈天神让凯欧蒂除魔安民，教人过好日子。

凯欧蒂首先捣毁了海狸的五个老婆在哥伦比亚河下游修筑的堤坝。

“你们把鲑鱼统统拦住，让上游的人挨饿，这怎么行？”于是，他把五只母海狸变成了芦苇。

“从现在起，你们变成芦苇，”他说，“永远生长在水边。”

还没有来得及说完这些话，从大河河口涌来一大群鲑鱼，密密麻麻的，河面都变成暗黑色了。凯欧蒂在河边走，成群结队的鱼在他后面游。村村寨寨的兽人都夸凯欧蒂好。鱼是他们的命根子，凯欧蒂把鱼带来，从此他们不必挨饿了，当然兴高采烈了。

凯欧蒂来到一条有许多鲑鱼的小河，他想，应该教会人类修筑拦鱼坝。于是，他用榛树条子编成网，放到河里。然后，又告诉人类怎样晒鱼干和储存鱼干。

凯欧蒂来到一条大河边上，教人使用鱼叉捕鱼。他剥了一根冷杉树皮，用树干做成鱼叉，用尖利的一头叉鲑鱼。

后来，他停下来教人类把鱼煮熟吃。“这么煮就可以了。”凯欧蒂说。在这以前，他们不会做熟食，只吃生鱼。他教人在火上翻过来覆过去地烤鲑鱼。他教人在火上炖鱼，鱼上面盖上一层青草，以免漏气，就这样在火上炖鱼，直到鱼肉软烂为止。

“你们应该这样做。”每次，凯欧蒂都这样说。

后来，他和所有人一起举行了一个盛大的节日——鲑鱼节，大伙儿炖鲑鱼吃，就像凯欧蒂所教的那样。

这时候，凯欧蒂对居住在大河两岸及其支流沿岸的兽民说：“每到春季，鲑鱼都要到河边产卵。这时候，你们都应当举行盛大的宴会，就像鲑鱼节那样，欢庆鲑鱼的到来。然后，你们要酬谢鲑鱼诸神，感谢他们给大小河道送来丰盛的鱼群。你们的鲑鱼首领还要向诸神祷告，求他们保佑你们网网丰收。节日一共五天，在这五天里，你们不要用刀杀鲑鱼，只能在火上烤着吃。如果你们按照我的话去做，不管夏季秋季，你们将永远有足够的鲑鱼。”

凯欧蒂说完，又继续逆流而上，成群结队的鲑鱼跟在他的后面。他常常在一些注入大河的小溪支流一带流连。居住在亚基马河和温那恰河沿岸的印第安人盛情地迎接了他。他使这里水丰鱼足，而且还应允他们，每到春天鲑鱼就返回这里。总之，凯欧蒂所到之处，都受到热烈的欢迎。他使大河流域的人有足够的鱼吃，过着富足的生活。

凯欧蒂来到谢兰河两岸的兽民中间，对他们说：“如果你们给我一个年轻貌美的姑娘做老婆，我就叫你们鲑鱼满河，不愁吃喝。”

但他们拒绝了。他们想，一个年纪轻轻的姑娘嫁给凯欧蒂这么个老头儿，太不般配了。凯欧蒂一怒之下，用大石块堵塞了谢兰河的河床，筑起了一个瀑布。被石块阻塞的河流，就成了谢兰湖。自此以后，没有一条鲑鱼有本领越过这座瀑布。

这就是为什么至今谢兰湖里没有鲑鱼的缘故。

奥康诺干河的人不愿意把姑娘嫁给他，这里就变成了瀑布，斯波坎瀑布又是怎样来的？也是因为斯波坎河上游的首领不肯把部落的姑娘嫁给他。凯欧蒂对奥康诺干和斯波坎部落的首领都说了同样的话：“我在这里造了几座瀑布，这些瀑布要挡住一切鲑鱼，使它们不能游过来，不能在你们的水域出现。”

凯欧蒂继续溯流而上。一路上，他给山山水水都起了名字。他除魔平妖，造福人类。他平服了冰人，战胜了暴风雪。自此以后，冬天不再那么寒冷了。为迎接新的人种——印第安人的降生，他广植树木，使他们有柴取暖，还在山上栽了欧洲越橘。他说：“人类可以在这里采集浆果。不要让他们游手好闲，无所事事。印第安人不应当成为懒虫。”他种了草莓和其他食用浆果，还种了卡玛斯蒜、卡乌斯等各种块根植物，供人类食用。

新的人种——印第安人在大地上诞生了，他教他们用两根木棍放在掌中，钻木取火。他制造了削物用的长刀，砍物用的斧子。他把雪松的皮剥下来，制成了独木舟。

“应当这样做。”他说。

他教会人类制造箭筒，用箭状的嫩枝子造箭，教他们使用武器。他用槭树和杨树的枝条编织渔网，教他们捕鱼。他教他们在大河的瀑布旁边开出两小块平地，以便站在这里用鱼叉叉鱼，他还编织了捕鱼用的篓子。

凯欧蒂告诉印第安人，必须把鲑鱼洗涤干净。

“如果捕来的鲑鱼没有洗净，”凯欧蒂对他们说，“鲑鱼会替你们感到害臊，以后就不高兴到你们这里来了。你们吃多少就烧多少，如果你们烤了三条鱼，却连一条也没吃完，鲑鱼也会替你们害臊，再也不会到你们的河里来了。”

大河上下都有凯欧蒂的足迹，他为人类谋福利，把日常生活中的知识一应教给印第安人。

他为人们做了许多好事，可造的孽也真不少。

有些印第安人说，凯欧蒂做了那么多好事，可以把他催升到天上去了。也有人说，由于造了孽，他受到了惩罚！他是攀着根绳子爬到天上去的。他爬了一个夏天，又爬了一个冬天，后来又掉了下来。往下掉的时候，他在空中待了好久好久，跌到地上时，他听到有人说：

“你将永远流浪，为了赎罪，你将无休止地叹息，无休止地哭泣。”

这就是郊狼凯欧蒂为什么整夜整夜叹息和哭泣的原因，这就是凯欧蒂为什么总是忍饥挨饿、孤独地在人间流浪的原因。

“你们把鲑鱼统统拦住，让上游的人挨饿，这怎么行？”于是，他把五只母海狸变成了芦苇。

“从现在起，你们变成芦苇，”他说，“永远生长在水边。”

——《凯欧蒂怎样帮助人类》

威拉米特河谷的洞妖

威拉米特河谷有一个妖怪，他把附近的居民搅得惶惶不安。每到晚上，他就从洞穴出来，危害人类，把人拖进洞里吃掉。

凯欧蒂来到这里，村村寨寨的人都来求他把洞妖打死，搭救他们。

“行，”凯欧蒂满口答应，“新月升起以前，看我结果了这洞妖！”

不过，凯欧蒂心中没底，还不知道该怎么办才好！于是，他来到好朋友狐狸家里。

“这个妖怪终年生活在黑暗之中，”狐狸对他说，“他见不得阳光。”

于是，哥儿俩合计了半天，想出一个法子。第二天，烈日当头。当太阳升到中天的时候，凯欧蒂带上自己的箭筒登上了山顶。他从山顶上向太阳射了一支箭，接着，又向第一支箭的箭羽射出了第二支。就这样，他一支又一支地射去，从太阳到地面连成了一根箭绳。

最后，他两手抓住绳子，使劲往下抻。他使出全身的力气抻着绳子，把太阳往地面上拉，终于把太阳藏在威拉米特河里了。

洞妖以为天黑了，便从洞里钻了出来，找吃的东西。谁知他刚刚抓住头一个人，凯欧蒂就扯断了拴着藏在河里的太阳的箭绳。太阳一下子升到了天上，大地被阳光照得亮堂堂的，妖怪顿时啥也看不见了。于是，凯欧蒂打死了他。现在，人们再也不必怕他了。

时光流逝，冬来暑往，岁月不居。白人找到了妖怪的尸骨，把它们带走了。居住在威拉米特河谷的印第安人曾经警告过白人，这妖怪的尸骨让人恶心，会给他们带来不幸的。不过这些白人呀，别人的话难道能听得进去吗？

穆尔特诺马瀑布的传说

早先，穆尔特诺马人部落[1]的最高首领有一个年轻漂亮的女儿。首领所有的儿子都在战争中阵亡了，他自己也已经年迈，因此格外喜欢这个女儿。很多日子以来，他都在为女儿物色丈夫，最后他选中了他们的邻族克拉佐普人部落的年轻首领。

来参加婚宴的客人数都数不过来，有来自哥伦比亚河下游的，也有来自比这更南更远的地方的。

婚宴持续了整整七天，客人们举行游泳竞赛、独木舟角逐、射箭、赛马、跳舞、宴饮……姑娘和年轻的武士在谈情说爱。婚宴成功极了。

真是乐极生悲呀！村寨里突然发生了瘟疫。起初是儿童和青少年被传染了鼠疫。接着没多久，成年的男子也开始染病，相继死亡。穆尔特诺马的村子和游牧地，处处都可听见女人的哭声。

“大神生气了，”大伙儿说，“怎样才能叫他息怒呢？”

最高首领把所有巫师和武士召集起来，商讨解决的办法。

“大神生我们的气了，”他愁眉不展地说，“我们该怎么办呢？”

回答他的是一片死寂。

后来，一个老巫师站了起来。

1.奇努克人的一支。

“我们没有办法使他息怒。如果我们的死亡是大神的旨意，那我们就应当像视死如归的武士一样，去面对死亡。穆尔特诺马人从来就是勇敢的人！”

除了岁数最大的一位老巫师以外，所有在场的人都点头同意刚才那位老巫师的意见。这位最老的巫师没有出席隆重的婚宴和各种竞技活动，这次他是受最高首领之命，直接下山来到这里的。此刻，他站了起来，拄着拐杖陈述自己的意见。他的声音有些嘶哑而虚弱。

“我已经很老了，我的朋友，我度过了漫长的岁月。现在你们知道这是怎么回事吗？我要把我父亲好多年前跟我讲的一个秘密告诉你们。已经过去很多很多年了，早先，我父亲是穆尔特诺马的一位著名的大巫师。年迈的父亲曾对我说，到了我年老的时候，大神将降瘟疫于人间，要有大批人死掉。如果不向大神贡献牺牲，所有的人都得死去。做牺牲的必须是部落首领的女儿，为了拯救我们的人民，首领那天真纯洁的女儿应当自愿以自己的生命做牺牲。她应当独自一人登上大河上悬空的那块岩石，从岩石上往下跳。如果这样，瘟疫会立即停止蔓延。这就是我要说的一切。我公开了我父亲的秘密，现在我可以从容地死去了！”

老巫师坐回自己的位置上，在场的人谁也没说一句话。最后，最高首领抬起了头。

“所有首领的女儿都到这里来！”

很快，十二个姑娘站到了他面前，其中就有他自己最心爱的女儿。他向她们讲了老巫师的话。

“我认为，他说的是千真万确的！”他补充说。

然后，他转向巫师和武士：“请告诉老百姓，她们都会勇敢地迎接死亡。没有一个姑娘不愿献身！会议就到这儿结束了。”

瘟疫继续蔓延，大批人相继死亡。最高首领的女儿扪心自问，自己是否应当献身给大神做牺牲。可是，她正热恋着一位年轻武士，她不愿意死。

又过了几天，她的爱人也病了。这时候，她知道她该怎么办了。如果她不牺牲自己，他一定会死的。她在小伙子滚烫的脸上敷了一些冷水，关切地把他安置在床上，旁边放了一杯水，对谁也没说一句话，就溜出了屋子。

她沿着通往大河的小路，走了整整一宿又一个白天。黄昏时，她来到了凸悬在河水上空的那块大岩石上。她久久地、默默地站在那儿，看着那些凌空侧垂的尖状石块。

接着，她抬头望着天空，高举双手。

“是你对我的民族发怒了！”她对着大神高声说，“如果我向你献出我的生命，你能制止瘟疫蔓延吗？我的心充满了爱情，我的心是宁静和纯洁的。如果为了我的人民，你能接受我的牺牲，那你就在天上给我显示一些征兆吧！让我知道我不会白死，瘟疫很快就会停止。”

她刚刚说完，从河上升起了月亮，这就是征兆。姑娘闭上了眼睛，纵身从岩石上跳了下去。

第二天早晨，所有垂死的人都霍然痊愈了。村寨里、帐篷里，又传出了欢声笑语。

一时间，大家都产生了疑问："怎么瘟疫一下子就没有了？难道有一个姑娘……"

最高首领再次发话，要所有女儿辈、孙女辈都到他面前来。这一次，缺了一个……

克拉佐普部落那年轻的武士大步流星地沿着通往大河的小路跑去，所有人都跟在他后面。在高耸的岩石下的石头上，躺着所有人都喜爱的姑娘，他们就地埋葬了她。

姑娘的父亲对大神祈祷说："祈求你给我们一些征兆，让我们知道，我女儿的灵魂已经进入天国了！"

差不多同时，他们听到了流水奔腾而下的轰鸣声。众人向岩石望去，只见从岩石的脊背上飞滚下来一道银白色的流水，在飞沫的云霭中泄落到人们的脚下。它不断飞腾着，形成了一幅美丽而壮观的瀑布。

银河从岩石上跌落下来，多年后形成了一个石碗。冬天，这个勇敢而美丽姑娘的灵魂，偶尔也到这儿来观赏瀑布。姑娘的灵魂银装素裹，站在河岸边的树丛之中，她凝视着为拯救自己心爱的人民而做出巨大牺牲的地方，久久不肯离去。

慧眼

大河北岸，靠近维什拉姆人村寨的地方，有一块高大的岩石，它的样子很像一块纪念碑。岩石上画着一只大眼睛，那是一只慧眼。不管从村寨的哪个角落看它，它总是全神贯注地注视着你。这只眼睛是早先的人画的，那已经是爷爷辈的事啦！

有一天晚上，维什拉姆人的一个巫师调和了几种用植物块根制成的染料。就像有一种神力指使着他握着笔的手，往石头上画画。夜很黑，天上没有月亮，也没有星星，伸手不见五指，人们不可能看见画的是什么东西。

他不住手地画了一宿，努力在太阳出来以前画完。

他孤身一人，只有岩石下面那飞溅的浪花打破了夜的宁静。黎明的时候，巫师画完了。人们在岩石脚下找到他时，他已经昏迷不醒，没有知觉了。石头上，一只神秘的眼睛直勾勾地盯着他，也盯着来找他的人。

“这是塔赫玛赫纳乌斯画的！”大伙儿都这样说。

自此以后，直到今天，这只眼睛一直注视着整个村寨。它守护着百姓，使他们免受妖魔的侵害。一切都逃不过这只眼睛。世世代代的人都来向它祈求福佑。人们给它带来礼物——篮子、苇席、武器、串珠和鹰的羽毛等，来求财富、求安康、求长寿。女人来求子，姑娘希望保佑她们找到一个如意的丈夫。这只慧眼仿佛是万能的，什么都知道。

大河北岸，靠近维什拉姆人村寨的地方，有一块高大的岩石，那样子很像一块纪念碑。岩石上画着一只大眼睛。这是一只慧眼。不管从村寨的哪个角落看它，它总是全神贯注地注视着你。

——《慧眼》

哥伦比亚河为什么闪闪发光

有一次，五个星星小伙从天上下凡，在离德达列斯不远的河边睡着了。第二天早晨，其中的四个带着四个姑娘回天上去了。姐妹们来到星星住的地方，看见天上的情景和地上一样，有花，也有草。

年纪最大的那个星星小伙没有回天上去。他走的地方太多，实在太累了。他变成一块白色打火岩，又大又圆，亮晶晶的，躺在河边。它闪着耀眼的光，在老远的地方都能看得一清二楚。

这块星星岩给住在附近的维什拉姆印第安人带来了好运气。自从出现了这块大星星岩以后，河里的鲑鱼多得吃不完，维什拉姆印第安人不仅有足够的鲑鱼可以储存过冬，而且还可以卖给那些到河谷和大瀑布来的人。星星岩所在的地方，成了许多部落集市的场所。谁都知道这颗星，因为它，人们才把维什拉姆人称为星星人。

河南岸是瓦斯柯人的住地。他们没有星，但有一只大碗。“瓦斯柯”就是“有碗的人”的意思。在他们主要的寨子附近，有一块大岩石，它的轮廓就像一只大碗，里面漾着一泓又清又凉的水，瓦斯柯人非常珍爱他们的这只碗。

瓦斯柯是一个经常同邻近部族争吵和械斗的部落。他们嫉

年纪最大的那个星星小伙没有回天上去。他走的地方太多，实在太累了。他变成一块白色打火岩，又大又圆，亮晶晶的，躺在河边。它闪着耀眼的光，在老远的地方都能看得一清二楚。

——《哥伦比亚河为什么闪闪发光》

妒维什拉姆人有一颗闪光的能给他们带来好运的星。有一天夜里，趁着维什拉姆人到远方林子里采集浆果的时机，瓦斯柯部落中的几个人游过河来偷走了维什拉姆人的星。他们用驼鹿的皮把星星裹起来，扔到了河里。

维什拉姆人回来，发现自己的星不见了。他们找呀，找呀，到处都没有找到。过了一个月，河水下降，有些维什拉姆人看见他们的星在河底闪着光。他们把它抬起来，运回岸上，从此以后，人们经常守卫着它。

又过了三年，瓦斯柯人又趁维什拉姆人到亚当斯山采集浆果、守卫人睡着了的机会，第二次把星偷走了。这次他们把星打碎了，把碎块扔进了河里。

维什拉姆人回来，发现星星又不见了。他们很生气，过河和瓦斯柯人打了起来。有九个青年武士袭击了石碗，几乎把石碗打了个稀巴烂。过去，石碗是那么大、那么深，如今只剩下一小块了。

自从维什拉姆人的星被偷走砸成碎块以后，他们也就失去了“星人”的称号，变成跟大伙儿一样了。但砸碎了的星块一直留在河里，因此，在太阳下，河水仍然闪着耀眼的光芒。

内日斯峡谷的岩画

谁也不知道雅基马人[1]居住的内日斯峡谷附近那些岩画——乔普塔什——有多少年的历史了。那些可能知道画面上画的是什么东西的人，也早就去世了。岩画的年代很久了，是在大洪水以后画的。画面上最先露出两只手，接着是两个脑袋，以后才是其余的图画，这些图画都是在一夜之间画成的。

画岩画的人个子都很矮，我们本族人把他们叫作“亚赫吉塔斯”。如今我已经老了，我的先辈曾经见过亚赫吉塔斯人，这些矮个子的先民，在我睁眼见到太阳以前，曾经生活在悬崖峭壁之上。他们中最高的也不足半米，他们穿着兔毛织成的衣服。

老一辈人看见那些小矮人从一块岩石跳到另一块岩石上。他们在平坝上狩猎，在石崖上作画，就是如今你们所看到的这些画。他们用红、白、蓝、黄四种颜色作画，这些颜色至今还没有褪色。

亚赫吉塔斯人是些精灵，但不是恶灵。他们一直守护着这些画，不让他们褪色。亚赫吉塔斯人经常在夜里修葺他们的岩画。无论你用什么颜色或黏土涂抹它，第二天早晨，它们依然

1.居住在华盛顿州哥伦比亚河以及雅基马河和威纳河两岸的印第安人的一个大部族。

鲜艳夺目，就像刚画的一样。这些古代矮人画的岩画，被雅基马印第安人视为圣物。

我一次也没有见过亚赫吉塔斯人，可是许多印第安人都见过他们。有时候，在天黑之后或天亮之前，人们看见这些古代矮人就站在悬崖峭壁之上。不过，没有一个成年人愿意看见他们，因为如果看到的是亚赫吉塔斯人的护身精灵，而不是人，那么，看到的人必死无疑。

不过，如果小孩子去看岩画，岩画会赐给他们力量。因此，常常有一些五六岁或者更大的孩子，整宵整宵地留在悬崖上过夜。他们的父母希望他们能看上一眼，因为作画的人通常总是在黎明前出来。如果有一个亚赫吉塔斯人走到小孩跟前，那他就会成为这个孩子的护身精灵，而且会是一个有本领的护身精灵。能看到作画人的孩子，一定会走好运。可是，如果成年人看见他们，却是死亡的预兆。

自从白人来了以后，岩画就没有了。如今白人毁了这些岩画，真是作孽！

化石林的来历

还在凯欧蒂时代，耶诺特家族居住在哥伦比亚河两岸，就在如今洛矶山岛大坝下游的地方。

耶诺特有七个美丽的女儿。凯欧蒂见过她们，很想要其中的一个做老婆。于是，他向耶诺特提出，求他把一个女儿嫁给他。

“七个女儿我都用得着，”耶诺特回答说，“我还要让她们给我的炉灶捡柴火呢！没有她们，我就玩不转了！”

“我明白，你缺柴火烧，”凯欧蒂说，“这样吧，你把一个女儿嫁给我，我保证给你送柴火来！”

“等姑娘捡柴火回来，我和她们商量商量吧！”耶诺特答应他了。

老头儿告诉女儿，凯欧蒂要娶她们中的一个做老婆，害得姑娘们整宿没有闭眼，猜来猜去，想知道嫁给凯欧蒂的究竟是谁。可凯欧蒂太难看了，谁也不愿意嫁给他。不过，整天去捡柴火也实在太没意思。凯欧蒂呢，他也半宿没有睡着；选哪一个姑娘做老婆更好呢？真拿不定主意。他决定挑一个最漂亮的，不过她们全都很好看——大眼睛、长睫毛、头发细软细软的。最后，他决意把七个姑娘一股脑儿娶过来。后半夜里，他打算借助神力强迫她们统统嫁给他。

清早，在耶诺特的游牧地附近，河水把像大山一样的树枝冲到岸上。父亲命女儿和凯欧蒂一起到岸边去。七姐妹不多一会儿就想回家了，不过，她们还是跟在凯欧蒂后面，直到她们完全相信冲到岸上的木柴足够她们用好长好长一段时间的。

他们往上游走去，凯欧蒂把一棵棵大树扔到水里，让它们顺流而下漂到耶诺特那里。他把砍倒的树桩子推到水里，让它们像木筏一样往下游漂去。他算计好了，在河中搞一个漩涡，使所有木头顺流而下，到了耶诺特家附近就能靠岸。随后，他又在河的西岸栽了一片林子。这样，如果耶诺特的干柴用完了，永远也不愁没柴烧。就这样，凯欧蒂实现了自己的诺言。

姑娘们实在太想家了，她们求凯欧蒂让她们回家一趟，哪怕是不多一会儿也好。于是，她们按原路回家。快要到家的时候，她们看见了一大堆树枝，在她们的游牧地附近还有一片新栽的林子。这时候，她们明白了，她们如今再也不必去打柴了。于是，她们商量好了共同来对付凯欧蒂。她们对他说，她们要留在家里，再也不跟着他四处瞎逛了。

姑娘们竟敢骗他，凯欧蒂简直气坏了。他把她们大骂了一通，然后给耶诺特和他们的家族以诅咒。不过，在三年以内耶诺特和他的女儿并不知道他曾诅咒过他们。尽管开头那两年冬季天气很冷，但耶诺特的木柴还够用。姑娘们以食用鱼干和晒干的软体动物为生，取暖的木柴也绰绰有余。

第三年，凯欧蒂来了，他把自己对他们的诅咒坦白地告诉了他们：

“今年冬天你们都要丧命。有人会把埋葬在此地的你们的全部亲人从坟墓里挖出来。挖墓的人同时会把你们储存的木柴全部搬光。”

说罢，他把新栽的那片林子变成了石林，又用神力使第三年的冬季奇冷无比，大雪封地。春天到了，冰雪融化，水流从山上奔腾而下，河水泛滥成灾。耶诺特游牧地所储存的木柴给卡在河道中央，随后酿成更大的洪水。

洪水涌向石林，大水过后，在沙石丛中又出现了一片石林。这里成了百兽葬身之地。

从前，在凯欧蒂酿造洪水的那片土地上，树木繁茂，兽骨堆积如山。成片的树林被埋葬在岩层之中。像鹿、浣熊、美洲狮以及许许多多如今在这一带已经绝迹的兽类，也被深深地埋葬在深土之中。

如愿石

兰花是个漂亮的姑娘，她的父亲是卡利斯佩尔印第安人的首领。

有一次，兰花装了满满一篮子卡玛斯蒜往西到奥卡纳贡人那儿去。她知道那里住着一位年轻英俊的武士，名叫斯克拉干，他是威武三勇士中的老二。姑娘指望斯克拉干喜欢她，并向她求婚。

兰花登上西边的山脊，往下一看，眼前是奥卡纳贡一望无垠的河谷盆地。为了使小伙子一眼便看上自己，她在这里停下来打扮打扮。她从篮子里掏出一把龟背做的梳子，把她的长发梳了又梳，然后把头发紧紧地编成辫子，最后用红黏土给自己脸上抹上颜色。

不多久，她看见三兄弟正迎面向她匆匆走来。昨天夜里，哥儿仨都做了一个梦，梦见有一个姑娘来找他们，太阳升起的时候就要和她相遇。哥儿仨看到姑娘这样漂亮，都向她求婚。其中两个人由于妒忌，彼此争斗起来。

这时候，凯欧蒂正好走过。他看见哥儿俩正在打斗，就把他们嘲笑了一番，笑这两个男子汉竟然为一个女人而动拳头。兰花对凯欧蒂如此取笑他们很不满意，因而说了许多傲慢无礼的话。

这可把凯欧蒂惹怒了。

“好家伙！”他说，“我最不能容忍有人对我这样傲慢无礼了！”

他唤来神力，把姑娘的下半身变成石头。然后，他又唤来神力，把兄弟三人带到他们做梦与姑娘相遇的地方，再把他们变成三座山。

他返回兰花身边，看到姑娘正把卡玛斯蒜扔回卡利斯佩尔人的地里，她不愿意卡玛斯蒜长在奥卡纳贡人的地里。这时候，她唱起一首巫歌，于是全身都变成石头了。

凯欧蒂走过来，赋予她一种奇特的力量。

“你会成为一尊有求必应的如愿石。人们给你献上贡品，你使他们如愿。”

然后，他往西来到三座山跟前，对老二说：“你是一座尖顶而挺拔的山峰，女人永远钟爱你，就像这位卡利斯佩尔姑娘爱你一样。她们会用你躯体中的小碎块制成饰物，未来的人类会把这些小碎块叫作铜。”

凯欧蒂对老大说：“你没有参加打斗，所以你应该永远高昂着头，挺起肩膀。你的名字——大乔巴克山——将为世人所知，人们必须奔往远处才能瞻仰你的尊容。”

凯欧蒂对老三说：“由于你在斗殴中被痛打，被推倒在地，所以你只好永远低着头，成为一列低矮的山岗。”

这三座山直到如今还站在那里。世世代代，在卡利斯佩尔的草原上，每到春天，遍地都开满浅蓝色的卡玛斯蒜，待花期一过，印第安各部族云集此地采集卡玛斯蒜的块根。世世代代的姑娘都喜欢在她们的女先祖昔日梳妆打扮编辫子的地方流连。奥卡纳贡印第安人称她为爱南杜斯，就是坐在山峰上的姑娘的意思。

这时候，她唱起一首巫歌，于是，全身都变成石头了。

凯欧蒂走过来，赋予她一种奇特的力量。

“你会成为一尊有求必应的如愿石。人们给你献上贡品，你使他们如愿。”

——《如愿石》

海狸和大塘河

从前，地球上还没有人，兽和树都可以像人一样走来走去，彼此说话。当时，只有松树会取火。不过，松树是个贪得无厌的家伙，他从不把取火的本领向别人透露个一星半点。其他的树木全不晓得火的秘密。只有松树可以烤火，当然也就不畏冬天的严寒了！

有一年冬天实在冷得出奇，天这么冷，兽人都很担心熬不过去了。大伙儿求松树让大家取取暖，或者把火的秘密透露出来。不过，松树仍然守口如瓶。兽人想尽一切办法去打听火的秘密，都没有结果。

后来，海狸想了一个点子，他对他的朋友——其他兽人说："我有一个新招，我相信这招准灵，我一定要从松树那儿把火拿来。"

海狸得知，松树正准备在大塘河两岸召开一个大型集会，他决定去参加这个集会。松树一定会在河岸上点一大堆篝火，以便他们在冷冰冰的河水中洗澡以后可以烤火。松树在篝火四周以及各处都设岗把守，好不森严！哨岗把一切前来打听火的秘密的树木百兽全都拒之门外，不予理睬。

在哨岗还没有到位以前，海狸躲在一处陡岸下边，等待时机到来。不多久，篝火里有一块燃烧着的木块飞到岸边的海狸跟前。海狸把它捡起来，藏在腋下，拼了命从河里游过来。

松树立刻追来，眼看就要追到了，海狸一个筋斗潜到底，从这边游到对岸去。趁松树停下来喘气的工夫，海狸游远了。所以，如今大塘河有几处河流缓慢，就像要停下来喘喘气似的，接着水流才畅行无阻。海狸带着火种游到哪里，水流就跟踪到哪里。

不多久，松树累得上气接不上下气，只好不追赶了。大部分松树聚在大塘河边。直到如今，这里仍然是一片浓密的松林，猎人非得费九牛二虎之力才能穿越而过。有几棵松树继续追赶海狸，不过很快也都精疲力竭了，只好在岸边停了下来。直到如今，大塘河这边的岸上稀稀拉拉地长着几棵松树，就是这个原因。

和松树一起追赶的只有一棵雪松。最后，连雪松也不得不停了下来，他对其他松树说："看样子，咱们撵不上海狸了。让我爬到山顶，看看海狸在什么地方吧！"

雪松在山顶上跟踪海狸。他看见海狸已经钻到大塘河注入的斯内克河里去了。直到这时，所有树木才明白，海狸也明白，谁也别想逮住他了。

在山顶上，雪松看见海狸沿着斯内克河顺流而下。他把这消息告诉了站在下面的松林。

"海狸把火种分了一些给西河岸的伊瓦姆了！"

接着，雪松看见海狸游过河去。

"现在，海狸把火种分了一些给东河岸的贝雷兹人了！"

雪松继续向低处的松树报告，“现在……”

雪松看见海狸顺流而下，把火种分给各类树木。

自此以后，凡是需要火的，都可以从这些树那里取来。树木也把火种分给人类，只要他们学会用一块木头使劲钻另一块木头就可以了。

雪松仍然孤单单地耸立在大塘河注入斯内克河附近的山顶上。他十分苍老，树顶都秃了。他站的地方就是当年停下来盯梢海狸的地方，我们的先辈就是因为有了海狸才取到火的。

从前，地球上还没有人，兽和树都可以像人一样走来走去，彼此说话。

——《海狸和大塘河》

俄勒冈沿岸的波特拉奇节

海魔西特柯专爱兴风作浪，危害大河上下的生灵。他摧残鱼类，把它们扔到岸上。有时候，他把独木舟连同渔夫一股脑儿吞到肚子里去。大河沿岸的居民全都怕他，不敢惹他。

山民不认识西特柯，也不怕他。他们常常下山做买卖或者过波特拉奇节，还带上家眷、马匹和猎狗，孩子还把他们心爱的小动物带在身边。

有一年夏天，大河区四个印第安首领为了欢迎山地部族的大首领西斯吉乌而举办了一次盛大的波特拉奇节。四个部族打算举办一次丰盛的宴会，他们想向远方的客人显示一下，沿河部族是慷慨而富有的，他们打算在柯凯里河出口处的河岸上举办这次盛会。

好多天以来，印第安人光忙着筹备这次宴会了。主妇和姑娘收集了大量贝壳和软体动物，准备和海藻、雪松叶子一块煮。猎人捕获了12只驼鹿。渔夫捕到的鲑鱼更是不计其数，单等用铁叉子穿上，放到火上炙烤了。雪松皮做的托盘上越橘堆得像小山一般。当信使报告，西斯吉乌和他的部族已经来到只剩下一天路程的地方时，主人就动手烤煮食物。

首领把他的一位美丽的女儿雅万娜带在身边，他们居住的小屋就搭在举行波特拉奇节的广场的中央。姑娘把一只狗、一窝浣熊崽子等一些她喜爱的小动物放在一个篮子里，带在身边。在这次出门以前，姑娘从来也没有见过海。因此到了这里，姑娘和她的狗柯马克斯终日互相追逐，在岸上和奔腾不息的浪花嬉戏。

当地的居民曾经警告过她：

“不要一个人到海边去，西特柯看见你就要把你抓走！”

雅万娜只是一笑置之。

第二天天快亮的时候，客人到齐了，丰盛的宴会即将开始。四位首领穿着节日的盛装，向客人表示祝贺，向大首领西斯吉乌致意，主客欢宴足足持续了一整天之久。当夜，众人就在摆宴席的地方安寝。

宿营地上一片宁静。首领的女儿带着她的狗以及盛放浣熊崽子的篮子，偷偷来到海岸边。她在岸上跑呀，跳舞呀，还向着月亮唱歌。这时候，一轮明月正低低挂在大海的上空。她一边跳着，舞着，离海水越来越近了。她看见海水里延伸出一条银白色的小路。她把放浣熊崽子的篮子放在岸边，招呼她的狗看着这只篮子，自己跑进水中。

她沿着这条银白色的小路向月亮游去。她的狗惶恐不安地吠叫起来，但是姑娘离岸边越来越远了。突然，从水中伸出一只黑手，霎时间，把月亮挡得严严实实的，然后一把把姑娘抓走了，他就是西斯柯。抓住姑娘以后，他向自己的窝——悬崖峭壁游去。那条狗用牙齿叼起放浣熊的篮子，跑去救她。狗把篮子扔掉，用牙齿咬住海魔的手。西斯柯又痛又气，一把抓起狗和篮子，摔到岸边。他把姑娘紧紧按在自己身上，想让她看看自己的眼睛。但是，姑娘扭过头去，定眼看着月亮。她知道，西斯柯的魔力凝聚在他的眼睛里。

清晨，首领发现姑娘不见了。大家都来到岸边，正当落潮时分，姑娘躺在岸边的沙地上，她那美丽的面孔正对着天空。她旁边是她的那条狗，仿佛正在吠叫呢！西边不远处躺着那窝小浣熊，旁边是那只空篮子。不过，他们都已经变成石头了。

西斯柯费尽心机想捕捉姑娘的目光，如今他坐在岸边那块大岩石上，他也变成石头了……

莫多克人是打哪儿来的

大酋长古穆希和他的女儿到神灵居住的冥府去。那是一个令人向往的地方，有一条峻陡的长长的小路把人引向那里。冥府里的精灵多极了，就像天上的星星、地上百兽的毛发那么多。

看，天一黑，精灵们全都到一片宽阔的平地上唱歌跳舞。天一亮，他们又返回他们的住地，躺下重新变成干骷髅。

古穆希在精灵王国度过了六个白天和六个黑夜，他非常怀念太阳。他打算返回阳间，并随身带几个精灵到人间，让他们住到人间去。

他提着一个大篮子到精灵住的地方去挑尸骨，准备把他们带走。他打算给不同的部族挑选不同的尸骨。

篮子装满了，古穆希把它背在背上，攀上陡峭的山路返回阳间，在山路的尽头，他滑倒了，跌了一跤，篮子掉到地上。于是，死尸变为精灵，他们呼喊着，唱着歌返回他们精灵王国的住处，又重新变回尸骨。

古穆希第二次又装了一篮子尸骨，再度返回阳间。他又滑倒了，精灵们叫喊着再次返回冥间去了。第三次，他又装了一篮子骨头。这次他可生气了，对他们说："你们以为只有你们现在待着的地方是最满意的呀！只要你们看一眼我们那阳光普照的土地，保证你们再也不想返回这里！现在世界上还没有人，我会感到寂寞的。”

于是，古穆希第三次背上篮子往那陡滑的小路上攀登。他来到了阳间的边界，把篮子放在平地上。

“印第安人骨！”他大声喊道。

他打开篮盖，挑出印第安各部族的骨头，让他们分住到各地去。他一边抛掷骨头，一边呼喊他们的名字。

“你们是沙斯塔部族，”他一边喊，一边把骨头抛向东方，“你们将成为勇猛的武士……”“你们也是勇猛的武士！”他对皮特河和暖河流域的印第安部族说。

他把一部分骨头抛向离自己不远的北方，说：“你们就是克拉梅特印第安人，你们的胆量比女人还小，你们成不了真正的武士。”

他把最后一把骨头抛出去，变成了莫多克印第安人，他对他们说：“你们将成为最勇猛的武士，将继承我成为最优秀的民族。你们的部族人数虽然不多，但树敌却不少，不过，敢于来犯者全都不是你们的对手。我死了以后，你们将继承我的衣钵。这就是我古穆希所要说的话。”

然后，古穆希向由精灵的骨头造成的所有人说:“你们要派几个男人进山，让他们锻炼自己成为勇猛的人、有智慧的人，让他们获得力量，增强才略。只有这样才能保护自己，为众人谋福利。”

随后，古穆希把他们该吃什么禽类鱼类一一交代清楚。当他提到某种飞禽、某种鱼类时，江河湖泊、森林草原上就出现了它们的踪影。他又说了各种块根、浆果和植物的名字，供人类食用。凡是他所说的，所希望有的，全都出现在人间。

接着，他给人类分工，并颁布了一条法规："男人管捕鱼、狩猎、打仗。女人管打柴、提水、采浆果、挖块根，为全家准备饭食。这就是我的法规。"

古穆希创造世界的伟业到此结束了。于是，他领着自己的女儿，到世界的东方——那太阳升起的地方去了。他沿着太阳走，一直走到天的中央。

在那里，他为自己和女儿建造了一间房子，住在里面过日子。

创世者的一生

一对姐妹为全家去挖蕨根。有时候，离家远了，她们就在林子里过夜。一天夜里，她俩躺下，面对着天空，心里嘀咕着：这些星星都是些什么人？他们在天上的星星王国里究竟过着什么样的生活？

“你想嫁一颗什么样的星星？”小妹问，“是那颗又大又亮的，还是这颗小的红星星？”

“别瞎说！”姐姐说，“你胡想些什么？”

不过，小妹还是不罢休：“我想嫁给那颗又大又亮的星星，你就嫁给这颗小红星好了！”

说罢，姐妹俩再没说什么，睡着了。

第二天早晨，她们惊奇地发现自己竟然到星星王国了。大姐嫁给一个英俊的小伙子，他就是那颗小红星。妹妹嫁给一个白发老头，他就是那颗又大又亮的星星。

姐妹俩就像在人间那样，大部分时间都在林子里挖蕨根。

“根太长的蕨菜不要挖，”姑娘的丈夫对她们说，“这种蕨根不如短根的味道好！”

两个女人一直听从丈夫的话。不过，有一次，她们打算挖一根长根的蕨菜看看。她们只知道，如果在人间，蕨根当然是越长的越好。于是，她俩挖呀，挖呀，直到棍子捅破了天，捅出一个大洞来。透过这个洞，她们看到了地面，于是她们醒悟过来，知道她们该回家了。

于是，她们立即采取了措施。大姐继续挖蕨根，小妹用雪松枝条编了一根绳子，长极了，足够从天上垂到地面。两个人都在拼命干，大姐挖的蕨根就像往常她们俩一起挖的那么多。

最后，绳子够长了。她们把绳子的一头固定在星星王国，然后开始往地面上爬。家里人看见她们俩回来，高兴极了。人群从四面八方涌来，都想拽一拽直接从天上垂下来的绳子。来拽绳子的人实在太多了，因此，在人们蹬脚的山坡上，竟然踩出了一个大坑。

回到人间以后，大姐很快就生了一个儿子。在外出挖蕨根和卡玛斯蒜的时候，大姐把小孩寄养在一个瞎的蟾蜍老奶奶那里。老奶奶成天都在干活和唱歌。成天都有许多女人到她这里来，一是听她唱歌，二是来看看星星王国里的红星所生的这个神奇的孩子。

一天，邻居的一个大妈发现孩子不见了。瞎奶奶还在摇篮上咿咿呀呀唱个不停呢，如今里面只有一段朽木了。北边来了两个女人，把小家伙偷走了。

全家和全村子人为找这个孩子折腾了好几个月。后来，他们不找了，而是用孩子摇篮里的木头雕了一个孩子，把他当成是被偷去的孩子的弟弟。

好多年过去了。有一次，蓝松鸦动身飞往北方，飞往世界尽头。在世界的尽头，它看见一片土地。但要到那个地方去，必须越过一座陡峭的悬崖。它时而在高空翱翔，时而在低地盘旋，把大地震动得抖个不停。开始，蓝松鸦也有些害怕，但是后来，它鼓起勇气，双脚用力在地面与悬崖之间向前冲去。不过，低垂着的悬崖把松鸦的脑袋夹了一下，把它砸扁了。所以，现在蓝松鸦的脑袋都是扁平的。

在世界尽头的那片土地上，松鸦看见只有一间屋子。里面有一个男人，正在用石头磨箭头哩！蓝松鸦不知怎么的一眼就认出，他就是襁褓时候被人从老奶奶那里偷走的那个男孩子。

“我正找你哩！”松鸦对他说，“你妈为你哭了好多年了！”

“我正准备到你们那儿去哩！”他说，“我打算把我制造的弓箭和用品带去。你回去告诉大家，我马上就到。我要教他们使用各种器具。这样，他们的日子就要好过多了。我要除恶扬善，把人间创建得好好的。你们就叫我创世者好了！”

蓝松鸦回去，把这个消息告诉大伙儿。创世者随后就到，他把弓箭、战槌、篮子、软皮制的鞋、皮衣以及他为大伙儿准备的东西全带来了。他向大伙儿示范，该怎样使用这些东西。

他带来多种灌木种和树种，还有块根、浆果以及各色草类。他栽种各种植物，使大地变得美丽而富饶；他让林中百兽成群，天上飞鸟结队，水中鲜鱼满塘。他还制作了独木舟和渔网，并教会人们如何使用。

在这以前，石头是有生命的，蜜蜂、苍蝇和其他昆虫全都大得骇人。

创世者剥夺了石头的生命，让昆虫变小，不那么危险了。

那时候的鹤给人类添了不少麻烦，它们过河的时候，常常伸腿把人绊倒。于是，创世者把鹤变成飞禽。如今，它们只会在浅水滩上空盘旋，捕鱼度日。

创世者四处漫游，来到火魔家里。火魔是火患的罪魁祸首，他老是唱着一首歌："我是火之子，我是烈焰之子。"

这时候，他又唱了。大火吞噬了他的房子，烈焰向四方奔窜，眼看就要烧到创世者了。他使劲逃跑，但烈焰穷追不舍。没法子，他求石头救他。

"不行，"石头说，"我们没法救你，我们掉到火里自个儿都要熔化了！"

创世者求大树救他。

"不行，"大树说，"掉到火里我们就要烧死了！"

于是，他跑到河边，求河水救他。

"不行，"河水说，"火一来，水都要沸腾了。"

最后，他看见一条许多人踩过的小路。

"躺在我身上，"小路对他说，"躺在我身上，大火会从你头上走过去的。"

创世者躺了下来，大火果然从他头上走过去了。

这时候，创世者又回到火魔家里，那里爬满了毒蛇。创世者问火魔这是怎么回事，他不说，还把创世者奚落了一番。创世者把他打死了。于是，从火魔的肚子里，从他家的各个角落里，爬出了无数毒蛇，都向创世者缠过来。他打死了一部分，把另一部分蛇的神力摘掉。因此，如今这里的蛇很少，要有也都是无毒的。

创世者在各处安民除魔。他教人练就各种本领，教他们演奏各种乐器，教他们治病，还告诉他们怎样才能得到众神保佑。

有一次，他在河边走着，觉得肚子饿了。他看见河里有一条鲑鱼，就把鲑鱼叫来，放在鱼叉上，准备在火上烤来吃。正当烤鱼的时候，他睡着了。这时候，有一个流浪汉过来把鱼吃了。在溜走以前，他把创世者的嘴唇、手指都抹上鲑鱼油，甚至还塞了一块鱼到他嘴里。创世者醒过来，发现被人耍弄了。他跟踪追寻，看见这家伙正在水里东张西望呢！于是，创世者把他变成了郊狼凯欧蒂。

创世者又来到童年时照顾他的蟾蜍老奶奶的小屋，看见一座峭壁。这座峭壁是由他的妈妈和姨在星星王国用雪松皮编的那根绳子堆成的。这时候，他抬头望望天空，觉得天太暗了，应该明亮一些。于是，他跑到天上自己变成了太阳，整天在天空运行。

不过，白天实在热得不行，黎民百姓受不了了。这时候，创世者把他的弟弟（就是用摇篮里的木头雕的那个孩子）变成了月亮。

“我是夜间的太阳，”创世者的弟弟说，“我要找一个姑娘做老婆。不过，她得有本领把我准备好的一个大口袋举起来，搬过来又搬过去！”

只有青蛙的女儿有这个本领，她和创世者的弟弟一块到了天上。现在，月圆的时候，还看得见月亮里创世者的弟弟、青蛙的女儿和她背着的那个大口袋呢！

创世者怎样来到隆米族

洪荒时代，创世者还在人间的时候，住在北方普吉峡河岸的隆米印第安人，听说他要到他们这儿来。据说，他在各岛屿旅行乘坐的独木舟不用桨，自个儿就会走。他所到之处，总为黎民百姓谋福利，行医治病，帮助渔夫撒网打鱼。他有四股神力，能呼风唤雨。

隆米人听说他已经快到了，就开始准备一个盛大的宴会欢迎他。他们用套索和网子逮野鸭子。他们捡贝壳、逮螃蟹、逮鲑鱼。女人们挖来蕨根，采来浆果。

当时，人类还不会使用火。有些食物只能生吃，有些只能放在太阳下烤熟。他们把生鲑鱼放在雪松做的小锅里，添满水，把锅放在阳光可以直接照射到的地方。大伙儿在忙于准备款待创世者时，姑娘们围着锅子，一边跳舞，一边念咒语："快点开吧！快点开吧！"就这样，整整一天，从太阳出来到太阳下山，她们一边跳舞，一边念咒语。

在创世者到来的那天早晨，他们特别认真地在自己脸上涂上各种颜色。男人披上节日的鹿皮长衫。女人穿上雪松皮做的带边的裙子，姑娘满头插上鲜花。他们在河岸上铺上席子，好让创世者踏着它上岸。

大伙儿又把雪松锅子直对着太阳。姑娘们围成圆圈，嘴里念念有词："胡昂克，胡埃斯，古埃尔！快点开吧！快点开吧！快点开吧！"

突然，创世者出现在岸边。他看见了为他铺的席子。他听见了念咒语的声音，也看见了跳舞的姑娘。于是，他来到姑娘们跳舞的坝子上。

"你们在干什么呢，朋友们？"他问道。

部族首领回答他说："我们的姑娘为你准备了可口的食品。我们希望你能和我们一块尝一尝。我们欢迎你来做客。"

创世者感动了。

"我很乐意和你们一块唱歌。为了答谢你们，我要赠给你们许多礼物。我要教你们取火。这样，你们就不必跳舞、向太阳祷告、求它把食品烤熟了。"

于是，姑娘们停止了跳舞，也不再祷告了。大伙儿都围拢过来。只见他拿一根带一个小坑的木棍，放在地上，在坑里放上一些搓碎了的干雪松树皮。然后，找来一根尖棍子，把尖头对准雪松树皮，用手掌压紧，然后飞快地转动棍子摩擦生热，一缕细烟冉冉升起，雪松树皮被点燃了。

后来，创世者在村子里挑了一个最强壮的青年，教会他娴熟地掌握弓箭的技术，还教会他钻木取火，把火带给人类。

直到如今，在海峡两岸，你还可以发现创世者的足迹呢！

推天

混沌之初，天神创世。他先从东方造起，然后慢慢往西方走去，一路上创造万物。他身上带着各种语言，每创造一族人，就给他们一种语言。

他来到普吉海峡，很喜欢这块地方，打算留下不走了。但他手头还有好几种语言哩！于是他把这些语言分给了普吉海峡附近的人，直到北部大河一带的人。因此，普吉海峡附近的印第安人所操的语言五花八门，各不相同。

这些民族彼此语言不通，无法交往。而且他们很快就发现，创世者造的这个世界实在不怎么高明：天这么低，高个子的脑袋都要碰到天了；有时候，人爬到树上都能上天。

于是，部族里有几个有智谋的人就合计着想个法子把天举高一些。他们决定全体出动把天推高一些。

“如果我们一块推它一下，”一个最聪明的印第安人说，“一定能推高一些。不过我们得齐心协力，人、百兽、飞禽统统都得参加。”

“那我们怎么知道什么时候该推呢？”另一个聪明人说，“咱们有些住在这儿，有些住在那儿，彼此语言不通。怎样才能在同一个时间里共同把天推高呢？”

大伙儿真费脑筋了，后来有一个聪明人说：“干吗不能发一个信号呢？只要有一个人喊‘吭——唷’，大伙儿就一块儿推。‘哎——呀——嗬’就是推高一点，这个意思在各种语言里都是一样的。”

于是，智囊团会议派人把消息传给各族的人、兽、鸟，通知他们什么时候推天。大伙儿用大云杉树桩做成柱子，用来推天。

推天的这一天终于到了。所有人全拿着柱子，把天撑住，聪明人一喊“吭——唷”，大伙儿就开始推呀，天高了一点点。聪明人又喊“吭——唷”，大伙儿又使劲推，天又高了一些。后来，他们一边齐声大喊“吭——唷”，一边使劲推，天就被推到了现在的地方。从此，谁的脑袋都不会碰到天，谁也甭想爬到天上去了。

不过，并不是所有人都知道推天这件事的。比方说，有三个猎人追逐四只驼鹿，已经有几天几夜了。人、兽、鸟合力推天的时候，这四只驼鹿和三个猎人正好来到天地交界的地方。驼鹿蹦到了天上，猎人穷追不舍。天升高了，驼鹿和猎人也就跟着升高了。

在天上，他们变成了星星，如今夜里还能看得见他们。三个猎人成了大熊星座的勺形的把。在第二个猎人身边有一条狗，现在成了一颗小星。四只驼鹿成了大熊星座的勺了。

也有一些当时正驾着独木舟的人到天上去了，有两只独木舟，每只上面有三个人。还有一条小鱼在大伙儿推天的时候到天上去了。他们至今仍在天上。猎人、小狗、驼鹿、鱼、两只独木舟中的人……他们如今都成了星星，不过从前他们也是在

于是，部族里有几个有智谋的人就合计着想个法子把天举高一些。他们决定全体出动把天推高一些。

——《推天》

人间生活过的！

直到如今，如果要一块干儿什么重活，比方说抬独木舟吧，我们还是喊“吭——唷”。我们说“唷”就表示要一块使劲。我们的声音越洪亮，“噢”音就会拉长，成了长音“吭——唷——噢”！

乌鸦是怎样帮助先民的

混沌初开的时候，灰鹰把太阳、月亮、星星、淡水和火全都把在自己手中。灰鹰最恨的是人，因此不肯把这些东西交出来。人没有火，没有淡水，生活在一片混沌之中。

灰鹰有一个漂亮的女儿，乌鸦很爱她。在当时，乌鸦可是一个英俊少年。他是一只雪白色的鸟儿，灰鹰的女儿爱的就是这只鸟儿，她邀请乌鸦到她父亲宫中做客。

太阳、月亮、星星、淡水全都圈在灰鹰的围墙里，乌鸦一眼看见，就明白自己该怎么办了。他等待时机，看到没有人注意他时，就从围墙里把它们全抓到了手。他一手抓住太阳、月亮、星星和淡水，顺便还拿了一块烧着的木头，从灰鹰家里的一个烟囱飞了出来。

一飞到外面，他立刻把太阳挂到天上。多明亮呀，他在阳光照耀之下一直飞到大海里一个遥远的岛上。太阳落了，他又把月亮挂起来，还把星星布在月亮的四周。他飞呀，飞呀，把他偷来的淡水和火种带给世间万物。

他往回飞到地底下，来到一个地方，把从灰鹰那里偷来的水抛了出来。于是，从地底下涌出了许多淡水河和淡水湖泊，布满了人间。乌鸦嘴里含着火种，继续往前飞翔。火烟把他那雪白的羽毛熏黑了，火一直烧到他的嘴，他只好把火种扔掉。

火种掉到悬岩上，掉到石灰上，此后，击石就可以取火了。

被火焰熏黑了羽毛的乌鸦，直到如今都是黑色的。现在的乌鸦都是黑色的，就是这个原因。

人怎样把太阳从天上取下来

有一个家伙专门和创世者作对。他把太阳藏在自己的口袋里，然后把口袋打开一个小缝，让太阳光给他一个人照路。后来，这个家伙把太阳弄到天上去了。和创世者一块过日子的兽民共同商量，要想个什么法子爬到天上去，把太阳取下来给人间照亮。

鹪鹩说，最好是用弓箭搭一道梯子爬到天上。于是，有一个身体特别棒的兽民把一块原木劈成两半，用来做弓。然后，所有大兽——鲸、熊、山狮，以及海中的大兽全都来了，共同做这把弓。他们把弓做好以后，就把吃人怪阿古拉喊来，让他把箭射到天上。

阿古拉第一次使弓，连他自己也不晓得，该把箭射到哪儿才能钻到天上去。箭跑得太远了。兽民百姓，包括天上的飞禽、地上的走兽、海中的生灵，全都看不见他射的箭跑到哪里去了。只有蜗牛能看得见阿古拉射出的箭，蜗牛的眼力是顶呱呱的。于是，蜗牛射了一箭，正好嵌在阿古拉的箭羽上。蜗牛一连发了几箭。这时候，所有眼力棒的生灵，包括山狮、五彩翠鸟、小鹞，全都露了一手，每一箭首尾相接，真像一架梯子。大伙儿都往这梯子射去，于是这架梯子从天上一直垂到地下。

地上的兽民开始攀梯往上爬，要把太阳抓回来。大伙儿都去了。第一批去的有苍鹰、鹤、知更鸟、鸢和乌鸦。天上太冷了，知更鸟扑到离太阳近一点的地方，想暖和暖和。他胸脯朝前，坐到火焰跟前。

“哎呀，这里好冷呀。”知更鸟说，“我们到这里来是要打一仗，我们要把偷太阳的那个家伙杀死。”

知更鸟的胸脯被烤红了，所以现在知更鸟的胸脯都是红的。

于是，大家都去找偷太阳的家伙算账。鸢、鹰、乌鸦、熊、山狮和其他禽兽都去了。他们骗偷盗者说：“我们要烤卡玛斯蒜去，你不想跟我们一块吃吗？”

藏着太阳的人实在饿了，很想吃些卡玛斯蒜。于是，他放下太阳，跟他们中间的几个人去了。等他一走，其余的兽民抓住太阳，沿着箭梯返回了人间。那几个和偷盗者一起去的人，都留在天上了。兽民从箭梯上下来时，就把箭梯上的箭拔下来带走了。他们把太阳带下来以后，就把它挂在如今它发光的地方。

于是，苍鹰把大伙儿召集来商议。他们决定把蜗牛的眼睛要来，苍鹰要了一只，鸢要了一只，所以现在的鹰和鸢眼力最好，蜗牛则成了瞎子。

留在天上的兽民直到如今还在天上哩！虹鱼变成了小熊星座。穿着皮袍的熊变成了大熊星座。如今，像炉叉形状的那些星星，就是当年的海狸。

最明亮的一颗星星是海人的眼睛，他是个独眼。从前，他住在海里，现在海里已经没有他的位置了。

大斗与银河

从前，有五个狼兄弟，他们为了狩猎，把这一带全都走遍了。他们猎到鹿和驼鹿，总要分一些给凯欧蒂。每天吃晚饭的时候，狼兄弟总要说说他们在天上看见了什么。

有一天晚上，凯欧蒂问狼大哥："你看见天上有什么？为什么愁眉不展？"

狼大哥一声不吭。

第二天晚上，凯欧蒂又问老二。

"你看见天上有什么？为什么愁眉不展？"

老二也是一声不吭。

第三天晚上，凯欧蒂又问老三，老三还是一声不吭。

第四天，他又问老四。

老四对他说："如果我告诉你，你跟我的兄弟说了，他们会生我的气的！"

第二天早晨，老四对他几个哥哥说："凯欧蒂曾问过我，咱们说过些什么，还问我们在天上看到了什么。你们看，该不该把我们看到天上的东西告诉他？"

兄弟五个决定把他们看到的告诉凯欧蒂。所以，第二天晚上他们一块吃饭的时候，兄弟五人对他说："我们看见天上有两头兽，待在我们头上很高很高摸不到的地方。"

“走，咱们看看去！”凯欧蒂回答说。

“咱们该怎样才能到天上去呢？”小弟弟问。

“很简单，”凯欧蒂说，“我来告诉你们，不用费什么力气就可以上天。”

凯欧蒂找了许多箭，在每支箭杆上套一个环。然后，他往天上射了一支箭。箭钻到天上，嵌在那儿了。于是，他又发了第二支箭，这第二支箭钻到第一支箭的箭羽里，嵌在里面了。他发出的第三支箭又嵌在第二支的箭羽上。凯欧蒂把所有的箭都射了出去，这样，从天上到地下垂下来一条箭路。

第二天清早，太阳升起来了，凯欧蒂和狼五兄弟攀着箭梯爬了上去。老二还带了一条狗。他们拽着凯欧蒂套在箭上的环，毫不费力地一步一步往上爬去。他们爬了一整天，又爬了一整夜，接着爬了不知道多少个白天、多少个夜晚。最后，终于来到了天上。在天上，他们看到了狼兄弟从地上看见的那两头兽，那是两只灰熊。

“别走近它们，”凯欧蒂警告说，“它们会把你们撕成碎片的。”

最小的两个狼兄弟胆子很大，他们走到灰熊跟前。老二、老三也跟了过去，只剩下老大和狗站在外面。两只小狼离灰熊越来越近了，什么事也没发生。灰熊看起来一点也不可怕，它们站着，直勾勾地望着狼。狼也望着它们。

凯欧蒂走远一些，从远处看着它们。看到这幅场景，他不禁笑了起来。他走到一边，考虑着下一步该怎么办。

“这幅场景可真不错，”他心里想，“如果能把它留下来就好了。这样，未来的人类就可以看到它，并且会说：‘天上这幅场景就是我们的历史！’”

于是，凯欧蒂决定让他们留在天上，五只狼、一条狗，以及两只灰熊，就像老早以前就在那儿似的。凯欧蒂回到人间，并随手把箭梯毁了。他下到第一支箭的时候，就把它从天上拔了下来，下到第二支箭的时候，又把它拔了下来，一直来到地面，梯子也没有了，狼兄弟就回不了人间了。

每到晚上，凯欧蒂都要出来，瞧瞧他在天上留下的杰作。有一次，他心想：“如果我死了，有谁会知道这幅画面的意思呢？”于是，他把云雀叫来：“你看见天上那动人的情景了吗？那是我的创造。如果我死了，你可以向全人类、向世世代代的人宣布，那是我干的，是我的创造。我希望世世代代的人都知道，那是我的创造。”

你知道云雀在天上唱的是什么吗？他唱的就是这个故事。故事里说，天上的这幅图画是凯欧蒂创造的，直到如今还可以看得见，还说两只灰熊和五只狼是如何变成星星的。

有一天晚上，凯欧蒂外出了一段时间以后回到家里，举头望望天空，一看，天上又有了许多新的星星。

“天上的星星不是太多了吗？”凯欧蒂问云雀，“太挤了，它们生得太快了。太挤了，就会掉到地上来。如果它们掉下来，人间就要遭殃了！”

凯欧蒂很担心。

“我还得到天上走一遭，这是我的事。我得爬到天上去，把事情料理好。”

凯欧蒂装了五箭袋的箭，统统射到天上，像上次那样，接成一条箭路。接着他爬到天上，把所有星星召到一起。然后，他疏密有致地把它们安排在不同的位置上。他把一些星星面对面地安排在两边，又把一些星星横里排开，造成一条天河。

他对星星们说：“不要生得这么快，一个挨一个地排好。如果想挪个地方，可以像闪电一样，带上一束光，飞来飞去，不过，不要繁殖得这么快了！”

凯欧蒂把几颗星星排成一把刀的样子，还把几颗星星扎成一束。有时候，这类星星在天空掠过，如同太阳落山，转眼就不见了。每到春天林木开花期间，这种星星会带来好运气。

凯欧蒂让狼和灰熊保持着第一次上天时的姿势，如今大家管他们叫大熊星座。三只狼是星座的把，老大是中间一颗星星，他牵着的狗成了他身旁的一颗小星。其余两只狼构成了星斗部分，位于星把下部，两只灰熊位于星斗的对面，人们也把他们叫作北极星。

七仙女

从前，自然界的一切——飞禽、走兽、树木、太阳、月亮，都长得跟我们一模一样。地上跑的，地下走的，水中游的，天上飞的……长的全是人的模样。

太阳是男的，是白昼和光明的首领。月亮是女的，是黑夜和黑暗的首领。他们给一切生灵以生命，使他们行走自如。他们还是众星的首领。

天上有七颗仙女星，她们各有各的名字。每个姑娘心里都以为世间最重要的莫过于爱情了。每个姑娘在世间都有自己的心上人，但却从不吐露真情，甚至对自己的姐妹也都守口如瓶。她们认为透露自己的心迹是最愚蠢不过的了。而且，如果有一个姑娘向其他几个姐妹讲出心事来，要么就死掉，要么就要从天上消失。

六姐下面只有一个小妹了，小妹名叫花色眼。她的心上人是一个凡人，在他死后，她仍然继续爱着他。她向姐妹们倾诉了自己不幸的爱情，众姐妹全都笑她痴情，连死人都爱，他死了还为他悲伤流泪。姐妹们劝她不必如此痴情。

时光流逝，她越来越忧郁了。她曾经努力抑制自己的感情，但悲哀把她完全摧垮了，她的视线变得越来越朦胧。她知道姐妹们全都为她的忧郁感到忧虑，如今她只好尽可能地疏远她们。

她不愿意众姐妹为她痛苦，盼望着有朝一日能从她们眼前消失，一走了之。于是，她从天上扯下一块单子，盖在脸上。这样，姐妹们再也看不见她的面容了，宇宙人间也看不见她了。

白人管这七颗星叫七仙女星，不过如今的七仙女星座，能看得见的只有六颗星星了。

仙后星座的来历

从前，在我们住的拉布希村寨里，有兄弟五人。有一次，兄弟四个驾着独木舟去追捕驼鹿。当来到福克斯·普列里平原的时候，他们弃舟登岸，去追捕野味去了。在那里，他们看见一个巨人在大草原上走来走去。

草原上来的巨人欺骗了他们，用自己质量差的箭换了他们的优质箭。后来，这家伙又突然变成一只长角大驼鹿，扑向四兄弟，把他们杀死了。

小弟名叫托斯柯布克，他看见几个哥哥久不归家，就驾着独木舟去找他们。

在福克斯·普列里附近的河湾处，他看见几个哥哥的独木舟都是空的。很快，他也遇上了草原上来的那个巨人。那巨人也想骗他换箭。这时候护身精灵警告托斯柯布克来者不善。而且，小弟身上的神力也并不比这巨人差。他看见这家伙的箭并不怎么样，就说："不，我不换。"

巨人一走，托斯柯布克就躲到树后面去了。立刻有一只长角巨型驼鹿从路上跑过，他明白了，这正是杀死他哥哥的那个家伙。托斯柯布克向这家伙发出了四支箭，然后跑过去，用贝壳做的刀子把他的喉管割断了。

托斯柯布克把他的皮剥下来，然后展开来，结果把整个草原盖上还有富余。于是，他把这张皮扔到天上。在明朗的夜空里，你还可以看到这张皮。托斯柯布克把皮盖在草原上的时候，捅破了一些窟窿，星星的脸就从这些窟窿里探了出来，其他的星星都分布在驼鹿的尾巴上。

如今把这组星叫作仙后星座。

人怎样到天上做客

从前，女人们常到草原上去挖卡玛斯蒜的块根。有一次，有两个姑娘和妈妈、姨一块到草原去。她们挖了整整一天，并且留在那儿过了夜。姑娘躺了下来，看见满天星斗，其中有两颗特别漂亮。

“如果我能够上天，和那颗明亮的星星在一起就好了！”大姐心里想。

“如果我能够上天，和那颗红星在一起就好了！”妹妹心里想。

她们说了一遍又一遍，直到昏昏入睡。这时候有一个声音唤醒她们，对她们说：“我就是你们说的那颗星星！”

“我是那颗明亮的星星！”有一个声音在大姐耳边说，说话的是个小伙子。

“我就是红星！”一个声音在小妹耳边说，说话的是个老头儿。

于是，姑娘们随他们一起到天上去了。天上树大，河也大，花园里有各式各样的鱼。

姑娘的妈妈和姨并不知道她们到哪儿去了。第二天一觉醒来，妈妈问：“这两个姑娘上哪儿去了？”

“准是回家去了！”姨答。

“那就回家看看！”

可是姑娘们不在家。这时候，妈妈和姨才想起了星星的话，于是，她们把这件事告诉了姑娘的父亲（部族的首领）。

“她们上天了！”他说。

这时候，他把所有人都喊来。那时候，飞禽走兽都是人，鱼也是人。所有人被邀前来开会共商大事。

首领把发生的事和他自己的想法一一说了。

“现在最难的是，”最后，首领说，“该去哪里去找她们才好呢？”

一位老巫师说：“我的法术和我的护身符都有这样的本事，我可以把天放低一些。山狮给我们做一张大弓，我们就可以用箭搭一根链子，把天和地连接起来。”

不过，山狮做不成这么有力气的一张弓。

鹪鹩用巨松做了一张弓，用这张大弓把箭射了出去，除了他本人以及蜗牛以外，谁也看不见箭落在何方。不过，鹪鹩发出第二支箭以后，所有人都看见了。于是，他们用箭搭成了一道从天到地的梯子。

大家都做了登天的准备了。不过，该由谁去打头阵呢？

乌鸦准备和大伙儿一块去。他对魟鱼说：“你怎么了？你块头那么大，人家用矛一下子就把你给穿透了。”

“试试，”魟鱼说，“你射到我身上试试看！”

乌鸦动手了。他向魟鱼射出了一箭，魟鱼一闪，箭落在旁边了。

“好吧，该我了，”虹鱼说，“看我把你的嘴穿透。”

虹鱼直通通地把箭射到乌鸦的嘴上。自此以后，乌鸦的嘴成了一个大洞。

这场纷争就这样结束了。

这时候，大伙儿开始往梯子上爬了。百兽、飞禽、游鱼都来了，那时他们全都是人呀！

天上雪下得很大，到脖子那么深。他们在天上看见一个村子。

“现在该怎么办？”大伙儿问首领，“这里太冷了，我们又不会取火。”

“知更鸟，你飞到村子里去，”首领说，“拿一块火种到这里来！”

知更鸟飞到村子里，来到放火种的地方。两个姑娘认得这只鸟儿，所以什么也没说。知更鸟飞到火堆跟前，张开双翅。火苗燎伤了她的胸脯，所以，直到如今，她的胸脯还是红色的。火塘边多舒服呀，她决意留下不走了。

首领等不来知更鸟，就对海狸说：“你跳到河里去，见到捕兽器可得躲远些，一直到最后一个捕兽器跟前再进去，到时你就知道该怎么办了！”

海狸遵命。天上的人把海狸从捕兽器里取出来，带到屋里来了。

“我们刚才找到一个怪物，”天人一边说，一边把海狸放在火堆跟前。从地上来的姑娘认得他，不过她们没有吱声。

天人一转身，海狸就抓起几块燃烧着的火种跳入河中，高举着火种，游回自己人那里。他们点起篝火，商量下一步该怎么办。首领对老鼠说："今天，你和你的家族分别到村子里各家各户去，把所有的弓弦统统咬断！"

老鼠干了整整一夜，刚刚来得及把所有的弓弦都咬断了。清早，地上的人向天上的人发起进攻。天上的人抓起弓自卫，结果发现弓弦全都断了，一点办法也没有。地上的人把姑娘带走，顺着鷦鷯搭的梯子回到地上去了。

所有人都回去了，只有鱼鹰和知更鸟留在天上了。鱼鹰样子很像水獭，不过他不在水中生活，而是在林中谋生。

知更鸟还在天上，变成了大熊星座。鱼鹰有时抓住太阳或月亮，从他们身上啃下一些碎块来。

雷鸟与鲸

一

好久好久以前，比爷爷辈还要早的时候，奎纳尤特尔人的日子可难过了，风暴一来就是好多好多天。暴雨、冰雹和着雪花一齐袭向地面。冰雹奇大无比，许多人因此丧命。一部分奎纳尤特尔人不得不背井离乡，迁徙到这一地区的最高点——大草原上去。

饥饿使人精疲力竭。冰雹把蕨根、卡玛斯蒜和浆果都摧残死了。冰块堵塞了河道，无法到河里捕鱼。洋面上刮起风暴，渔夫无法出海打鱼。人只好以草原上的青草和块根充饥。食物匮乏，无以为生。年幼的孩子死于饥饿，甚至连最勇敢的强者都束手无策，只好坐以待毙。他们向大神祈福，但毫无改善。

最后，奎纳尤特尔人的大首领把自己的族人召来。大首领虽然年迈，却智慧过人。年轻时，他是这个剽悍的印第安部族里最杰出的一位武夫，他善跑，且脾气特别暴躁。

“安静，我的同胞，”大首领对众人说，“我们将再次向大神祷告。如果他不来帮助我们，那就是说，他要求我们去死。如果神的意志不让我们生，我们就应该像勇敢的奎纳尤特尔人通常所做的那样，勇敢地迎接死亡。现在，让我们向大神祷告吧！

这时候，衰弱和饥饿的百姓坐着一声不吭，只由他们的首领向大神祷告。若干世纪以来，大神对奎纳尤特尔人向来都是宽宏大量的。

祷告完毕，首领对百姓说："现在我们等着大神的旨意了，他是英明而万能的。"

百姓们等待着，鸦雀无声。笼罩着他们的也只有黑暗和缄默。这时候，传来一声可怕的雷声，一道闪光划破了黑暗。雷声接连不断，那低沉的隆隆的雷声，就如同一对巨大翅膀的拍击声，从太阳升起的地方传来。大家把目光投向海洋的上空，看见有一个鸟形的庞然大物正向他们飞来。

如此一个庞然大物，他们都没有见过。他的双翅展开来，比两只战船还要长两倍多。他那巨大的嘴喙呈钩形。他双目炯炯，像火焰一样闪闪放光。大伙儿看见他的爪子里抓着一条巨鲸，还是活的！

众人一声不响地看着雷鸟——看见他的每个人心里都这样称呼这只神鸟——小心翼翼地把巨鲸放在他们面前的地上。然后，他振翅高飞，冲入长空，随着一声告别的呼啸，冲入从他飞来的地方发出的雷鸣电闪之中。很可能，他飞回到神圣大地中他的住处去了。

雷鸟和鲸把奎纳尤特尔人从饥饿的死亡线上救了过来。大家心里明白，大神听到他们的祷告了。直到如今，大家都还记得雷鸟是怎样飞来的，这场持续了多时的饥饿与死亡的灾难是怎样结束的。草原上的村子周围有一些大圆石头，老人们说，这就是古时候那场风暴中降下来的石头冰雹。

二

雷鸟是一只巨鸟，他的翅膀有一只独木舟的桨那么长。他振鼓双翅时，就会大风四起、雷声隆隆。他的眼皮一张一合时，就会电光闪闪。风暴大作时，他振翅飞翔，双眼开启、闭合，从空中一掠而过。

他栖息在奥林波斯山的山洞里，从不让任何人走近他的住处。如果有猎人走近他的洞穴，他一闻到人的气息，就发出轰隆巨响，从里面抛出一些巨大的冰块。这些巨大的冰块沿着山坡往下滚动，撞击在悬崖峭壁之上，变成无数的小冰块。这些小冰块又一路轰隆隆地滚到远方的山谷里去。

所有的猎人都怕鸟、怕雷、怕大冰块，因此不敢轻易涉足他的住地，也从来没有人敢于在他的洞穴附近过夜。

雷鸟的食物储藏在奥林波斯山一片终年覆盖着冰雪的大平原边缘上一个黑漆漆的山洞里。雷鸟飞往海洋，抓到鲸以后，匆忙返回山间，以鲸充饥。有一次，鲸和雷鸟狠狠打了一仗，致使地动山摇，树木连根拔掉。因此，如今在波勃罗夫大草原上一棵树都没有，那就是鲸为了求生和雷鸟狠狠打了一仗所留下的痕迹。

大洪水的时候，雷鸟和食人鲸打斗了好长一段时间。他用爪子把鲸抓起来带到大山上自己的洞里，但食人鲸又逃回水中。雷鸟再次抓住他，一路上双目放出骇人的电光，双翅鼓起可怕的雷鸣。在雷鸣电闪之中，大山震抖不已，在他们厮杀之时，许多大树被连根拔了出来。

食人鲸一次又一次地逃出雷鸟的搜捕，雷鸟一次又一次地把他抓回来。在草原各地，他们之间还争斗过许多次。最后，食人鲸逃到大洋中央，至此雷鸟才饶过了他。

这就是为什么食人鲸如今还活着。这就是为什么奥林波斯半岛的森林里常常会出现草原。在草原上曾经发生过雷鸟和食人鲸的厮杀，因此，所有的树木都被连根拔了出来。

雷公和他的女婿

雷公的女儿想嫁给一个名叫萨西莫的小伙子。雷公认为萨西莫没有什么本领，两家也不门当户对。于是，雷公打算出几个难题考考他。

“你到山上去，”他说，“把五座山顶上的雪给我拿来！”萨西莫来到山上，带回来一小撮雪，拿给雷公看。雷公看到小伙子拿回来这么一丁点雪，气就不打一处来，把他臭骂了一顿……

“你吃一吃，”萨西莫说，“你就会知道，这并不少。”

雷公吃呀，吃呀，不管怎样不停地吃，雪却总是不见减少。他明白，小伙子占了上风。于是他又火了，一怒之下把剩下的雪掼到门外去。这一小撮雪铺撒开来，覆盖了整片大地，覆盖了所有的房子和树林。

“你把雪拿回山上去吧，”雷公央求说，“从哪儿拿来，还拿到哪儿去！”

萨西莫收拾好雪——这对他来说只不过是一小撮——把它拿回到五座山顶上去。

回家后，雷公又给他出了第二道难题。

“你下山去给我逮两头山狮来，我想逗它们玩玩。”

不大一会儿工夫，小伙子就从森林里回来了。他带回来两头捆绑着的山狮，把它们交给了雷公。谁想到雷公正想逗它们玩的时候，它们竟然向雷公扑过来，抓他，咬他，差点儿没把他弄死。

“萨西莫，你给我把它们赶走，”雷公央求说，“赶回山里去！”

萨西莫一走到山狮跟前，这两头野兽就变得温驯了，乖乖地跟着他回山里去了。萨西莫回到家时，雷公已经忘记了山狮的袭击，又给他出了一个难题。

“到山上去，”雷公命令他，“抓两只熊来，我想跟熊玩。”

没过多久，萨西莫就带着两只被捆绑起来的狗熊，从山上回来了。他把狗熊交给雷公。可是，当雷公正要同它们玩的时候，它们用后腿直立起来，向他猛扑过来。雷公吓坏了，他忘不了山狮给他的教训，赶快让萨西莫把狗熊带走。

小伙子回家来，雷公对他说：“你跟我到森林里去，帮我劈开一棵雪松的树干。”

雷公在森林里挑了一根又长又重的圆木。他劈开了一头，在缝隙处塞上一块木楔。

“你给我爬进缝隙里去，撑开它！”雷公对小伙子说。

萨西莫照办了。谁知小伙子一爬进缝隙里，雷公就拔出了楔子，小伙子被夹在圆木当中了。

“哈哈！”雷公哈哈大笑，“你到底中了圈套！现在你从缝隙里爬出来试试！”

雷公心满意足地离开森林回家去。他刚走进屋子，就听见身后有人的脚步声，接着屋子旁边发出了一声轰隆的闷响，就像是什么重物落地似的。雷公把门打开，看见门外站着萨西莫，一根大圆木就横躺在他的身边。这根大圆木是萨西莫从林子里拖回来的。雷公大吃一惊，真不知道该用什么难题才能难住这个萨西莫。

后来，他终于想出一个难题。

“你到阴曹地府里去一趟。在那里你会看到一个发光的球，那是鬼魂们最爱玩的一件东西，他们总是把这个球滚来滚去。我要你找到这个球，给我拿来。”

萨西莫来到阴曹地府，看见鬼魂们正在玩着一个发光的球。鬼魂们看见小伙子，叫他离这个球远些。于是，萨西莫变成了一阵烟。鬼魂们还是盯住他。他又变成一团雾。鬼魂们还是盯住他不放。他们挡住萨西莫，不让他看见球，把球滚来滚去玩着。

最后，萨西莫变成了一个鬼魂们看不见摸不着的东西，谁也不知道他在哪儿。他藏在玩球的鬼魂中间。球一滚到他跟前来，他就把它抓住，顺着通向人间的那条小道跑起来。

这时，阴曹地府立刻变得漆黑一片，什么也看不见。于是，鬼魂们赶紧用浸过树脂的树枝点起火把，继续追赶萨西莫。萨西莫跑得够快的，可鬼魂们跑得比萨西莫还快。要是雷公和他的朋友不赶来搭救，鬼魂们准能把他抓住的。

萨西莫快要回到人间的时候，雷公和他的朋友拿水往追赶的鬼魂身上泼。水把火把浇灭了，鬼魂只好停止追赶，回去了。萨西莫安然无恙地回到家里，把发光的小球交给雷公。

“小伙子，好样的！”雷公说，“我要把女儿嫁给你，再也不为难你了。”

雷公双手捧着这发光的球，乐滋滋地端详着。然后，他把这球分给他的朋友们——给蜂鸟的脖子分一点，给家兔的前胸分一点，给啄木鸟脑袋上的那撮毛分一点，给百鸟百兽各都分了一点。所以，现在鸟兽的羽毛、皮毛上都可以看到一些红色的亮点。不过，他把大部分的亮光都留给自己了，他把亮光藏在胳肢窝下面。

每当雷公发怒，振起双翅的时候，我们就能看到亮光。我们常常听到打雷的声音，那就是他在骂人。

与雪妖之战

切哈利部族的印第安人说，很久很久以前，还是兽人时代，那时掌管下雪的是雪妖五兄弟。有一年冬天，他们下的雪真大呀，兽人们住的屋子全叫雪给埋住了。人们要走亲访友，只好从雪底下走。

冬天这么长，雪又下得这么多，兽人惶惶不安起来。

“得想想法子，否则咱们都要饿死了。”他们说。

“没有别的办法，”首领对大伙儿说，“咱们得和雪妖们拼个死活。不过要到雪妖的国家里去和他们厮杀。”

“我们去和他们拼！”人们异口同声地说。春天到了，首领把百姓们召来，对他们说：

“在冬天到来之前，我们要到北方去，那里就是雪妖住的地方。”

初秋他们就准备动身了。一切准备停当，兽人们起程开往北方去。兽民们全都来了。响尾蛇、老鼠、青蛙以及各种猛兽，一个也没有留下。他们在陆地上走了三天。到第三天夜里，首领对他们说：“从明天起我们开始在空中走。剩下的路，我们要在天空中走。”

第五天清早，他们来到了天宫，发现了雪妖的住地。

“天一亮我们就开始进攻！”首领向大伙儿宣布。

老鼠趁着黑夜爬进雪妖们的家里。他先是爬到老大的弓跟前，把弓弦咬断，再爬到老二的弓跟前，把弓弦咬断。就这样，把老三、老四的弓弦都咬断了。

他还没有来得及把雪妖老五的弓弦咬断，天就放亮了。他只得离开雪妖们的住室，回到自己的队伍里去。他对大伙儿说："我的个子虽然很小，可是我能助你们一臂之力，现在，我确信你们能够打败雪妖们。"

清晨，兽民们向雪妖的家发起了进攻。雪妖五兄弟爬起身来，急忙抓起自己的弓。可是，四个兄弟都发现他们的弓弦断成一截一截的了。这样一来，四个兄弟就没有能力打仗了。只好由小弟独自抵挡人间兽民们射来的箭支了。由于寡不敌众，他很快就败下阵来，往北逃窜而去。老鼠干得真漂亮！

兽民们把雪妖的家翻了个遍，把能拿走的一切都悉数拿走了。蛇和响尾蛇留在天宫里，以便把其他野兽没有带走的东西带走。蛇只拿到了几根红色、白色和黄色的干草，还有一块鞣过的鹿皮。

响尾蛇呢，迷路了，再也没有回到家里。蛇总算是回家了。她的朋友以为她在天宫不再回来了，都为她掉下了眼泪。

蛇的表妹水狗以为蛇丢了，伤心地哭了起来。蛇回来后，送给她一块鹿皮。所以，水狗的皮才这么硬。

蛇的另一个表妹蜥蜴也以为蛇丢了，伤心地哭了起来。蛇回来后，从篮子里抓了一把干草给她，所以现在蜥蜴的身上才有花纹。

蛇的第三个表妹青蛙也哭了，不过她一边哭，一边不怀好意地唱歌：

斜眼蛇，找不着回来的路，
斜眼蛇，找不着回来的路……

蛇可生气了。

“好呀，青蛙，我什么也不给你，再也不把你当亲戚来往了！”

所以，直到如今，蛇和蛙还是死对头。蛇只要一见到蛙就扑过去，把她咬住，吞进肚子里去。

蛇还剩下几根干草，就把干草放在自己的背上，所以如今蛇的背上留下了一道白、一道黄的斑纹。

响尾蛇最后还是找到了从天宫回到人间的路。不过，他降下来的时候，落到了大山以东雅基马族住的地方，再也没有回到切哈利人住的地方。所以直到如今，切哈利人居住的地方也没有响尾蛇。

雪妖兄弟打了败仗，所以切哈利人住的地方很少下雪。要不是老鼠把雪妖兄弟的弓弦咬断，说不定如今还是大雪覆盖呢！现在，只有小兄弟一个掌管切哈利这里下雪了。

凯欧蒂怎样造印第安部族

很久很久以前，还是兽人的时代。卡斯卡山顶上克里·艾列姆湖里有一只大海狸妖怪，名叫威什普什。大海狸威什普什的红眉毛下面长着一对喷火的眼睛，他的爪子闪闪发光，叫人毛骨悚然，谁要是走近他，他就把谁抓住。

克里·艾列姆湖里有很多鱼，足够海狸怪威什普什和兽民们享用的。不过，威什普什不让兽民们捕鱼。谁要胆敢走近湖边一步，他就会用他那强壮有力的爪子把谁拖到湖底。人到了湖底，不是进了妖怪的肚腹，就是被水淹死。

兽人们饿得走投无路，不得不去求凯欧蒂搭救他们。

“凯欧蒂，威什普什太可恶了，救救我们吧！”兽民们央求道，“你若是不救我们，我们就没命了！”

“行，我就去救你们，除掉威什普什！”凯欧蒂应允他们。

凯欧蒂当然知道这事没有这么简单。许多打算除掉威什普什的兽民，都丧命了。该怎么办呢？虽然凯欧蒂很聪明，但很长时间他也感到束手无策。

他决意求助于变成浆果、藏在他肚子里的三个姊妹，这三个姑娘都很聪明。她们会给凯欧蒂出谋划策，想出解救的办法来的。

不过，起初三姊妹不愿意帮他的忙。三姊妹说：“要我们给你出主意，你倒先说说看，你自己是怎么想的。”

凯欧蒂知道，她们最怕冰雹了。他就仰面向天呼喊：“冰雹！冰雹！冰雹！冰雹！”

姊妹们吓坏了，央求他：“别！别！别让冰雹打我们，我们这就告诉你该怎么办。”

于是，她们把怎样对付威什普什的办法一五一十地对他说了。

凯欧蒂听完她们的话后，对她们说：“对了，好姐姐，你们说的和我想的正好一样。我就这么办了。”

凯欧蒂按姊妹们的吩咐，制造了一把安着很长、很结实的柄的大鱼叉，又用一根麻绳把鱼叉拴在手腕上。然后，他就来到克里·艾列姆湖上，用这把长鱼叉捕鱼。海狸怪威什普什看见了他，伸出那巨大的、令人恐惧的、闪着光的爪子想把他抓住。

凯欧蒂没等海狸怪的爪子伸过来，就奋力把长叉向海狸怪的肋骨叉了过去。海狸怪痛得一头扎回了湖底。因为鱼叉是绑在凯欧蒂的手腕上的，所以他也被拖下水去。他们双双划过湖水，坠到了湖底。

在湖底，凯欧蒂和海狸怪进行了一番殊死的搏斗。他们打得非常激烈、非常残酷，连湖周围的山峰都颤抖起来，出现了一个深洞。湖水顺着这个洞流了出来，顺着山坡一直往下，注入基蒂塔斯河谷，很快就形成了一个新的、更大的湖泊。

巨浪把咆哮着的威什普什冲到了这里。他想淹死凯欧蒂，不过凯欧蒂抓得牢牢的。他们从新湖出发，给雅基马河开出了一条河道，再沿着雅基马河往下去，在雅基马族居住的地方，又形成了一个大湖。海狸怪打通了新形成的山脊，开掘了尤宁谷地，然后他又向东穿过盆地，继续为雅基马河开辟着河道。水流过新的河道，又在约尔约尔地区形成了一个大湖。

接着，海狸怪拖着凯欧蒂急转往西而去，给大河开出一条新河道。凯欧蒂想抓住树木或岸边的岩石，停下来休息。但是，不是树枝被折断，就是树木被连根拔起，岩石也被撞得粉碎。这样一来，海狸怪开拓的河道就更宽了。海狸怪威什普什拖着凯欧蒂越走越远，湖水在他们身后汹涌奔腾。海狸怪穿过高山、掘出峡谷，河水跟着他开出的河道不断向前涌流，成了大河。而凯欧蒂时而抓住河岸，时而抓住岩石，因此，沿河出现了许多小瀑布和石滩。

最后，他们来到了大河的入海口。这时凯欧蒂已精疲力竭，差点儿没被浪涛呛住。为这事，昂达特拉还把他大大奚落了一番呢。

威什普什依然那样强悍和凶残。他抓起大把大把的鲑鱼，整条整条地吞食下肚，还吞食了几条鲸鱼。他把沿途遇到的一切，都置于死地。

凯欧蒂休息片刻，重新设法摆脱开海狸怪。他心里默默祈求自己智慧的姐妹们，求她们指点该怎么办。

于是，三个变成浆果、隐身在他肚子里的护身姐妹，再次教给他对付妖怪的办法。姐妹们说完，凯欧蒂又对她们说："不错，好姐姐，我也这么想。你们说的和我最初想的一模一样。”

凯欧蒂按照姐姐们的吩咐，变成了一根松树枝。他游到妖怪跟前，就像三个姐妹所预言的那样，妖怪一口就把松树枝吞到肚子里。凯欧蒂又在妖怪肚子里变成一只猛兽，拿着一把尖刀割妖怪的心脏。他割呀，割呀，一直割到妖怪死去。

这时，凯欧蒂又变成了一个小不点儿，从妖怪的喉咙里爬了出来。

昂达特拉帮他把妖怪的尸体拖到大河入海口的岸边。凯欧蒂用利刀把妖怪的尸体一块一块割下来。他说：“强大的威什普什呀，我要用你的身躯创造新的人类。他们将要在大河沿岸定居，做买卖。”

他对另一部族说：“你们呢，将定居在海岸边，与海洋为邻，靠猎取大白鳣鱼和拾贝壳为生。你们这一部族的人生得矮而胖，脚小。”

他用海狸怪的脚造了克利基塔特[1]印第安人，对他们说：“你们将住在大白山以北直至大河。你们腿脚敏捷，聪明伶俐，你们都是飞毛腿，都是好骑手。”

他用海狸怪的手造了基伊部族印第安人，对他们说：“你们将住在大河西岸，你们弓箭使用娴熟，擅长舞枪弄棒，因此必然强大无比。”

他用妖怪的肋骨造了雅基马部族印第安人，对他们说：“你们将住在大山以东新雅基马河沿岸，你们是一切穷人的帮

1.系萨哈普廷部族的一支。

手和保护者。”

他用妖怪的头颅造了穿鼻部族印第安人，对他们说：“你们将住在库库斯基和约洛夫河沿岸，你们是聪颖的民族，能说会道、善出主意，还是有经验的骑手、勇猛的武士。”

接着，凯欧蒂把妖怪的头发、血以及躯体剩下的部分收集起来，远远地把它们扔到东边大山外面。

“你们将是蛇河印第安人，”凯欧蒂说，“你们是嗜血的暴力部族。你们将靠猎取北美野牛为生，过流浪生活。”

凯欧蒂就是这样，用被他打死的妖怪威什普什躯体的不同部位造了印第安各部族。接着，他沿着大河的岸边往回走，因为他忘记了两件事：一是忘记了给沿岸的新部族造嘴巴，二是忘记了让他们睁开眼睛。

当他回到那里的时候才发现，他创造的人正饥肠辘辘，闭着眼睛在游荡。他很可怜他们，赶快用石刀把他们的眼睛划开，在每人的脸上割开了一个嘴巴。

不过，凯欧蒂实在是太匆忙了，石刀又太钝，所以有些人的嘴太小，有些又太大。所以，沿岸印第安人的嘴巴都不好看。

坚果的护身精灵

有一次，一个人在砸坚果，他把坚果放在石头上，然后拿一块小一点的石头去砸。他像往常一样砸坚果，但是坚果却蹦到一边去了。他把坚果捡起来又砸了一下，它又蹦掉了。

“这么不听话！”人又捡起坚果，“我不信砸不开你。”

他把坚果紧紧抓在手中，用力砸下去。可是，坚果第三次滚到草地上。找呀，找呀，找呀，哪儿都找不到了。

过了几夜，有一个找到自己护身精灵的男孩，偶然在一个秘密的地方发现了这个坚果。“小家伙，看着我！”坚果精灵对他说，“听着我对你说的话，无论用多大的力气打我，谁都不能伤害我。我要是躲起来，谁也没法找到我。我具有非凡的力量，可以分一些给你。只要你永远按照我吩咐的去做，就可以得到这种力量。你的对手可以包围你，抓住你，但不能动你一根毫毛。你可以跳起来，挣脱他们的双手，从他们眼前消失得无影无踪。只要你听从我，他们永远也别想找到你。”

小男孩从未对任何人讲过坚果的事，但却一直听从他的吩咐，完成他的使命。他长大成人以后，具有一种神秘的本领，能够从敌人手中脱身，谁也找不到他。即使被一大群人团团围住，他也能逃脱出来，转危为安。靠着坚果守护精灵的庇护，他成为雅基马族最有本领的武士。

凯欧蒂和乌鸦

凯欧蒂在世上漫游。他平妖斩魔，为新的印第安人的降生创造一个和平的环境。他越过喀斯喀特山脉，来到普季特湾。他饿了，实在太饿了。

在一块高耸的岩峰上，他遇到了乌鸦，乌鸦嘴里叼着一块鹿油。凯欧蒂望着叼着鹿油的乌鸦，心里想：这鹿油的味道一定好极了。眼里瞧着，肚子里越加饿得慌。于是，他开始盘算怎样才能把鹿油弄到手，想呀，想呀，最后竟得意地窃笑了起来：

“有办法了！我知道该怎样把乌鸦的油弄到手了！”

于是，凯欧蒂走近山岩，大声对乌鸦说：“你好，大首领！人们说，你的歌声最悦耳了！我知道你是大首领，是一个英明的首领，这点我早就听说了。现在，就差听听你的歌喉了。乌鸦首领，你能唱首歌给我听吗？”

乌鸦听到有人喊他首领，简直得意死了，忍不住要夸耀夸耀：“嗬！”

“哎呀，乌鸦首领！”凯欧蒂大叫，“说得太简单了。你的歌声一定很美妙！首领，给我唱支动人的歌吧！我真想听到你那响亮的歌声。”

乌鸦简直得意忘形了。他张开大嘴，从岩峰传来一声尖叫：“卡——阿尔！”

不用说，那块鹿油终于还是从他那张开的大嘴里掉了下来。凯欧蒂飞快地跑过去抓住它，别提笑得多开心了。“得了吧，什么英明首领，”凯欧蒂说，“你根本不是什么首领！我骗你，叫了你一声首领，我要的是这块鹿油。我饿了。你这蠢家伙，你也饿了吧，活该！”

凯欧蒂怎样把火带给人类

混沌初开的时候，人类没有火。世界上只有高山顶峰的一个地方有火，由一群名叫斯库库玛的恶灵守护着。他们不肯把火交给兽人。他们害怕人的日子好过了，就会变得像恶灵一样强大无敌了。

因此，人类只好过着茹毛饮血、忍饥受寒的生活。凯欧蒂来到人类居住的地方，看到他们饥寒交迫，生活十分悲苦。

“凯欧蒂，”他们央求他，“把山上的火带给我们吧，否则我们要冻死了！”

“好吧，我去想想办法！”凯欧蒂答应帮忙。

太阳升起的时候，他走了很远的路来到积雪的山巅。他看见有三个满脸皱纹的老太婆日夜轮换看守着火种。一人当班，其余两个待在离火种不远的小棚里。换班的时候，看火的老太婆走到小棚跟前，说：“姐姐，姐姐，起来吧，看火去！”

天快亮的时候，天气特别冷。该换班的老太婆磨蹭着不愿走出小棚。凯欧蒂想，要偷火种，这个时候最合适。当然，他知道，老太婆准会追过来的。她们虽说老了，可跑起来还是相当快捷的。怎样才能逃掉呢?

尽管凯欧蒂聪明过人，还是想不出对付的办法。于是，他决定去请教藏在他肚子里的三个浆果守护神姐妹。她们最聪明了，一定会告诉他对付的办法。

开头，三姐妹不想帮他。

“我们给你出了主意，”她们说，“你随后会说，我自个儿全都知道了！”

“好，你们不帮我！”凯欧蒂知道，三姐妹最怕冰雹，于是他仰头望天高呼，“冰雹！冰雹！从天而降！”

三姐妹慌了，连忙说：“别！别！别叫冰雹！别叫冰雹！我们告诉你办法好了！”

于是，浆果三姐妹告诉他该怎样从老太婆手中偷火种，然后把火种从山上带给百姓。

姐妹们说完，凯欧蒂说：“对了，姐姐们，我也是这么想的。一开头我就打算这么办了！”

凯欧蒂从山上下来，把周围的兽人叫来，把姐姐们的主意一五一十对他们讲了。他把美洲豹啦，狐狸啦，松鼠啦，等等，都安置在山坡各自的位置上。于是，从斯库库玛存放火种的地方直到兽人的住地，排了一列长长的队伍，大家各就各位站好。

凯欧蒂又爬到山上，等待黎明到来。看火的老太婆看见他，还以为他是附近的一只小兽呢！

黎明的时候，凯欧蒂看见值班的老太婆从篝火旁边走开，听见她喊：“姐姐，姐姐，该起来看火了！”

然后，她走进了小棚子。这时候，凯欧蒂飞快地走近篝火，抓起一块燃烧着的木头，向积雪的山坡下面跑去。三个老太婆立即跟踪前来。她们一边跑，一边用冰块雪块挡住他的去路。他越过层层冰障，很快就听到老太婆追上来了。她们那灼热的气息就在他身后很近的地方。一个老太婆用爪子抓住他的尾巴尖，尾巴尖顿时变黑了。所以，从这时起，凯欧蒂的尾巴尖是黑的。

凯欧蒂被那灼热的气息烤得喘不过气来，一走到树林子旁边，就倒在地上了。这时候，躲在一棵小云杉树后面的美洲狮，马上从暗处奔了过来。他抓起火种，穿过矮树丛和岩峰峭壁，向山下跑去。来到几棵大树跟前，她把火种交给了狐狸。狐狸带上火种，一直跑到浓密的灌木丛。

这时候，松鼠抓起这燃烧着的木块，在树木中飞奔而去。火烧得很旺，松鼠的背脊上留下了一些黑点，尾巴也弯了。直到如今，松鼠背上还有黑斑，尾巴也是向上翻卷的。恶灵斯库库玛还在追夺火种，她们想在林子边上把松鼠截住。

不过，羚羊已经在最后一棵树下等着松鼠了。羚羊是兽类中的飞毛腿，她接过火种，越过草地飞奔向前。火种就这样在兽类中辗转相传。他们都希望恶灵斯库库玛累了，不再追赶了。

最后，火种只剩下一丁点火炭了，落到了蹲着的小青蛙手中。小青蛙把这一丁点火炭吞下肚去，使出浑身本领，蹦跳着飞速逃走。斯库库玛中一个岁数比较小的，尽管已经精疲力竭了，还是奋不顾身地把青蛙抓住。她死死抓住青蛙的尾巴不放手。不过，青蛙并没有惊慌失措，她使出全身力气，往前一蹦。这样一来，尾巴留在了斯库库玛的爪子中，自此以后，青蛙再也没有尾巴了。

青蛙还是不敢停步，她钻进了深深的河水中，又从另一条河中探出头来。不过，老太婆也过河追来了。她已经第二次追上青蛙了。青蛙实在太累，跳不起来了。为了救这火种，她张开嘴，把火种喷吐到大树身上。大树立刻把火种吞到肚子里。这时候，另外两个老太婆也赶来了。她们站在大树跟前一筹莫展，不知道该怎样才能从大树身上把火掏出来。

最后，她们只好灰溜溜地回到山上去了。

这时候，凯欧蒂来到火种跟前，大伙儿也走过来了。凯欧蒂真不愧是个智者，他知道该怎样从大树身上取火。他给大伙儿示范，拿两条干木棍互相摩擦，直至迸出火花。火花可以把干的木片和干松叶点燃。然后，他还教会人怎样用干木片和干松叶点燃起熊熊燃烧的篝火。

从此，人类知道怎样取火了。火可以烤熟食物，又可以取暖。

海狸盗火

从前，在兽人时代之初，世上没有火。人类吃生肉，或者只能靠太阳光烤炙食物，也没有火取暖。

“天上有火，”有一次，鹰说，“你们到天上去把火取来吧！”

于是，兽人开了一个大会，各地的兽民都来了。

“出发之前，我们先跳出征舞，”有一个兽民说，“谁来唱歌，我们随歌声跳舞吧！”

说罢，群兽都唱了起来。

“不行，”有谁说，“这么乱糟糟的，怎么跳舞呀！”

喜鹊唱了，歌声不怎么悦耳。乌鸦唱了，歌声也不怎么动听，没法跳舞。狐狸唱了，还是不中听。大伙儿把灰熊叫来，让他唱唱试试。

“哎呀，真骇人！这种声音怎能跳舞呀！”

全都试过了，该轮到郊狼凯欧蒂了。歌声倒是不错，不过还是不合大伙儿的心意。

“歌声倒还行，”大伙儿说，“不过，凯欧蒂这家伙不可靠。连他自己也不知道他在干什么，跟着他准倒霉。”

还有两只小兽——飞鼠和山雀——没唱过呢！他们真是名副其实的小家伙！”

于是，大伙儿把他们喊来。第一个喊来山雀，他唱得太糟了。该轮到飞鼠了。

“我压根儿就不会唱歌！”飞鼠说。

“你非唱不可！”大伙儿不放过她。

“好吧，我试试看！”

她开始唱了，一曲终了，百兽全都拍手称好。

“我们就要这样的歌曲。好，再来一遍。”

于是，百兽在飞鼠的伴唱之下举步跳起出征舞。

“现在我们该铺一条到天上的路了！”

当然了，这差事就落在使弓箭的兽人身上。

“我们要搭一条箭路，好攀着它爬到天上去。”

他们一次一次又一次试着搭箭路。所有大兽把自己的箭都使尽了，箭路还没有搭成。于是，他们又把山雀和飞鼠叫来。

当山雀带着弓箭走到众兽面前时，所有大兽都笑个不止。他瞄准目标，一箭射去。这时候，大伙儿都看着他，只见他的箭头儿嗖一声飞到了天上，嵌在那里了。第二支套在第一支上，留在上面了。他又射出第三支。当他把两个箭筒的箭射完，箭链快要拖到地面上来了。这时，山雀把别人的箭拿来，把箭路搭到了地面。

众兽开始往天上爬，准备把火偷到地面上来。最后一个上去的是灰熊。

“应该带一袋吃的，”他说，“在那儿如果突然没吃的了，那怎么办？”

于是，灰熊带了一大袋吃的到天上去。不过，他实在太笨重了，箭梯断了，吧嗒掉到了地面上。没办法，他只好留在家里了。

众兽在鹰的统率和管理之下爬到了天上，因为取火的主意就是鹰出的嘛！自然，就像所有首领一样，鹰派出了自己的探子，去刺探周围的动静，他们抵达天上的时候正好是深夜。

“谁去找火呢？”鹰问。

大伙儿决定两人一组，轮流去找。看门狗和青蛙分到一组，这两个家伙实在太懒了，他们压根儿就没有去找。他们躺着，躺着，还是躺着，当然啰，啥也没找到。不多久，他们就往回走了。

“我们啥也没看见！”他们说。

鹰很生气，对这两个家伙早就失去信心了。

“不行，要好好找找！我亲自去！海狸，你跟我一块去吧！”

“好吧！”

海狸走水路，鹰在他头上飞翔。鹰坐在离天上住地不远的一棵高树上，海狸在水中游到一个捕兽器跟前。他钻进捕兽器里，装作死了的样子。

清晨，天人走过来看看捕兽器里有什么。

“哈，我这里有一只优质海狸，还是死了的！”

他把海狸掏出来，带到首领家里。

“来看看这只海狸，”他说，“看他的皮毛质地多好，多柔软！我这就把它的皮剥下来！”

这时候，鹰正从树上四处张望。他一动，天人就发现他了。

“看，多漂亮的大鸟！把他逮住。打死他，拿他的羽毛插在头上多好呀！”

于是，男人都跑回家里取弓箭去了。

抓走海狸的人把他带到首领家里。屋里点着篝火。他们飞快地把海狸的皮剥下来，差点就要剥完了，海狸怕他们把整块皮剥下来。如果他们把整块皮剥了下来，他就没法再穿上它了。

鹰呢，他待在屋子附近，也怕人把他射杀了。人射过来的箭就差咫尺之遥。当海狸皮剥得只剩下一丁点儿的时候，大伙儿在院子里喊：“喂，快来射箭，把鹰射下来，别让他跑了！”

正在剥海狸皮的天人听到人们喊他，手里握着刀子，跑出屋子。海狸立即一跃而起，抓起自己的皮毛，穿在身上，跟从前一样活过来了。接着，他抓过火种，藏在爪子下面，往河边跑去。这时候，众人只注意在天空里盘旋着的鹰，谁也没注意海狸，他已经快到水边了。

鹰已经看见他的同伴从屋子里奔出来，于是，他躲过纷纷向他飞来的箭矢，直到看清海狸已经钻到河里去了，才振翅腾空飞走了。

“哎呀，咱们把鹰放走了！”天人大喊，“把鹰放走了！”

刚才剥海狸皮的人跑回屋里，发现海狸没了，火也没了。

“糟了，我们的火丢了！”他惊叫着，“我们的火丢了！”

鹰和海狸返回自己的同胞那里，百兽正围聚在箭路起头的地方。

“我们有火了！”鹰说，“快跑，天人要追来了！”

“梯子断了，”百兽对鹰说，“灰熊带了一大包吃的，把箭梯弄断了！”

“这样吧，鸟类自己飞回去，”鹰指挥他们，“小兽可以趴在大鸟的背脊上，其余的自己想办法下去！”

小兽趴到大鸟的背脊上回去了。凯欧蒂唤来自己的护身神力，变成了一棵松针，飞下去了。不过，松针掉得太快——对凯欧蒂来说太快了。于是，他又命自己的护身神力把自己变成一片叶子，慢悠悠地飘了下来。就这样，他平平安安地抵达了地面。

小鲤鱼下地可没这么顺利。他从灰熊折断的最后一级梯上蹦下来，他嘴朝下，摔到了岩石上，嘴巴被砸扁了。自此以后，鲤鱼的嘴巴都是扁的，只能咂着吃东西。

兽人返回地面，全都集合到当初由飞鼠伴唱跳出征舞的地方。

“火在谁手里呢？”百兽问。众兽都望着鹰。

“不在我手里！”鹰说。

“不在我们手里！”喜鹊和乌鸦说。

“不在我们手里！”山雀和飞鼠说。

他们一边说，一边摊开空空如也的双手。这时候，海狸走出来。他伸出双手，撒开爪子说：“我们千辛万苦找来的火种在我这里，火种在我这里！”

可是，谁也没有看见他爪子里有什么。他的几个女儿走到他跟前，仔细看过他的爪子。大女儿还细细扒开他的大拇指，啥也没看见。但海狸还在一个劲地唱：“我们取来的火种在我这里！火种在我这里！”

于是，二女儿又仔细把他伸出的指头认真看过，还是没有看见有火。

“我们取来的火种在我这里！”海狸又唱道。

大女儿又仔细看着他的中指，发现火种藏在他那双重的爪甲里面。这时，二女儿也发现在他前无名指双重的爪甲里，也有火种。

海狸把火种放到几棵大树的树干里。这就是海狸从天上带来的珍贵的东西，直到如今还保存在人间。现在村村寨寨都有火了。只要我们用火，都可以从树上取来。

凯欧蒂与鹰漫游冥府

在兽人时代，人一死就要到精灵王国去。凯欧蒂为此很发愁，很想让死魂灵死而复生，返回人间。

凯欧蒂的妹妹死了，还有几个朋友死了。鹰的老婆也死了，鹰非常伤心。凯欧蒂为了安慰他，对他说：“死人不会永远留在阴间的。他们就像树叶一样，在秋天谢了、死了、黄了，从树上掉了下来，但还会长出来的。当春草发绿，群鸟歌唱的时候，当幼芽长大，破土抬头，百花竞开的时候，死去的亲人都要回来的！”

但鹰不愿意等到来年春天再来。他要立刻、毫不迟疑地把死去的亲人带回来。于是，凯欧蒂陪鹰一块到阴间去。凯欧蒂在地上走，鹰在天上飞。好几天的工夫，他们来到了一个大水塘边。

水塘的对岸依稀可以看见许多房子。

“喂，有人吗？来条船渡我们到对岸去！”欧凯蒂大声叫喊。

没人回答。

“那里没人，”鹰说，“我们白跑了这么多路了！”

“他们在睡觉，”凯欧蒂解释说，“死人白天睡觉，夜里起来。咱们等到天黑再说吧！”

黄昏的时候，凯欧蒂唱起歌来。很快，有四个精灵走出房子，坐上小船往他们这里划来。凯欧蒂唱着歌，精灵向他划来，还用桨打着拍子。不过没桨的小船一样往前走，自己在水面上滑行。

精灵抵达岸边，凯欧蒂和鹰登舟一块到彼岸去。快要抵达死灵岛的时候，他们听到水面上传来一阵阵欢迎他们的鼓声和歌舞声。

船靠岸的时候，精灵警告他们："别进屋，别四处张望，闭起你们的眼睛，这是圣地！"

"不过，我们又冷又饿，让我们进去吧！"鹰和凯欧蒂央求说。

于是，他们被带进一间用透光的草席搭成的大屋子，屋子里众精灵正随着鼓声唱歌跳舞。一个老太婆用一个编织的瓶子给他们端来不多的一点海象油，瓶里插着一根羽毛管子，让他们吃饱。

在这期间，鹰和凯欧蒂从从容容地把四周打量个够。屋子里布置得很漂亮，有很多精灵。他们都穿着节日的盛装，上面缀满了贝壳和鲑鱼的牙齿。他们的脸也经过打扮，头上插着羽毛。月亮在大房子上放着光，使周围一片光亮。青蛙坐在月亮身旁，多年以前，自从她跳到这里来以后，就一直跟随着月亮，负责照管月亮，让它给唱歌跳舞的精灵照亮。

鹰和凯欧蒂认出其中有几个精灵是他们死去的亲人，不过歌舞者对来人根本没有注意。而且，谁也没有发现凯欧蒂随身带了一个篮子。他准备把精灵放在这个篮子里带回人间。

清晨，众精灵纷纷离去，大白天都睡觉去了。这时候，凯欧蒂把青蛙打死，剥下他的皮，披在自己身上。天黑了，精灵又到大屋子里来通宵达旦地唱歌跳舞。他们并不知道，站在月亮旁边披着青蛙皮的是凯欧蒂。

在他们唱歌跳舞正起劲的时候，凯欧蒂一口把月亮吞下肚去。在黑暗中，鹰把几个精灵抓到凯欧蒂的篮子里，把盖子盖得严严实实的。于是，凯欧蒂提着篮子，和鹰双双返回人间。

走了好一段路了，他们忽然听到篮子里传来喧哗的声音，于是停下脚步来仔细听着。

“人活过来了！”凯欧蒂说。

他们又走了不多一会儿，听到篮子里传来说话的声音。几个精灵在抱怨自己的运气不好。

“周围的人都在推我，挤我！”一个精灵唉声叹气地说。

“谁把我的脚踩了！”另一个抱怨说。

“我们的手脚被压得受不了了！”第三个抱怨说。

“把盖子打开，把我们放出来！”几个精灵齐声高喊。

凯欧蒂累了，篮子变得越发沉重。因为精灵已经重新变成人了。

“把他们放出来得了！”凯欧蒂说。

“不行，不行！”鹰赶忙说。

走了不多一会儿，凯欧蒂把篮子放到地上。对于他来说，这篮子实在太沉重了。

“放了他们得了，”凯欧蒂又说，“我们离阴间都这么远了，他们没法再回去了！”

于是，他们把篮子打开。这时候，人又重新变成精灵，像风一般飞快地向亡灵岛奔去。

鹰大骂了一顿，忽然想起凯欧蒂曾经对他说过的话。

“现在是秋天。死去的人就像树上的叶子一样凋落了。等来年春天吧！幼芽出土、百花盛开之时，我们再到阴间试试吧！”

“不了，”凯欧蒂说，“我累了。死去的人就让他们永远留在阴间吧！”

于是，凯欧蒂定下法律，死去的人永世不得返回阳间。如果他当时没有打开篮子、把精灵放出来的话，那么，死去的人就会像青草、鲜花、树木一样，每到春天都会死而复生的。

亡灵岛[1]

好久好久以前，世界上有一个青年武士和一个美丽的姑娘，他们彼此相爱，日子过得很美满。但是，后来武士病了，死了。他的精灵到了阴间，他日夜思念姑娘，为她哭泣，姑娘也在人间日夜为死去的亲人落泪。在他死后不久，有一个精灵从阴间来到姑娘梦中，对她说：

“你的情人日夜思念你，”精灵说，“尽管他在阴间生活得挺不错，但没有你他总是愁眉不展。如果你不到他身边去，他的生活是不会美满的。”

姑娘对她的梦十分吃惊，一五一十地对父母讲了。他们也很惊讶，不知道怎么办才好。第二夜，第三夜，姑娘做了同样的梦。第三夜过去了，爹妈决定把姑娘送到她爱人身边，以免有什么不测风云落到他们头上。

于是，他们用独木舟把姑娘送到大河下游的亡灵岛上，那是亡灵所住的一个幸福去处。当他们抵达时，天已经黑了。从岛上传来阵阵鼓声，还听到亡灵在音乐的伴奏下唱歌跳舞的声音，透过昏暗的迷雾隐约看得见岛上闪烁不定的火光。

有四个亡灵到岸上迎接姑娘一家，他们把姑娘带出独木舟，并请两位老人返回人间。亡灵把姑娘带到大家跳舞的屋

1.哥伦比亚河下游的一个岛屿，是历代印第安人埋葬死者的所在。

子。这是一间用透光的草席搭成的大屋子。在屋子里，她看见自己的爱人了。他看上去比生前更漂亮，更体面，而且衣着华贵，这种衣服只有阴间的亡灵才有。

整整一个通宵，他们都在唱歌跳舞。这对年轻的恋人比一切跳舞的亡灵都幸福。天亮了，晨鸟唱出第一支歌，亡灵才开始安息。因为亡灵都是白天睡觉，夜里活动。在这迷人的亡灵王国里，姑娘也闭上了眼睛，沉入梦乡。

但她不像亡灵那样睡得那么死，太阳升起，高高挂在天上，她醒了，举目四顾。在她身边躺着一副骷髅——她爱人的骷髅，他的颅骨上两个空洞洞的眼窝和裸露的牙齿直勾勾地凝望着她。四周是一片骷髅。空气中弥漫着一种死人的气味，因为一到白天，那些迷人的亡灵就要重新变为骷髅和僵尸。

姑娘尖叫一声，从床上跳了起来，向岸边跑去。她找到了自己的独木舟，飞快地向自己的故乡划去。但她的亲戚朋友一看见她，全都惊恐万状。他们害怕亡灵由于她的背弃而怪罪全村的百姓。

“你得罪亡灵了！”亲人们对她说，“你必须像亡灵那样白天睡觉。你必须返回你的爱人身边，因为他需要你。”

于是，姑娘又返回亡灵岛，在那间用透光的草席搭成的大房子里，和自己的爱人通宵达旦地跳舞。在夜间，他又变成一个漂亮的、心满意足的精灵。日复一日，她从清晨睡到黑夜，天一黑，她醒过来，然后快快活活地和精灵一起游乐玩耍。

岁月流逝，她生了一个孩子，这孩子一半是人，一半是精灵，出奇地美丽。年轻的父亲非常希望自己那尚存人间的母亲能有机会看看自己的孩子，于是，他派人去请她。他对派去送信的精灵说："告诉我妈，说我们在亡灵王国日子过得很美满，我们生了一个漂亮的孩子。我们希望奶奶能见他一面。求她随你到此地一游。随后，孩子的妈将带上孩子和奶奶一起返回人间。不久我也要回去，我要和所有亡灵一起复活，返回阳间。"

奶奶听到这个消息十分高兴，欢欢喜喜地来到亡灵岛。儿子见到她的时候，事先对她说，她暂时还不能和孩子相见。

"十天以后，你才能见他。"

奶奶等得好心焦，越等就越想见这孩子。过了几天，她决定偷偷从缝里看他一眼。她想，如果我撩起摇篮上的帐子，只看他一眼，谁又能把我怎么样？

于是，她撩起了帐子，看了一眼熟睡的婴儿。这下可糟了，孩子得病死了。亡灵很生气，自此以后，死了的人谁也不许返回人间了。

他们把奶奶送回老家，以后，她再也得不到儿子、儿媳的消息了。

嫁给水神的姑娘

好久好久以前，在俄勒冈沿岸一带，一个小村子里住着一个姑娘，她有五个哥哥。有好些小伙子向她求婚，她谁也没有看中。几个哥哥想给她找婆家，她却说自己根本不打算出嫁。

她独来独往，喜欢每天一个人到村旁的一条小河里洗澡。有一次天黑了，她洗过澡往家走的时候，突然不知打哪儿冒出一个男人来。

“我住在海底的村子里，”这陌生男人说，“我注意你已经有好些日子了。你愿意现在就跟我到海里去，做我的老婆吗？”

“不，”姑娘回答说，“我不愿扔下我的哥哥到远方去！”

“不过，我会允许你和你的哥哥见面的，”他许诺说，“你可以回来探亲，你不会去得很远的。”

“好吧，如果我可以回来探亲，我就跟你去。”

“抓住我的腰，”他说，“闭上你的眼睛。”

她听从了，于是，二人双双沉到了海底很深很深的地方。在海底的村落里，她知道她的丈夫是五兄弟首领之一，村子里住着许多印第安人。姑娘在这里过了好些日子，生活过得很顺心，很美满。

他俩很快就生下一个儿子。孩子长大了，妈妈教他练习弓箭，这些弓箭都是她亲手为儿子制造的。她常常对孩子说：

“你有五个舅舅，住在我们头顶上人间的世界里。他们有许许多多的箭，比我给你做的好多了。”

有一次，孩子对她说：“咱们到人间的世界去，向舅舅要些箭好吗？”

“这事要问你爸。”母亲回答说。

父亲既不愿让妻子离去，也不愿让儿子离去，但最后还是同意让妈妈一个人跑一趟。第二天清晨，她身上披了五块海獭皮上路了。她一露出水面，她的几个兄弟看见她，都以为她是一只真的海獭哩！他们瞄准她，射出了许多箭。她一次又一次地露出水面，但皮毛上却看不到一支箭……

怎么回事？兄弟几个真是纳闷。这只奇怪的海獭一上一下，又上又下，时而浮起，时而又潜入水底。后来，她游近岸边，大伙儿架着独木舟跟过来。大伙儿射出这么多箭，却对她丝毫无损。他们真不明白，他们的箭出了什么毛病了，怎么竟没有一支落到她的皮毛上？

后来，大伙儿对这只奇怪的海獭失去兴趣，不再追击她了。只有大哥还紧盯着她。当她快要抵达岸边的时候，大哥追了过来。走近一看，这海獭原来是个女人。再走近些，他发现这女人不是别人，正是他们当年失散了的妹妹。

“我成了海獭了，”她说，“我到这里来，是为了给我的儿子收集一些箭。”

于是，她把他们向她射来的箭拿出来给哥哥看。然后她谈到自己的丈夫和海底的家，谈的最多的是她的小儿子。

“我们住的地方离这儿并不远，”她说，“退潮的时候，就可以在大海的中央看到我们的家。我给你们带来五张海獭皮，你们可以拿它来换点需要的东西。”

大哥给了她许多箭，多得拿不动了。于是，她动身回家，回到自己的丈夫和儿子身边去了。临行的时候，她说：“明天，在岸边你们的小船附近，你会得到一条鲸鱼！”

第二天，岸边果然有一条鲸鱼。她的哥哥把鲸鱼分给村里老少。

过了几个月，姑娘又到海岸边这小村子里来，还带上她的丈夫和儿子。这一次，她的几个哥哥发现她的双肩发黑，变成海蛇肩了。她们一家返回海底以后很长一段时间里，岸边时时有许多海蛇游动。然而，她再也没有上岸了。自此以后，谁也没有再见过她。

海蛇是来取箭的。五位哥哥常常把箭给他们，要多少就给多少。这些箭一去不复返了。为此，在很长一段时间里，每到夏天，海蛇都在岸边放上两条鲸鱼，作为对居住在人间的亲人的答谢。

狡诈海峡来的姑娘

很早以前，萨米什印第安人住在一条狭长的海峡旁边，如今这里叫作狡诈海峡[1]。他们靠海吃海，大部分吃的是贝壳、蟹、软体动物和鲑鱼。

有一次，几个姑娘在岸边捡贝壳。其中有一个长得很漂亮。不知为什么，她捡到的贝壳老是从她手中掉下来，因此，她只好到水里去捡了。可是，贝壳一次又一次地从她手中掉到水里，她也只好跟着到水中去。就这样，她越走越远，水都快要没到腰了。

这时，她突然发现有一只手抓住她的手，大吃一惊。接着从水中传来一个非常温柔的声音："别害怕，我不会伤害你。你很漂亮，我很喜欢你！"

说完，那只手把她的手放开，让她回家去了。后来，这样的事接二连三地发生了好几次，只要她一到水里，就有一只看不见的手拉着她的手，把她拉向大海，同时水中传来绵绵的情话。这个声音告诉她，海底是一个非常美丽的世界，有美丽的植物和五光十色的鱼类，一切都是她在人间从未见过的。这只

1.普季特·桑特海湾位于威比与菲达尔戈岛沿岸之间的一条狭窄的通道。乔治·王古维尔大尉发现，此海峡与封闭港湾并不相连，故名之曰狡诈海峡。

手久久地紧握着她的手，情话也说个没完。

有一次，水里出来一个小伙子。他和她一起去找她的父亲，求他答应他们的婚事。

“噢，不行，”父亲说，“我的女儿不能在海底过日子！”

小伙子告诉他，海底的世界多么美好。但老头儿总是无动于衷，不同意这门婚事。

小伙子说：“你会后悔的！如果你不把你的女儿嫁给我，你这村子的人甭想从海里找到吃的，你们都要饿死！”

但是，父亲仍不答应把女儿许给他。

说话的工夫，贝壳不见踪影了。果然，鲑鱼日渐减少，注入咸水海域的河流也开始干涸了，大伙儿再也捕不到淡水鱼了。河水干涸，人们的饮用水都成了问题。

这时候，姑娘往岸边走来，投入水中，她喊小伙子过来。

“给我们村里的人吃的吧！”姑娘央求说，“给他们水喝吧！”

“不，只要你父亲不答应把你嫁给我，你不能成为我的妻子，你们就甭想从水中得到吃的东西！”海神对她说。

为了拯救百姓免受饿渴之苦，父亲只好让步了，他只求这年轻的海神答应一件事：“让我的女儿每年回家一次吧！这样我们就会晓得，她嫁给你以后日子过得好不好！”

海神高高兴兴地答应了，于是，姑娘随他到海峡的水中去了。大伙儿在岸上目送她，直到她消失在海峡的水流之中。他们看见她那长长的头发最后漂在水面上，然后消失了。

很快，河中注满了水。贝壳和鲑鱼重新返回海中。萨米什人又可以吃饱了。海神遵守自己的诺言，让他的妻子每年一次返回故乡。四年回来了四次。每次，在她返归故乡以前，河里的鱼总比往常多得多。

每次，人们都看到她的容貌有变化。第一次，他们看见她的双手和双肩长满了贝壳。最后一次，他们发现，她那漂亮的脸上也长满了贝壳。而且，大家都看得出来，她并不乐意从水里出来。她从村民中间走过的时候，扇起了一阵阵的冷风。

大伙儿商量过后，郑重地对她说："我们决定把你丈夫的诺言还给他。如果你不乐意走出水面，每年就不必再返归故乡了。"

从此，姑娘再也没有从水中露过面，但她永远怀念自己的亲人。海中有丰富的食物，大河小溪的水总是清澈干净。大伙儿都知道，她忘不了自己的故乡。当海峡涨潮和落潮的时候，大伙儿看见她那长长的头发在水中忽隐忽现。他们知道，那是女海神在关怀着他们呢！

嫁给东风的姑娘

有一年，奇努克人遇到了从未有过的严冬，冷极了。地面的雪足有半人那么厚。春天来了，雪还不融化。河里，大块大块的浮冰裂成小块，发出隆隆的响声，在水面上漂来漂去。每天夜里，大雪纷飞，填满各个角落，大风又把它们扫个干干净净。

雪鸟四处飞翔。有一次，一只雪鸟嘴里叼着一块红色的东西飞到奇努克人这儿来了。人们吓唬她，她把嘴里叼的那块红色的块根掉到雪地上了。这时候，他们才明白在离他们不远的地方，春天已经降临了。然而他们这里却仍然大地冰封，依旧是严冬。

他们这里究竟出了什么事了！村里的首领把大伙儿召到他的屋里来，全族的人都来了。老人都在彼此打听，怎么冬天没个完？该想个什么办法把冬天打发走？

大家争论不休，后来，有一位最年长的长者站了起来，说：“记得先辈曾经说过，以前，如果有人用石头打鸟，雪就要下个没完。会不会谁家的孩子什么时候用石头打过鸟呢？”

于是，首领命人把所有的孩子带到会上来。孩子们来后，每人都被单独询问，各自回答他提出的这个问题。每个做妈妈的都捏了一把汗，生怕自己的孩子闯了祸。孩子一个一个全都说，他们没有用石头打过鸟；他们都指着一个小姑娘说：“打鸟的是她！”

“问问你的女儿，孩子们说得对吗？”老人向小姑娘的父母说。

小姑娘惶惶不安地承认，是她用石头打过鸟。

头领们商议了很久，小姑娘和她的双亲吓得不知怎么才好，只好等待着头领们的决定。

后来，酋长慢慢站了起来。

“把你的女儿交给我们吧！我们不会打她，就像当初说的那样，我们要把她嫁给东风。这样，东风就不发脾气了，夏天就要来了。”

小姑娘的双亲很伤心，心情十分沉重。要知道，这是他们的独生女儿。不过他们明白，村里的头领们是最明智不过的，他们知道该怎么办，而且，众人的利益比一个人的生命要重要得多。大伙儿给他们送来礼物，以答谢他们养育女儿之功。尽管如此，这对穷夫妻的心情依然十分沉重。首领把女儿从他们身边带走的时候，他们失声痛哭起来。他们哭得那样伤心，就像自己的女儿已经不在人间一样。

几个小伙子到河岸边去找大浮冰。酋长决定把姑娘放在浮冰上，把她送去给东风。他们在河中央一个瀑布附近找到了一块大浮冰，把它推到岸边。

在他们找浮冰的时候，村里的其他人穿上最好的衣裳，就像过冬节一样，也把小姑娘打扮得特别漂亮。酋长亲自领她来到河边，全族人都来送行。

人们在岸边的大冰块上铺上了厚厚的一层干草，上面铺上许多草席。他们把小姑娘放在冰块上，然后把冰块向下游推去。孩子的啼哭声和双亲的号啕声比河水的拍打声和冰块的撞击声更加响亮。直到载着姑娘的浮冰在他们视线中消失后，他们仍然高声念着咒语，祷告着，走回家去。

人们立即就感觉到风变得暖和了。过了几天，雪也融化了。人们才相信先辈的话是对的。

春天来了，老百姓都去捕捉鲑鱼，晒鱼干。秋天，他们返回冬季的住宿地——他们的村子里。又是大雪纷飞、滴水成冰的季节。有一次老人们站在河岸上，看着冰块在河里漂流。突然，他们看见在河的下游目力所及的远方有一块浮冰在瀑布附近打转，上面好像有个什么东西。

酋长派一个小伙子去看看那上面是什么东西。

“像是一个人！”小伙子一边往冰块走去，一边喊着。

目睹这场面的人们，拿来长木杆把浮冰拉到岸边。冰块上坐着一个小姑娘，正是他们给东风神送去做牺牲的那个姑娘。

人们把姑娘抱起来，送到她父母的屋里。他们用暖和的毛皮把她包起来，放在篝火旁，她醒过来了。

从那以后，她可以光着脚在冰雪中行走。人们明白，她身上有一种特异的神力。他们叫她瓦·卡尼，就是浮冰上的姑娘的意思。

白鹿的传说

古时候，翁普夸族得了一场瘟疫，死了很多人。染上瘟疫而能活下来的人，真是难得。许多天来，家家都传出痛悼亲人死亡的痛哭声。成千上万的印第安人，不管是老人还是青年人，做完了最后一个梦，安息了。

最后，翁普夸人的巫师想出了一个解救的办法。

“我们应该放弃我们的村寨出逃，”他对村民们说，“我们到大山顶上去。那里离大神近些，他会听到我们的哭声，听见我们的祈祷的。”

大家收拾了自己的屋子，动身往大山的峰顶搬家。一条大河拦住了去路。于是，他们就在山边的草地上安营扎寨，住了下来。谁知可怕的瘟疫仍然穷追不舍，仿佛不把全族的人吞噬个干净就誓不罢手似的。

这时，首领的女儿杰奥拉也染上瘟疫了。全族的人都喜爱她，因为她像箭杆一样颀长而亭亭玉立，像多情的柳树一样出落得漂亮可爱。他们称呼她是翁普夸人的小妈妈。她染上了致命的瘟疫，所有人自然很忧伤。

有一天夜里，大家都以为杰奥拉已经死了。族里的男人围坐在她家的篝火旁，低垂着头，双手紧抱在胸前。族里的女人围成圆圈，绕着死去的姑娘的卧榻转着，唱着发送死者的哀歌。

突然出现了奇迹，一只像雪一样洁白的白鹿，从篝火后面那片无边的黑暗的树林里来到这里。他毫不畏惧地跑过一片空地，来到了围坐在杰奥拉房前的人们跟前。惊魂未定的人们，默默无声地看着这只白鹿围着房子跑了三圈，每跑一圈都给这垂死的姑娘一个顾盼。

跑完第三圈的时候，白鹿走进屋里去了，姑娘向他伸出一只手来。白鹿走近她，用嘴唇亲了一下姑娘的手，接着又消失在黑暗之中。

白鹿刚走，杰奥拉就从卧榻上站起身来，走到自己的人民跟前。

“我好了！我好了！”她欢呼着，“白鹿大神的使者亲了我一下，就把病魔从我身上赶走了。”

从此以后，翁普夸人从不打杀白鹿。白鹿是神圣不可侵犯的，人们尊敬他，爱戴他。

第一只海船

克拉佐普族住在大河的入海口一带。村子里有一个老太婆，正在哭自己死去的儿子。她为此伤心、哭泣已经整整一年了。她的眼泪哭干了，就顺着河边走着，那是从前她儿子活着的时候，她常去散步的地方。

在返回村子的时候，她看见有一个怪物在离岸边不远的水中探头探脑。起先，她以为是一条鲸鱼，走近一看，才发现这怪物身上长着两棵松树。

“这不是鲸鱼，”老太婆心里想，“这是个怪物。”

这怪物就停靠在岸边，当她走近一些时，看清了怪物外面包着一层铜皮，松树上缠着绳子。接着，从这个怪物中走出一只熊来，站在那儿不动了。他长得像熊，却有一副人脸。

“哦，我的儿子死了，”老太婆又伤感起来，“如今又出现了这么一个怪物，向我们的岸边靠近，准不是个好兆头！”老太婆边哭边唠叨着，回到村子里来。人们听到她的哭声，互相说：“老太婆又哭起来了，准是有人欺负她了。”

男人们拿起了弓箭，想去看看发生了什么事情。

“你们听！”一个老人说。

他们听到了老太婆的哭声和唠叨声：“哦，我的儿子死了，如今又出现了这么一个怪物，向我们的岸边靠近，准不是个好兆头！”

大家都赶到她家里，问：“什么怪物？在哪儿？”

“那东西我们只在故事里听到过，现在就在那边呢，”她指着村子南面的海岸说，“怪物上站着两只熊，也有可能是人。”

于是，印第安人都往停在岸边的怪物走去。站在怪物上面的两个奇怪的生物，手里拿着铜制的杯子。当克拉佐普人走到河边时，这两个奇怪的生物把手放到嘴边，向他们讨水喝。

有两个印第安人离开岸边，躲在一根大木头后面，坐了一会儿之后，又来到岸边。其中一人偷偷爬到那怪物身上，钻到里面去了。他把怪物细细地瞧了瞧，看到里面放满了箱子和筐子，还在里面找到了一串铜扣子。

当他从里面走出来，想喊他的同伴时，他发现他们已经放火把这个怪物点着了。他跳下来，走到印第安人和那两个奇异的生物跟前，他们都站在岸上。

怪物像一堆油脂那样熊熊燃烧起来，除了铁、黄铜一类物体外，一切都被大火吞没了。克拉佐普人把所有金属的碎片都集拢到一堆，然后把这两个怪人带到首领那里去。

“我想留一个在我身边。”首领说。

居住在大河北岸的人听到这奇人怪物的故事，纷纷来到了克拉佐普人这里。大河那边的乌伊拉普人，北边的切哈利人、考佩塞人，连入海口的奎纳尤特尔人都来了。沿河而居的克利基塔特族以及住得更远的部族全都来了。

克拉佐普人把铁、黄铜、铜器卖给他们，一颗钉子就能换一张鹿皮，几颗钉子能换一长串贝壳项链。

从前，印第安人谁也没见过铁，没见过黄铜。于是，克拉佐普人靠向外族人卖这些金属发了大财。

两个克拉佐普首领把乘坐海船来的两个人留在自己身边：一个留在克拉佐普村寨里，另一个留在海角那边的一个村寨里。

下编

拉丁美洲印第安人的传说故事

第一部分　火地人[1]

1.火地人是三种印第安族（雅干人、阿拉卡卢夫人、奥纳人）的总称，他们居住在南美洲南端的火地岛上，主要从事采集、狩猎和渔业。19世纪智利和阿根廷殖民者把火地人驱逐到气候恶劣的沼泽地区，使之濒于灭绝。

人类怎样学会取火

从前，有一对兄弟。一天，哥哥捡了许多小石块，拿它们互相碰击。有一块光溜溜的黑石头，碰击它的时候，竟然迸出了小火星。哥哥惊讶极了，再拿一块石头碰击它，又闪出星星火花。他抓起一把干绵羊毛，放在地上，打算用石头取火。他一碰击，火花正好溅落在绵羊毛上。羊毛被引燃，然后发出火光，小小的火舌蹿得老高。哥哥赶快拖来树枝和干柴架到火上，熊熊的篝火便燃烧起来了。火烧得真旺呀！

白天，兄弟俩坐在火旁取暖，夜晚就睡在火边。他们发现火能把肉烧熟，放在旁边的皮子也可以烤干，架在上面的树皮和树枝有的烤弯了，有的烤直了。哥哥高兴得大叫起来："火点着了，再也别让它灭了！人用不着干活，用不着再击石头取火了！要让火烧着，不断地往里添柴吧！"

弟弟听了这番话，心里很不高兴，他觉得哥哥的想法很不对头。他说："你说的不对。人要干活，日子才会过得舒坦！人要老老实实取火，还要小心爱惜火种。如果火种灭了，要叫每个人都懂得如何点着它。人一定要干活！"

他抓起一根长棍子，把火堆扒开，然后把阴燃着的烧焦了的木头挑到一边，火很快就完全熄灭了。

如果人类不小心去保存火种，火就会从此灭绝了。所以，每个人都应该通过劳动呵护火种。

弟弟教导人们怎样用燧石取火，怎样把火点旺，怎样保存火种。当火种熄灭的时候，怎样付出巨大的劳动去重新点燃它。

人怎样造船

屠屠上了岁数，早就没了老伴，几个儿子也都先后死了，他便跟着女儿、女婿一块过日子。女婿高高兴兴地把老人接到自己家里来。老人别无亲人了，照顾他是一种义务。女婿对他关怀备至，让他吃得饱饱的。女婿每天到河边去，捡回些贝壳和肉食，有时到树林里采回些野果。可是，老头儿总是闷闷不乐。他很乐意吃掉女婿带回来的东西，可嘴里总在嘟哝：“我岁数大了，真想吃点对胃口的东西！”

于是，女婿就去找对他胃口的东西，每天都给他带回一样新鲜的食物。可老头儿还是不开心，他尝了尝，又郁郁不乐地说：“我岁数很大了，真想吃点对胃口的东西！”

女婿心里很不高兴，但却一声不吭，因为他不想把自己的不满流露出来，尊敬岳父是理所当然的。他常常像丢了魂似的自言自语：“老头儿究竟想吃些什么？什么东西才对他的胃口呢？”他继续不断地带回各式各样的食物来孝敬老人。老人品尝过后还像往日一样，郁郁不乐。

后来，女婿给他带回一种需要细啃慢嚼的食物。老头儿细细地啃了，慢慢地嚼了，但还是不开心，怏怏不乐地唠叨个没完。

有一次，女婿带回一株幼树的内皮，放在老头儿跟前。他立刻把树皮抓了过来，一反常态地变得心满意足、兴高采烈起来，兴致勃勃地嚼着树皮。他不再抱怨了，过了一会儿，突然开口说：“这才对我的胃口！”

女婿听了他的话，心里就像一块石头落了地，高兴地说：“瞧我的老丈人多开心，多得意！我给他带回一株幼树的皮，这下可好了！我以前怎么能猜得到，他最喜欢的会是这种柔软的山毛榉嫩枝子呢！”

自此以后，他每天给丈人带回一大捆一大捆树枝子。老头儿迫不及待地抓过来嚼烂，除此以外，他什么事都不管了。

老头儿把大量树皮嚼烂，把它们劈成细细的纤维，然后用它们把一块块树皮缝合在一起，就这样做成了一只只小船，交给大伙儿使用。

此后，人们就用这种嚼过的山毛榉树纤维把树皮缝缀起来，制成小船。这种船能够经得起长时间的风吹浪打。

贪心的艾耶杰赫的故事

鹈氏族的艾耶杰赫是一个贪婪的家伙。他找到了一个水洼子，里面储存的水已经不多了。当时正是久旱不雨，人们为干渴所困厄。艾耶杰赫不愿意把水分给别人，于是只好瞒着大伙儿，偷偷到那儿喝水。

鸬氏族的瓦谢尼姆渴得要命，他满世界去找水，连一丁点也没找到。他发现艾耶杰赫精神很好，一副悠然自得的样子，就好像压根儿不知道口渴是什么滋味似的！瓦谢尼姆尽管四处找水而不可得，难受得要命，可还是满脸愁容地找啊找。有一次，他问艾耶杰赫："你怎么这样神气？我觉得你好像一点也不渴似的。"

艾耶杰赫说："下雨的时候，我张开嘴，有几滴雨水落到了我的嘴里，这就够了。"

不过，瓦谢尼姆是个机灵的人，对艾耶杰赫这一套不肯轻信。他心里想，艾耶杰赫这家伙一定知道什么地方有水，自个儿偷偷把水喝了。一定要盯住这家伙，搞它个水落石出！

他招来几个伙伴，躲在一边，开始跟踪艾耶杰赫。没等多久，艾耶杰赫就从他们身边匆匆走过。这一次还有五个鹈氏族的人跟着他。艾耶杰赫和他的伙伴走得很慢，每一步都小心翼翼地、怯生生地东张西望。鸬氏族的伙伴就神不知鬼不觉地悄悄跟在他们后面。每当鹈氏族的人举目环顾的时候，鸬氏族的人就迅速俯下身子，伏到地上，他们就这样缓慢地向前挪动。鹈氏族的人走到水边，再次小心谨慎地左右张望一番，才迅速弯下腰来，贪婪地喝起来。鸬氏族的人也走到水边，俯卧在鹈氏族人的身后。鹈氏族的人站得比鸬氏族的人要低，被后来者猛地一推，就远远滚到下面去了。

所以，如今鹈鸟的啼鸣圆润洪亮，再不像以前那样“艾耶——艾耶——艾耶”地干叫了。他们的嗓子总是湿润的，因为他们从水洼子里喝足了水。而鸬鸟的叫声却一如当初那样嘶哑，“唉——唉——唉”叫个不停！当时如果他们都未曾找到水喝，他们的嗓子早就完全干坏了。这两种鸟都在悬崖峭壁上栖身，却从不相聚。由于鸬鸟的推撞，鹈鸟生活在低处，栖息在最低的岩崖和一些小块的平台上，而鸬鸟则在高高的悬崖峭壁上筑巢建窝，繁殖后代。

为什么水獭阿伊雅布赫的爪子那么短

阿伊雅布赫和自己的五个女婿一块过日子，几个女婿和他相处得很不和睦，常常拿他取笑开心，有时候还恶言恶语地戏弄他。阿伊雅布赫总也揣摸不透，女婿们为啥老是捉弄他。而且女婿们越来越不像话了，简直把他当成了一个十足的大傻瓜。终于有一天，他彻悟过来，女婿们是把他当成一个玩意儿来耍弄。他气坏了，自言自语地说："他们要欺负我，好，咱们没完！"于是，他暗自思量着该怎样报复他们。

阿伊雅布赫怒火中烧，愤然弃家出走，去实现他的报复打算。他向南方走去，走呀走呀，一直走到一座大峭壁跟前。峭壁高踞在大海之上，而在峭壁脚下，波涛汹涌，巨浪滔天。从峭壁上远眺，可以清晰地望见那间他离开了的此刻住着他的五个女婿的小窝棚。阿伊雅布赫在峭壁上盖了一座小窝棚，然后点燃起一堆做信号用的篝火，就像死鲸被冲到岸边时，人们通常所点燃的那种。果然，五个女婿马上注意到有烟火升腾起来了。他们说："阿伊雅布赫往南边去了。不用说，信号篝火是他点的。那儿肯定有鲸鱼！"

于是，他们对年纪最小的女婿说："你在咱们当中最小，你去一趟，看看那边有些什么。"

老五披上一块皮子，动身上路了。

这时候，阿伊雅布赫把小窝棚四周收拾停当，扒开沙土，把小路修得又陡又峭；阿伊雅布赫还往路上泼了水，使路面变得溜滑。

老五走近了，他看看四周，并没有发现有鲸鱼的任何迹象。抬头往远处的小窝棚看去，既没发现有鲸鱼油，也没看到有鲸肉的影子。他很纳闷，说："这是怎么回事，怎么我啥也没找到？压根儿就没有鲸鱼！"

这时候，阿伊雅布赫从窝棚里喊他："进来吧，女婿！"

于是老五开始往上爬，可是小路实在太滑了，爬一步，摔一跤。阿伊雅布赫举起他的鱼叉，往那个趴在地上的老五扔去，就地把他杀死了。他把尸首拖到小窝棚后面，抛到人们发现不了的地方。

很快，他又点燃起另一堆信号篝火。女婿们以为阿伊雅布赫正在那里和他们的老五一块儿吃喝呢，他们很快就注意到了烟火，说："老五不回来了，他们俩又点上一堆篝火。最好是让老四再去走一趟，看看是怎么回事！"

老四很快动身往阿伊雅布赫的小窝棚走去。快到跟前时，他环视四周，压根儿没发现有什么鲸鱼的影子。他从远处往小窝棚里面张望，也没有看到有刚刚被杀的鲸鱼的踪迹。这时，阿伊雅布赫从窝棚里喊他："进来吧，咱们在这儿聊聊。我看你是在找鲸鱼吧！先到我这儿来呀！"

于是，老四开始往那条险陡的、溜滑的小路攀登。不料，当他正要躬身进门的时候，一跤摔倒了。就在这一瞬间，阿伊雅布赫从窝棚里投出了他的鱼叉，老四也一命呜呼了。阿伊雅布赫得意极了。他又把这具尸首拖到一边，自言自语说："我就这样一个一个地把他们宰了，看他们还敢捉弄我！"

他迅速地生起另一堆篝火，然后又匆匆把火扑灭，于是一股浓浓的烟柱腾空而起。剩下的三个女婿注意到了，他们说："那儿究竟发生了什么事？怎么一个兄弟都不回来？很可能是招呼我们去哩。"

于是，两个女婿又对老三说："这回轮到你了，去瞧瞧究竟怎么回事。"

说走就走。老三来了，左顾右盼，也不见鲸鱼的影子。阿伊雅布赫从窝棚里喊他："喂，老三，到窝棚这儿来！"

老三走近了，当他猫腰要迈入大门的时候，一打滑也摔倒了。阿伊雅布赫当即用鱼叉杀死了他，把他的尸首拖到一边。

他重新点起一大堆篝火，又迅速扑灭它，升起了滚滚浓烟。这时候，大兄弟说："我真不明白那里出了什么事！咱们三个兄弟都到那儿去了，一个也不回来！说不定他们真的在那儿大吃大喝了呢！这次你去吧，快点和兄弟们一块回来！"

老二来了，阿伊雅布赫又从窝棚里喊他。他在爬坡的时候滑倒了，被阿伊雅布赫杀死，尸体被拖到一边去了。阿伊雅布赫得意极了："把我当傻瓜，好呀，我要了你们四个人的命。就剩下一个啦！"

他又升起了篝火。老大说："又一堆篝火点起来了，咱哥儿们却一个也没有回来。我带上武器去瞧瞧，究竟出了什么事！"

他想起他们哥儿五个曾经多么狠心地捉弄过他们的丈人，心里就有一种不祥的预感。他来到峭壁跟前，举目四望，没有发现有鲸鱼的痕迹。他自言自语地说："鲸鱼不会冲到这里来，我的几个弟兄一定遭到不幸了！"

他向阿伊雅布赫的窝棚走去。丈人喊他："喂，老大，你终于来了！到我的窝棚里来吧！"

老大心想："他一定把我的几个兄弟骗到窝棚里，在那儿把他们杀死了。"因此，他便对阿伊雅布赫说："我喜欢待在这儿，在外面更舒服，你到我这儿来吧！你告诉我的几个兄弟，我等他们好久了。"

阿伊雅布赫回答说："我不喜欢待在外面，到窝棚里来吧！"

老大终于说："好吧，那我进去。"

他匆匆向窝棚走来，但他是从后面绕过来的。他迅速从窝棚上抽出几根竿子，想给自己找个入口。这时，他看到了一幅骇人的景象——他的四个弟兄的尸体，一个挨一个地躺在那里。他怒不可遏地大喝一声：

"我这就要找你算账！"他操起一根粗木棒，敲断了阿伊雅布赫的双手、双足，然后才干脆地结果了他的老命。

所以，水獭阿伊雅布赫直到如今只能在地洞里栖息。它很少外出，老是龟缩在洞里，只有在谁也看不见它的时候，才敢探出头来。它尾随在其他兽类身后，特别爱跟在狗的后边，水獭和人类的关系也处得不好，它的爪子至今还是短短的。

洪水传说

远古时代，有一次，大水漫出了河床，我们这一带地方全被淹没了。大水涨呀涨呀，连崇山峻岭都没过了。

人们眼巴巴地看着大水滚滚而来，只得向悬崖峭壁逃去，死命往上攀登。许多人从此就变成了海豹和飞鸟。后来，大水慢慢退了。至今海豹和海鸟还喜欢栖息在悬崖和浅滩上。

这场大水淹没了人类，这是因为巫师们当时没有发觉洪水会泛滥成灾。他们本该制止住洪水，把它们赶回去的，可是他们并没有能够赶跑洪水。

有一次，洪水又来了，想淹没我们整片的土地。不过，这一次巫师们发现得早。他们聚在一起，齐心协力地施行巫术。巫师的力量这么强大，洪水一点办法也没有，终于没有再继续升高。所以人类和兽类才得以好好地活着，生存在这个世界上。

泰因怎样拯救人类

古时候，有一个凶恶的老妖婆，名叫塔伊塔。这妖婆威力无边，整个拉斯瓦伊赫地区[1]都在她的控制之下。

拉斯瓦伊赫地区久旱无雨，人类干渴极了。可是，这个凶残的老妖婆却用她的身体把所有水源和池塘，所有湖泊和沼泽全都盖住，不准任何人去取水。岛上其他地方连一滴水都没有了，许多人都来到了塔伊塔居住的地方。

塔伊塔警觉地监视着各处水源，谁也别想得到一星半点。如果有谁胆敢走近一步，她就会从那白白的石头里抽出一把奇大无比的刀把他杀掉。她甚至还禁止人们在岸边捕获海兽和采集软体动物。

缺水断炊的日子持续了好久，人们连站立起来的力气都没有了，孩子们也相继死去。这时候，老人们相聚在一起，想办法来对付她。他们中间有一位鹏鸮氏族的老者，名叫卡乌赫。他是一位足智多谋、人所共仰的老人。他有一个孙子，是个体魄健壮而又机灵的小伙子。卡乌赫想起了他的这个孙子，打算把他叫到跟前。于是，就对各位老人说："我们一定要杀死这个老妖婆！除此以外，咱们还能有别的出路吗？如果我们不能杀死她，咱们整个部族就要灭亡。她不给咱们水喝，吃的东西

1.火地岛地区。

咱们也没有！”

老人们听了，都点头表示赞成。

卡乌赫派一个小伙子去找蜂鸟氏族的泰因[1]（卡乌赫的孙子），让他马上动身到鸟鸫族的查乌拉去。为了躲避妖婆塔伊塔的监视，他只能昼伏夜行。

小伙子来到泰因那里，对他说：“卡乌赫派我来找你，让你快去！”

泰因收拾停当，立即动身上路。他们到达以后，大伙儿把泰因藏了起来，不让老妖婆看见。泰因个子矮小，把他藏起来并不难。

头一天泰因彻夜未眠，想呀想呀，有什么法子才能战胜这个威力无穷的老妖婆呢？他在卡乌赫爷爷的小屋里度过了整整一个无眠的夜晚。清晨，老人对孩子说：“咱们在这里全都得干渴而死，你一定得帮我们一把！”

泰因一跃而起，冲出窝棚。他看见大伙儿饥渴交加，受尽煎熬。众人见到泰因都很高兴，低声呼唤着：“泰因，泰因来了！”

大伙儿向他靠近，仔细端详着他。不过，他们这样做是十分谨慎小心的，生怕把泰因暴露了。

卡乌赫对泰因说：“你一个人去杀死塔伊塔吧！我不能参与这件事，因为我和她同族！”

泰因立马离开爷爷的窝棚，到鹞氏族的卡尔卡尔那儿去了。他们商量好怎样杀死塔伊塔，偷偷地来到妖婆的小屋旁。

1.泰因是智利的一种蜂鸟，在火地岛很罕见。

泰因机灵地启动了投石器。泰因力大无穷，他投掷出去的石头百发百中，周围只听到一阵呼啸声。小伙子们爬得更近一些，静候动静。谁知凶猛的女妖却压根儿就不露面。他们步步逼近，等候时机……当她最终不得不从屋里探出头来的时候，泰因向她投去一块大石头，不偏不斜，正好让她的脑袋开了花！鲜血喷得老高，溅了一地，阴险的老妖婆终于一命呜呼了！

人们立即集拢了起来。他们要找水，因为他们实在太渴了！可是每一个水洼子、每一片池塘、每一泓湖泊，都流进了妖婆的血。这样的水怎么能下咽？可是，怎样才能把湖泊和河流弄干净，怎样才能把污血汇集起来呢？所有人怀着渴望的目光注视着泰因，祈求他的帮助。他把污水舀起来，远远地泼到北边，那就是如今大岛的尽头。那里的水，至今还像血水一样[1]。

卡乌赫把一切都看在眼里，他大声向泰因说："好孩子，你不能把污水泼到我住的纳萨萨布[2]去！"

泰因照办了。所以直到如今，这一带地区的水到处都是清澈透亮的。

不多一会儿，泰因就把污水舀干净了。接着，他来整治石头了。他用自己的投石器，把石头向四面八方投掷出去。石头投落之处，土地劈裂开来，涌出一股股清泉。泰因不听别人的劝阻，随心所欲地投掷石头。他把巨石峭壁投掷到北方，出现

1.火地岛北岸常见的一些略带咸味的湖泊和许多小片沼泽地，里面存有不宜饮用的黑色污水。

2.在火地岛的东南岸。

了一道又宽又长的大峡谷[1]，形成了一个与大陆分离的大岛屿。然后，他又把巨石投向南方，那里也形成了一道宽阔的海峡[2]；

巨石投向西方，投向东方，分割成一个又一个小岛。凡是他把巨石投掷出去的地方，无不海岛林立，数不胜数。

塞尔克南人[3]的本土和它周围的大陆完全分割开，形成了一个大岛。这时候，智勇双全的卡乌赫对他的孙子泰因说："好啦！别再扔石头了，否则，咱们把什么都丢光了！"

泰因收起了投石器。现在，人类已经有水喝了，清清的，而且要多少就有多少！

泰因把清清的水洒遍四面八方。清水所到之处，涌现出许许多多新的水泉、大河和小河。所以，直到如今，到处都可以找到清水。

泰因匆匆喝了一口水。不论什么时候，也不论在什么地方，他都是喝第一口水和吃第一口食物的人。他吃过以后，别的人才能吃饭。泰因是我们最有威望的巫师。在他喝过第一口水以后，别的人才能喝水，才能捕获水中的一切。他们的日子过得多么快活、多么心满意足啊。

1.指麦哲伦海峡。在南美大陆和火地、克拉伦斯、圣伊内斯各岛的海峡。

2.指比格尔海峡。

3.火地岛奥纳印第安人的自称。

狐狸给原驼出主意

古时候，原驼[1]和人类交往很密切。原驼很好奇，总想打听人类都在干什么。对于人来说，这一点倒是正中下怀。肉吃完了，他们不必去打猎，把在附近游荡的原驼打死拉回来就行了。每当原驼的亲属一个又一个失踪时，它们总是伤心不已，可又弄不清楚这些原驼究竟到哪儿去了。

那时，狐狸和原驼是好朋友。不过，狐狸是个狡猾、机灵的家伙。它看见过人类偷偷地把愚笨的原驼杀死吃掉。有一次，狐狸向原驼说："你可知道，你的这些亲戚都躲到哪儿去了？"

原驼说："不知道啊！我找过，找了一遍又一遍，可一个也没找着。"

这时候，狐狸对它说："既然是这样，就让我来告诉你吧！你的亲戚朋友都叫人杀死了。你可要小心点，再也别走近他们的屋子！"

原驼哭泣着，远远地离开了人类的住地，跑开了。从那时起，原驼就躲开人类，不再和他们交往了。

1.原驼是美洲驼的变种。

太阳和月亮为什么吵架

从前，太阳、月亮和我们的祖先一起住在这里，住在地面上。太阳和月亮是一对夫妻，名叫克朗和克拉。

古时候，女人们喜欢在一间供喜庆节日用的大屋子里做游戏玩耍，那是不许男人进去的。女人们对男人说，屋子里有很多精灵。月亮是女人们的首领，女人都听她的话，一起来对付男人。而男人呢，应该抚养孩子。

可是，太阳是个机灵的巫师。他发现到大屋里来的只不过是些女人，压根儿就没有什么精灵，女人们扯了一个大谎，把所有男人都蒙骗了。男人们很生气，向女人们发起了攻击。双方打斗得很激烈，只有少数几个女人得以逃脱。

月亮也是一个巫师，男人们不打算把她杀死。可是，她的丈夫太阳却狠狠地揍了她几下子。每打一下就响起一声可怕的轰隆声，大地都抖动不已。后来，太阳不再打老婆了。不过直到现在，月亮的脸上还留下好几块伤疤。克拉跑到天上，克朗就追到天上，可是直到如今也没有抓住她。

第二部分　查科地区

家兔怎样从美洲豹那里偷火

古时候，只有美洲豹才有资格支配火。他有一个大炉灶，一只小家兔常常从炉灶旁边走过。有一次，趁美洲豹转过身去的时候，家兔把几块带有微火的炭拨到一边。这事被美洲豹看见了，他说："不许动这火，小心烧着你！"

小兔子装出一副冷得要命的样子，哆哆嗦嗦地捡起了一块炭，托在下巴底下，对美洲豹说："我已经烤过火了！我走了！"

他一跑开，就把炭块往草地上一扔，周围燃起了熊熊大火。美洲豹想把火扑灭，却无能为力。人类就这样取得了火。美洲豹失去了火以后，决心要从人类手中把火夺回来。他来到村子里人住的地方，打发一个女人提着满满一罐子水去浇灭火。罐子空了，火势依旧，并没有熄灭，而火却把这女人和美洲豹的脚丫子烧了。打这以后，美洲豹爪子的下半部是黑的。

美洲豹带伤而回，在窝里躺卧了好久好久。如今，没有人会给他送鱼来换火了，他自个儿呢，又不会钓鱼、狩猎。可怜的美洲豹在饥寒交迫之中度过了无数个日日夜夜。有一次，一只小豹猫来探望他。小豹猫可称得上是一位了不起的猎人，他要教美洲豹狩猎。小豹猫纵身扑向野兽，咬死它，拿来交给美洲豹。小豹猫的头一个猎物是一只专门吃蟹的大鸟。小豹猫逮住了它，却不能一下子把它杀死。正当大鸟要振翅飞翔的时候，小豹猫咬死了它，于是他们双双跌到了地上。不过，小豹猫却安然无恙，他把猎物交给了美洲豹。

整整十天的工夫，美洲豹学会了打猎。他把野兽杀死，活生生地吞食了它们，要知道，如今他已不再是火的主人了呀！

鹞族的卡兰乔怎样教人取火

古时候，人只会吃生鱼。

有一次，酋长们决定让大伙儿去采集灌木林中的荚果。

女人们用网子装上荚果，带回家去，用木臼把荚果捣碎。

有一个男人，他不想吃老婆给他做好的稀汤。许多天过去了，放在这个男人门前的稀汤还原封未动。这时候，丈人来看望他，说："女儿，为什么不给你的丈夫做饭吃？"

"我做了，"女儿回答说，"可他不高兴吃我做的稀汤。"

丈人尝了尝稀汤，发现味道很不错。他找来一个朋友，朋友也觉得味道不错。他们在稀汤里兑了一些水，又叫来几个朋友，其他男人也围过来想看看他们是怎样做稀汤的。不多一会儿，丈人和他的几个朋友都笑着、叫着，原来他们全都喝醉了。

把荚果捣碎以后，放在一个大卡列巴斯[1]中，加上水。快到半夜时分，荚果开始发酵，临近天亮时，啤酒就制成了。

"来喝啤酒吧！"他们一边说，一边拿起啤酒。大伙儿很快就喝得醉醺醺的，开始埋怨自己的日子过得不好，见什么都要发牢骚："咱们真倒霉，连火都没有，什么东西都不能烧来吃！"

女人也喝起酒来。于是，酋长对男人们说："天快亮的时

1.南瓜制成的容器。

候别迷恋你们的老婆，时间是不充裕的。要和她们亲热，就得从黑天起，一直待到天亮都不要分手。想女人，就应该得到她们的爱，可别勉强她们。让女人和她们相好的人在一起吧，别像动物那样，咱们可不是野兽，尽管咱们现在还没有火！”

大伙儿说：“酋长，你是有智谋的人，比我们懂得多，我们一定听从你的吩咐。”

“好吧，”酋长说，“按我的吩咐去办吧，咱们的日子过得跟狗差不多，真叫人羞愧！”

另一位酋长走到大伙儿跟前来，说：“你们有火吗？”

“没有。我们没有火，只好吃生肉充饥。”

“你们为什么不去求求卡兰乔，让他给你们火呀？”

“我们没有办法，四周都是水，去不了。”

“可是，我就来到了你们这里呀！”

“我们可到不了卡兰乔那里，水里有棍子，他会拿来棍子打死我们的，你回去对卡兰乔说说吧。你们有火了吗？”

“我们有火，不过没有带在身边，我以为你们已经有火了。卡兰乔会来的。不过，他到这里来，你们可要绝对服从他，否则他会把火熄灭！”

这位酋长走了，过河时毫不费劲。

当地的酋长说：“咱们等着卡兰乔来吧，他很快就要到这里来啦。”

可是，大伙儿议论说：“要找蜂蜜，还是自己去好！”

“不，我们就在这儿等着，卡兰乔很快就会来的。”酋长说。

另一位酋长回去对卡兰乔说："喂，卡兰乔，大河那边住着一些人，他们还没有火。他们很需要你，到如今他们还吃生东西呢！"

卡兰乔说："明天我就到那儿去。"

天亮时分，卡兰乔要动身去找这些人。他心想："我要教会这些人，把他们领到这里来！"

他来到水边。

"水呀，你为什么不老实点，要浇灭火？"卡兰乔问。

水答道："我执行我的主人水蛇的命令。"

卡兰乔说："我到这儿来，是为了帮助这里的人，我很可怜他们，他们现在还吃生肉呢！我要把你和你的主人杀死！"

"你只有把火带来，才能杀死我们，否则我们倒是要杀死你。"

卡兰乔来到村子边上，看到大伙儿正在吃生肉。大伙儿问他：

"刚来的人，你是谁？"

"我是卡兰乔。"

有一个姑娘喊他："卡兰乔，你到我屋里来，我会把这儿的事一五一十地告诉你！"

"我就到你屋里去，不过，你先告诉我，你有丈夫吗？我不能过河，也就到不了你的家。你跟我说说这条河和它的主人吧！"

姑娘回答说："把火给我们吧！这里到处都是水，却没有火。我们不能煮饭，不能烤肉，救救我们吧。我还能说话，其他人已经不会说话了，都快变成野人了。就因为我们没有火呀！”

“我一定帮忙，按我说的去做吧！”

“好吧！”

“把你们所有的鱼，都搬到这里来吧！”卡兰乔吩咐他们。

大家把鱼搬来了。

卡兰乔继续说：“现在，你们给我找一些树枝来。”

树枝也拿来了。卡兰乔在树枝上钻了一个小孔，然后把另一根树枝垂直竖在上面，飞快地旋转着，过了不大一会儿工夫，木头就开始冒烟，发出了星星点点的火光。卡兰乔在上面架上几块干木柴，点燃起熊熊的篝火。他把矛和箭的尖端烧红，然后放入水中。水吱吱地冒着热气。于是，水的主人水蛇，也就一命呜呼了。这时，大家点起火，把鱼烧熟了。卡兰乔就这样留在村子里，和大家一起过日子。

东巴达屠和阿古阿拉是怎样娶妻的

老人们常说，从前，大首领奇凯利与东巴[1]达屠和东巴阿古阿拉[2]都住在一个地方。故事发生在离这里很远很远的地方。大首领奇凯利住得比所有人都远。有一次，他叫东巴达屠到他那儿，要把自己的女儿许配给他为妻。他知道达屠会念咒，阿古阿拉也会念咒。

东巴达屠上路了。他走得很慢，不时地停下来，在他点过篝火的地方，野草都长得老高了。

一等东巴达屠出门，东巴阿古阿拉就迈进他的家门，问道："东巴达屠在哪儿？"

人们对他说，东巴达屠到首领那儿当女婿去了。东巴阿古阿拉紧跟着他，而且很快就追上他了。东巴达屠抬头一看的工夫，阿古阿拉对他说："喂，你看见路那边有一棵伊华华苏树吗？去采些果子来，咱们美美地吃一顿。"

达屠听了他的话，走到那树跟前。正要伸手的时候，阿古阿拉跑过来，用尽全力摇晃树身。果子像冰雹般跌落到达屠的身上。这一来，好端端一个年轻漂亮的小伙子，变成了一个奇

1.东巴，圣者、圣徒。达屠，犰狳，哺乳类动物，栖居于南美洲、中美洲，有骨甲，遇敌即卷成圆球状。

2.阿古阿拉，狐狸。

丑无比的独眼老头子。

他们一同来到首领奇凯利家里。不过，现在，年轻漂亮的小伙子就数阿古阿拉了。就连达屠脖子上挂着的串珠，也被阿古阿拉骗去挂到自己脖子上了。

首领奇凯利把阿古阿拉当成了达屠，把自己最漂亮的女儿嫁给他为妻。给达屠挑了一个最难看的、独眼的女儿做老婆。

阿古阿拉立即着手振兴家业。他平整土地，播种庄稼，把自己长长的头发盘在脑袋上，整日整日地干活，晚上回家的时候像个泥猴似的。达屠呢，却无所事事，整天和老婆厮守在一起，吹吹木笛子。丈母娘左看右看不是味，对他说："你算个什么干活的人？都成家了，还这么混日子！"

东巴达屠听见了，对老婆说："你爹还有荒地吗？我也给他卖点力气。"

丈母娘一听就满脸瞧不起："懒骨头还要到哪儿找荒地？给他一块熟地，他也不会整治呀！"

第二天，东巴达屠拿了一根木棍和老婆一道来到一块荒地里。他沿着荒地走了一遭，用木棍捣了几下，又拿起一块土坷垃往高处一抛，土坷垃掉下来摔成了土末末。

"这块地太次了，"东巴达屠说，"难道附近就没有一块空地了吗？"

"离这儿不远有一大块空地。"老婆回答道。

他们去了。东巴达屠又用棍子捣了捣地，捡起一块土坷垃往上抛。这回土坷垃掉下来是整的。达屠说："这是块好地。"

于是，他们回家去了。

大清早，达屠拿上木铲子往空地走去。他来到前一天用木棍捣过的空地。把木铲往地上一插，木铲立刻自个儿开始翻地，快极了，不多一会儿工夫，就把一大片空地翻好。这时候，东巴达屠把风呼唤来。于是风使劲地吹起来，一眨眼工夫，石头呀，树枝呀，全从地里给刮走了。接着，他又唤来旋风，把地里刮得干干净净。然后，他叫鹦鹉来，吩咐他把种地用的各色种子带来。可是鹦鹉给他带来的种子实在糟糕透了，有一半都是碎的。于是，他又求鸭子、鸽子、苍鹰帮忙。这一次，他们不仅给他带来了各色种子，而且还把种子播种到地里。

整块地全部播种完毕，东巴达屠才回家，他刚走了几步，回过头来看时，地已经变成绿油油的一片了。他又走了不远，再回过头去看时，地里已经开花。当他快到家，最后一次回头看时，庄稼已经成熟了。可是东巴阿古阿拉的地里，庄稼才刚抽芽哩！

第二天，东巴达屠对老婆说："走，到咱们地里瞧瞧去！"

他们来到了地里，他老婆一看，庄稼全熟了。达屠叫她点起篝火，让玉米和菜蔬干爽一些。

"拿上一穗玉米、两颗豆子和一个南瓜，"他对老婆说，"其他的别动，咱连这一点儿都吃不完！"

他老婆照办了。当她按丈夫的吩咐把该收的收完，她发现，这些庄稼变得那么巨大，连拿都拿不动了。

他们回到家，东巴达屠对丈母娘说：

"跟我们一块到田里去吧，你能拿多少就拿多少！"

老太婆心里犯了嘀咕，他准是偷了谁的庄稼了。她怎么会相信，他的田里还能有收成！于是她回答说：

“得了，我还是到另一个女儿那儿去吧，她的丈夫是个能干的人。”

这阵子，东巴阿古阿拉正溜到达屠的田里，偷了几个南瓜。他把南瓜搬回自个儿田里，给南瓜盖上些刚从田里摘下的枝叶。天黑了，他回家让老婆去叫丈母娘收南瓜。大家到田里来一看，根本就没结出南瓜来，老太婆什么也没拿回来！

第二天，东巴达屠的老婆又去喊她妈。老太婆心里本不愿意去，但又怕奇凯利骂她脾气坏，叫她去。老太婆虽然有气，可又不敢不服从。

达屠一路走在前头，吹着他的木笛子。他们到了地头上。老太婆一看，简直不敢相信自己的眼睛：眼到之处，尽是玉米啦，南瓜啦，豆子啦。她看见一个特大的南瓜，就求女儿：“把这个南瓜给我吧！”

没等老太婆弯腰去摘，南瓜自个儿滚到了她的跟前，贴得那么紧，使老太婆动弹不得。不管女儿怎样使尽力气，南瓜还是纹丝不动。她只好把丈夫叫来，让他帮妈妈一把。当他不慌不忙地走过来的时候，丈母娘差点没被挤死了。他轻而易举地把这个大南瓜拿起来放回了原处。

老太婆缓缓地喘了一口气。东巴达屠让她小心地摘了两穗玉米、两株豆子和两个南瓜，其余的就再也别动了。老太婆摘了一穗，原地立刻又长出一穗新的，摘下一个南瓜，原处又长出一个新的。她把篮子塞得满满的，回家一五一十跟奇凯利讲了。

“他才是我要招进门的真的东巴达屠，”首领奇凯利说，“叫阿古阿拉这骗子滚蛋！”

天一亮，东巴达屠又喊上老婆到田里去了。他在田里挖了一个很深的坑，坑里点上篝火，坑里的土烧得透红。这时候，他找来一个葫芦，自个儿钻到里面去，让老婆把葫芦推到挖好的坑里。

“当我吹一声口哨的时候，”他说，“你就把葫芦翻过来，我就可以出来了。”

老婆一切都照办了。从坑里走出来的东巴达屠又年轻又漂亮，脖子上像最初那样围着一串项珠。然后，他让老婆也爬到葫芦里，把葫芦扔到坑里，老婆从葫芦里走出来时，同样变得既年轻又漂亮。

他们回家去。路上，达屠摘了一枝凯勃拉乔树枝。到家的时候，老太婆正在煮契恰[1]。女婿对丈母娘说：“夜里会很冷，我手里拿着这树枝，就像在篝火边一样暖和。”

阿古阿拉带了一些托尔达柯树枝回家，不过带得太少了，半夜里，篝火里没有添加的木柴了。他偷偷来到丈母娘的篝火边烤火。这时，老太婆正坐在暗处，看见一只狐狸怯生生地向她走来，就抓起一根烧得透红的树枝向狐狸捅去，一直捅到了阿古阿拉的后脊上！于是，东巴阿古阿拉背上带着这根烧红的树枝仓皇逃窜，从此永世变成狐狸了。

1.一种能喝醉的饮料。

阿辛

远古时候，人类残暴无情、野性未脱。阿辛给人类吃的、穿的、武器和枪。可这些人仍然愚昧无知，不听阿辛的话。他们不搭理他，所以阿辛生气了，不再帮助他们。他们还是不听他的，甚至还造阿辛的反。这件事是在阿辛给人类马匹的时候发生的。这下子好了，马没了。大家就决定杀死阿辛。阿辛气坏了。打这以后，无论人们向他求什么，他都要大发雷霆。他把那些得罪了他的人统统扔到水里去。可对那些驯服的、供他吃的人，他却慷慨地奉献。阿辛倾其所有，把陶器和枪送给这一部分人类。基督的祖先，就属于他护佑的这一部分人。女人服从他，所以有衣服遮体。当时，男人也像现在一样赤身露体，缺穿少戴。阿辛教会他们穿衣。而当多巴的印第安人来求他干事的时候，他拒绝了他们。他说："他们可以赤身裸体，也可以用兽皮遮身。"他不愿意让那些不把他放在眼里的人有穿有戴，只有他的后代才有衣穿。这就是为什么多巴人有一部分大腿根上缠着布条子，而基督教徒却能穿戴齐全的缘故。他把家畜、巴拉圭茶[1]和各种食物送给基督教徒。他教导自己的后代说："只有服从我的人才有衣穿，否则一无所有。不要可怜那些乞求者。等着吧！过些时候让他们干活去！"他就是这样

1.巴拉圭产冬青干叶之浸液，用作饮料。

教导基督徒的。阿辛给人治病，但我们的祖先还是不喜欢他。他们欺负他，还威胁要打死他。

有一个实力强大的首领特别恨阿辛。他总是说：“这家伙为什么不多拿点陶器和母牛分给大伙儿呢？还不如把他打死算了。”阿辛啥也没给他，因为他不干活。于是，首领派人把阿辛带来，把他捆到树上。

首领发问：“你干吗不把衣服分给咱村的人？”

“你对我反感，可以杀死我。”

“我要你把你的一切统统拿出来。”

“最好还是把我杀了吧！”阿辛回答说。

事实上，他们并不打算杀死阿辛，只不过想吓唬吓唬他罢了！不过，阿辛老问，他们打算什么时候把他杀死。

“快点把我杀死吧！”他请求说。

首领就把他杀了。

狐狸传教士与卡兰乔

狐狸打扮成传教士，他吩咐大伙儿集合。这时候大伙儿正在盖房子（盖的房子就像我们现在住的一样），房子里装了两道宽大的梯子，大门两边各有一道。可是，狐狸唱呀，唱呀，唱个没完。所有印第安人全来了，狐狸受到众人欢迎，因为他打扮成人的样子，谁也没认出他，还以为他是上帝派来的呢！

大伙儿求他给点东西，他把整整一大块干酪分了，还给他们一口袋种子，大伙儿把种子分了。大伙儿乐坏了，又向他要巴拉圭茶。狐狸给了他们一包马粪。大伙儿不晓得，把马粪当成上好的巴拉圭茶啦！这时候，狐狸又昂起脑袋唱起来。大伙儿看着他好玩。他往人群里扔了七个比索的零钱。于是，大伙儿才认准了，他就是传教士。

他对大伙儿说："来吧，都到这儿干活，盖一大片村子。我给你们衣服穿。"

大伙儿相信了他，各自回家去了。

第二天，大伙儿带着家什，盖大村子来了。狐狸出来指指点点，街道两旁的房子该怎样安排。

"明天，你们排成一队，我有东西给你们，"他许下愿说，"女人小孩都有一份。"

天亮了，大伙儿等着他从那座高房子里出来。有人伸头往里一瞧，竟然看见了一条带花斑的蛇。房子里面连个人影都没有。另外两人顺着梯子往上走，听见了哇哇哇的号声。

“你们听见了吗？”他们问，“真像是狐狸。”

他们推开门，里面人影都没有。他们看见有一只鸟飞到了树丛之中，变成了一个人。这个人——就是那只狐狸——说：“你们干吗坐在这儿？”

大伙儿回答：“有一个打扮成传教士的家伙到这儿来，所以我们都来了。”

狐狸说：“他很可能是个骗子，冒名顶替的家伙，对吗？”

这时候，卡兰乔正好走过。他问道：“狐狸在哪儿？我来跟他聊聊。”

大伙儿领卡兰乔去找狐狸。

卡兰乔问他：“你跟这些聚集到这儿的人干了些什么？谁让他们聚集到这儿来的？”

狐狸问：“谁告诉你是我把他们召来的？”

卡兰乔答道：“没有谁，是我看穿了你的花招。”

“是吗？！从何看出？”

“我知道，”卡兰乔说，“你是个坏蛋。这些人白来了一趟，他们相信了你。他们现在该怎么办呢？你把这些可怜的人全召集到这里！”

狐狸说：“别这么说，我求你宽恕！”

“不，”卡兰乔说，“我要把你变回一只狐狸。”

“那么，你就要变成小鹞[1]了！”

卡兰乔说：“你不能加害于我了。你只不过是一只狐狸。如果我把你打死，你就不能复活了。我要把杀过人的家伙统统消灭掉。我要杀死所有坏蛋。你这个骗子、冒名、撒谎的家伙！你从不干活，老干蠢事。这一次，我要帮人类说话。你永世当你的狐狸去吧！”

于是，他把狐狸砍成几块，放火烧了他，不让他再撒谎。

1.卡兰乔即鹞鸟的意思。

第三部分　热带森林地带与稀树干草原

乌龟和鹿

有一次，一只乌龟在林子里爬，迎面碰到一只鹿。

“乌龟，到哪儿去？”鹿问她。

“找几个亲戚去！我刚才打死了一只貘，自个儿拖不动，找亲戚帮帮忙！”

“打死一只貘？真的？你找亲戚去吧，我这就去帮你看守着你的猎物。”

“啊，不用。”龟说，“如果这样，还不如我自个儿守在这儿，我要等着，等到貘腐烂的时候，就要从它身上抽一根骨头，给我自个儿做一支笛子。”

“你听着，”鹿说，“既然你有力气打死一只貘，那么，我要和你比一比，看谁跑得快！”

“好吧，”龟说，“这样吧，我沿着那边的河岸跑，你沿着这边跑。”

“一言为定。”鹿说，“只要我喊一声‘喂，乌龟’，你就得马上回话。好了，开始吧？我倒很想看看你是怎样跑的！”

“等等，”乌龟请求，“让我先渡过河去。”

乌龟一过了河，就立刻把她的亲戚叫来，一五一十地把事情说了。让她们沿着河岸，每隔一段距离，就安排一个乌龟守候在那儿。各就各位以后，乌龟喊鹿：“喂，准备好了吗？”

“我吗？早好了！”鹿答。

“咱们谁先跑？”

鹿的双腿向来以跑得快、跑得久著称，他自信极了，带着满脸嘲弄的神态回答说：“你就跑吧，你这不幸的可怜虫！”

可是乌龟没动窝，待在原地安然未动。

“喂，鹿，我开始跑啦！”不多一会儿，鹿就听见河对岸有一个声音，来自前面遥远的地方，这是守在河对岸第一只乌龟喊的。

“好吧，现在该我跑了。”鹿神气极了，一边回话，一边迈开了步子。跑了不多一会儿，他喊道：“喂，乌龟！”

“我在这儿！”他又听见前方远处传来一个声音。

“好呀，加油，看我追过你！”鹿一边说，一边撒开双腿，向前飞跑。他跑了好久，停下来又喊：“喂，乌龟！”同样，又听到前面很远的地方传来了乌龟的声音。于是，不管鹿怎样使劲奔跑，每次他一停下来，总是和上次一样，从远远的前方传来乌龟的声音。

“哎呀，我跑不动了，我要渴死了！”鹿大声呻吟着，突然一声不响了。

任凭乌龟千呼万唤，他再也没有回答。

“他真的死了不成？”乌龟对她的亲戚说，“走，咱们瞧瞧去！”

于是，乌龟放心渡过河来。“可我一点也不觉得累。”她神气地自语说，然后大声呼喊，“你在哪儿，鹿，回答呀！”

可是，音信全无。

“他真的死了！”乌龟的亲戚对她说，她们从四面八方过河来，找到了鹿的尸体。

“帮我从他身上抽出一根骨头。”乌龟求她们说。

“干什么用？”

“我要用它做一支笛子，每天吹吹！”

美洲豹与负鼠

负鼠捉弄美洲豹已经不止一次了，因此美洲豹非常恨他。美洲豹决定盯着负鼠，把他吃掉，只不过总不能如愿。

有一次，美洲豹在林子里悄悄地行走，听见头顶上有嘈杂的响声。抬头一看，正是自己不共戴天的仇人——负鼠坐在树上，他正在剥一根长长的藤条。负鼠也看到了美洲豹。

“糟了，倒霉！”他寻思，“如果这次我不能把他要弄个够，我就完了。”

“你可知道，我觉得一场可怕的暴风雨就要来了！”他大声对美洲豹说，“快帮我剥这根藤条，我要把自个儿捆在树上，不让风暴把我卷走！”

“先把我捆在树上吧！”美洲豹吓坏了，大声说，“我比你重多了，风暴第一个要把我卷走！”

这正中下怀！于是，他让美洲豹用四个爪子紧抓住树身，然后紧紧地把他捆在树干上。

“得！好好待着吧！”他嘲弄着对美洲豹说，“这回你就没法抓我了！”

美洲豹给捆在树上好久好久。当然，如果不是遇到一群想到这里造窝的白蚁，他还要待得更久。

“喂，白蚁！”美洲豹哀求说，“你们都是些勇敢、善良的好人，求你们把这些藤条啃断，放我下来！”

白蚁很可怜他。整整一个夜晚，又整整一个白天，他们才把藤条啃断。可是美洲豹一脱身，第一件事就是把所有白蚁吃掉，然后才去追那个欺负他的家伙。

负鼠也很怕美洲豹报复，因此只能夜里外出。美洲豹踏遍所有林间小路，才找到了负鼠的家。美洲豹想把他消灭个干净，先在路中间挖一个洞，上面盖上些树枝；然后躲在一边，等到夜里。

“你瞧，我把这条小路打扫得多么干净！”负鼠一走出家门，美洲豹就大声对他说，“你走走看，一根草刺都没有！”

负鼠马上猜到美洲豹说这番话的用意，于是说：“太谢谢了，不过，第一个走这条路的该是你老兄！”

美洲豹又忘乎所以了，神气十足地第一个走了过去，于是立刻掉进自己挖的陷阱之中！他就是这么个货色！

其时正值炎夏季节，烈日当空。大河小河全干涸了，只在河底还剩下少量的水。

“好了，这回负鼠跑不掉了，”美洲豹自语说，“他会不停地跑到这儿喝水，这时候，我就要逮住他。”

可是，负鼠往小河走的时候，在下河之前，小心翼翼地往河边张望，立刻发现美洲豹躲在一边。他决定不去喝水了，悄悄溜回家去，冥思苦想怎样才能走到河边，又不至于落到美洲豹的利爪之中。

负鼠终于想出了一个办法。他来到树林里，在一棵大山楂树上砍了一道沟，全身涂满了树上流出的带胶质的树浆。然后，在干叶子上一滚，叶子沾满一身，把他从头到脚都遮住了。

“你是谁？”当美洲豹看到这只从未见过的野兽往小河奔来的时候，大声说。

“我叫干叶兽。”负鼠回答说。

“喂，干叶兽，你喝水的时候，爬到水里去，我要看看你的皮是不是真的。”

负鼠听话，爬到水里去，不过山楂树的胶汁在水里没有化掉，叶子还牢牢地黏在他的皮上。

自此以后，负鼠每天都悠游自在地在河边喝水，直到有一天下了一场倾盆大雨才露了馅。

为什么乌龟壳裂成碎片

有一次天上过节，兀鹰和乌龟都在被邀之列，乌龟对兀鹰说：“咱们来打赌，看谁第一个上天。”

兀鹰同意了，他为自个儿准备了一大篮子吃的。天黑了，大家都躺下睡觉，说好第二天清早上路。兀鹰一睡着，乌龟就爬进他的篮子，躲在里面。天亮的时候，兀鹰把篮子背上肩，振翅直往天宫飞去。他把篮子放下，到处游逛，把天宫里的新玩意儿看了个够。这时候，乌龟悄悄地从篮子里爬了出来，也东张西望地打量四周的景色。逛呀，逛呀，天快黑的时候碰到了兀鹰。兀鹰等她已经等得不耐烦了。

“喂！”兀鹰说，“你可来晚了！”

“谁说的！”乌龟回答说，“我在这儿已经待了一整天了。”

于是，兀鹰打赌输了。

节日过完了，他又对乌龟说：“咱们这次再赌，看看我是不是第一个回去。”

“好！”乌龟回答说。

兀鹰振起双翅，向地面飞翔；乌龟呢，爬到天边，纵身往下一跳。快要到达地面的时候，乌龟忽然发现下面有一座巨大的峭壁，不好，要碰到峭壁上了。于是她大喝一声：“喂，峭壁，快躲开，否则我要碰到你身上了！”

峭壁闪开了，乌龟直挺挺地摔到地面上，她的前胸砸扁了，背壳摔成了碎片。

瞧那乌龟，就这模样！

鹞与乌龟

有一次，为庆祝慈善圣母节，天宫举行了盛大的欢庆活动，所有神兽都被邀请参加。乌龟走得慢，路上时不时地停停歇歇，看样子不可能按时爬到天上，于是她求鹞把她带去。鹞同意了，把乌龟放在自己的脊背上。

可是，这不安好心的黑鹞尽可能飞得高高的，然后把这可怜的乌龟扔下去，于是，乌龟摔在一座峭壁上，摔成无数小碎块。慈善圣母知道了，从天宫下来，她把地上的小碎块集拢起来，粘在一起，使乌龟复活，还降福于她。而黑鹞呢？永远受诅咒而不得翻身。

打这天起，乌龟的壳是由无数碎片粘起来的。鹞却成了灾星：如果他栖在树上，叶子马上脱落；如果谁要拿枪对准他，这把枪准会在手上爆炸；甚至他的尸首腐烂了也是孤单单的，连蚂蚁都鄙弃他！

阿拉马萨与圣母

有一次，圣母在湍急的亚马孙河岸边散步，河水一涨一落，即使在离河口很远的地方也看得一清二楚。

她碰见了大鱼阿拉马萨，就俯下身去，亲切地问他：“阿拉马萨，请告诉我，现在是涨潮还是落潮？”

当时，我们的圣母已经上了岁数，声音有些颤抖。大鱼不像往常那样回答她的问话，竟然胆大包天，很不客气。他存心要把圣母嘲弄一番，难看地把嘴巴一歪，学着她的样子滑稽地说：“阿拉马萨，请告诉我，现在是涨潮还是落潮？”

于是，圣母诅咒了他。从那时开始，阿拉马萨鱼的嘴永远是往上翻的。每一个见过阿拉马萨鱼的人，都相信这一点。

负鼠是怎样挑女婿的

负鼠有一个女儿，已经到了出嫁的年龄了。负鼠呢，也需要一个女婿，好帮他干地里的活。

快天黑的时候，啄木鸟来到负鼠家里。他在周围走来走去，哼着小调向姑娘表示，他不反对娶她为妻。负鼠把女儿叫来，介绍她和这位歌手见个面。姑娘对啄木鸟挺满意，于是，他们就成婚了。

负鼠派女婿去清理田地。啄木鸟飞快地用喙把一棵棵树推倒在地。负鼠的女儿回家一五一十地向父亲说，她的丈夫是怎样干活的。负鼠觉得女婿的办法如此简单，决定自个儿也试试看。于是，第二天亲自去清理田地。他像女婿那样，用鼻子去撞击那些树，直到鼻青脸肿。负鼠气坏了，就回家来了。

“这个家伙可不是个好东西，这个丈夫对你不合适，谁也不会像他那样干活。”他向女儿说，并且把女婿赶走了。

鹞来向负鼠的女儿求婚。鹞对姑娘挺满意，负鼠也同意了，鹞就和他们一块过起日子来。负鼠让他的新女婿去清理田地。鹞说，干这个他不内行，并且说自己是个机灵的猎人。于是，负鼠派他的新女婿去打猎。

鹞来到森林里，坐在一棵高树上，等着猎物到来。

不多一会儿，飞禽走兽来了，鹞从树上扑下来，把他们杀死了。他提了两只野鸡和一只兔子回家。

负鼠的女儿把她的新丈夫如何狩猎又一五一十向她父亲说了，父亲高兴极了，决定第二天也学鹞的办法去打猎。

负鼠好不容易爬到树上，等着猎物到来。有一只猴子在下面走过，负鼠扑将下来，可怜这个没翅膀的东西！啪嗒一声摔到地上，摔得可真不轻！他一次又一次地往树上爬，可是每次都掉在地上。负鼠气坏了，回家又把女婿赶跑了。

过了几天，又来了一个崇拜者。他在负鼠家旁哼着小调。负鼠派他的女儿去瞧瞧哼小调的是什么人，她回来说："哼小调的是个穿着一身漂亮毛皮的水獭！"

于是，负鼠同意把女儿嫁给水獭。新丈夫对负鼠说，他最擅长捕鱼。于是，负鼠就派他去捕鱼。女婿在河岸点起三堆篝火，然后双手拿着口袋，跨过火堆，跳到水里。当他从水里浮出来的时候，口袋里装满了鱼。女儿向父亲谈了丈夫怎样捕鱼。第二天，负鼠也到河里捕鱼，他也点起三堆篝火，跨过火堆钻到水里，差点没被淹死。负鼠很生气，又把水獭赶走了。

不久，又有一个女儿的崇拜者来到负鼠家。这次来者是只鸽子，负鼠也同意了。鸽子说，他只会捕鱼，负鼠决定让他试试。鸽子来到一个小湖泊旁。他在湖边踱步，边走边喝水。他水喝得真多，把湖水都喝干了，剩下的事情，就是把鱼收拢起来，带回家去交给岳父。负鼠的女儿又如实对父亲说了。负鼠又决定去捕鱼。他喝水喝得昏头昏脑了，湖水却一点也不见减少。负鼠把女婿赶走，他的女儿又单身了。

翠鸟来了。他也想娶负鼠的女儿为妻。这一回，负鼠也同意了。翠鸟声称他是个出色的渔夫，负鼠又派他去捕鱼。翠鸟站在伸到河水上面的一根树枝上等着。可鱼儿却总是没有露面。于是，翠鸟往水中啐了一口，鱼儿就浮出了水面。翠鸟往下一纵身就把鱼儿抓住了。很快他就抓了满满一口袋鱼。女儿又向父亲说了。于是，第二天，负鼠学着翠鸟的样子往那根树枝上一坐。他往水中啐了一口，鱼儿浮出了水面。负鼠扑下去抓鱼，可怜他这没翅膀的家伙！扑通一声掉到水里去了。鱼跑了，他也差点被淹死。负鼠对女儿说，翠鸟不配做她的丈夫，把翠鸟赶跑了。

后来，负鼠找林虱做女婿。林虱对负鼠说，他既不会清理田地和捕鱼，也不会打猎，只会采棕榈树上的坚果。林虱爬到最高的棕榈树上，把坚果扔到地上。等坚果在地上积多了，林虱往叶子上一坐，慢悠悠下地来。女儿又向父亲说了，负鼠又学林虱的样子。负鼠好不容易爬上棕榈树。当他看到地下的坚果已经够多的了，也坐到一片叶子上，学着样子下地来。一片叶子怎能承受得了负鼠的分量！啪嗒一声，负鼠摔到地上了。摔得真惨！负鼠又把林虱赶走了。

女儿又没丈夫了，当美丽的森林火鸡来求婚的时候，她高兴极了。火鸡有一身漂亮的羽毛，可他一无所长，什么也不会干。负鼠不同意火鸡的求婚，把他赶走了。

后来，猴子来了。他会采集蜂蜜，于是负鼠招他当了女婿。猴子走遍森林，去采集蜂蜜。在家的时候，他曾向丈人要了一把小刀，在自己咽喉的地方割开一个小口，把蜜蓄在里面。负鼠觉得这事不难，也决定自己亲自去采蜜。负鼠饱饱地吃了一顿蜂蜜，回到家中，拿起一把小刀把自己的喉管割断了。

负鼠因流血过多死了。可怜他不像猴子那样，喉头里有一个嗉囊！

负鼠死了，猴子就和他的女儿一块过日子。

猴子与美洲豹

美洲豹很想娶鹿做老婆，于是跑到森林里去找她。同时，猴子也看中了鹿，并且向她求婚。鹿不同意，她要嫁给美洲豹。

“美洲豹是个啥玩意儿？”猴子说，“他只不过是我的一匹备好鞍的马罢了！”

美洲豹来找他的未婚妻，鹿把猴子的话一五一十向他说了。好家伙，美洲豹气得鼓鼓的！

“好呀，小猴子，我这就让你瞧瞧我是一匹怎样的马！”

猴子是一个出色的小提琴手。在美洲豹结婚那一天，猴子被请来做客。

“猴子，我今天结婚，来参加我们的婚礼吧！”

猴子拒绝了，理由是他身体不适，无论如何也不肯前往。美洲豹千方百计要说服他。

“我本来是想去的，”猴子对他说，“可惜我没有马。如果你同意让我坐到你身上，哪怕是走到篱笆旁边下来，我自个儿走路进去也行。”

“好吧，”美洲豹同意了，“上来吧，我驮你去！”

猴子爬到美洲豹的背上。于是，他们俩就动身上路了。

没等美洲豹走出几步，猴子忽然栽到地上了。

“你怎么啦？”美洲豹问他。

“没有鞍子，我不习惯，”猴子说，“我坐着不舒服，掉下来了。”

没办法，美洲豹只好同意备上鞍子。狡猾的猴子在美洲豹身上备上了鞍子，却没有绑上把鞍子系紧的肚带。因此，美洲豹没走上几步，猴子又一个筋斗栽了下来。猴子又说，没有绑鞍子的肚带，走不了。得了，美洲豹也不打算跟他争执了。可是，猴子第三次栽到地上来，说：“没有嚼子，坐不舒服，我不去了。”

美洲豹已经够难受了，也就不愿意再跟猴子顶嘴了。于是，猴子把美洲豹全副武装起来，一步一步地往前走。快要走到未婚妻家的篱笆旁了，美洲豹对猴子说：“猴大哥，到了，下来吧！”

这时候，猴子求他，让他再驮一会儿，因为他累了，动弹不得了。美洲豹走到篱笆跟前了，猴子用鞍子往美洲豹肋部一戳，美洲豹一蹦老远，差点儿没撞到房子上。这时，猴子急忙把彩带结戴到头上，整理妥帖，在美洲豹背上大声说：“怎么样，新娘子，我不是跟你说过，美洲豹只不过是我的一匹备好鞍的马吗？”

他把美洲豹拴到树上，拿他来开心。

此时，有两个猎人正往屋子走来。美洲豹求他们帮他解开缰绳。猎人们久久下不了决心——到底是一只美洲豹呀！最后，一个猎人拿枪对准了美洲豹，对另一位说：“好吧，现在给他解开吧！”

他们从美洲豹身上卸下马具，给他解开缰绳。美洲豹羞容满面，跑到丛林中去了。

打这以后，美洲豹总是等待机会向猴子报仇。在这一带，只有一个水泉，所有兽类都要到这里来喝水。美洲豹坐在水泉边，等着猴子到来。猴子呢，实在渴得受不了，只好从头到脚浑身涂满了蜜，上面粘上干叶子。他这副打扮来到水泉边，美洲豹都没把他认出来。

“你是谁？我怎么不认识你？”他问猴子说。

“别人叫我灌木大哥。”猴子答道。

美洲豹脑子一转，猜出眼前这家伙准是猴子，盯住他！可猴子溜了，溜进一个犰狳洞里，躲在里面不出来了。

这时候，美洲豹把一只大蟾蜍叫来。蟾蜍以愚蠢出名，美洲豹对她说：“伙计，听着，我去拿把铲子来赶他，你给我看着点，别让这家伙溜了！”

蟾蜍正守着，猴子从洞里大声对她说：“喂，好好瞧瞧我，难道你连我都不认得了吗？”

蟾蜍走近洞口，把一双眼睛瞪得大大的。猴子捧起一把土，照直朝她劈头盖脸撒过来！等蟾蜍睁开眼睛时，猴子已经从洞里爬出来，跑得无影无踪了。美洲豹拿着铲子返回来时，连猴子的影子都不见了。美洲豹恶狠狠地扭住蟾蜍的双脚，把她扔到水里。

从此以后，不管美洲豹花多大力气，他和猴子的账总也算不清。他甚至还提出要和猴子一道去打猎，以为这样报复起来要更顺手一些。

不过，即使在这种时刻，猴子也忘不了要骗他。

有一次，他们在一处田庄里过夜。田庄的主人有一头喂得肥肥胖胖的小猪。夜里，猴子偷着从美洲豹身上拔出猎刀，把小猪杀死了。清早起来，主人要查凶手。猴子对他说："我夜里根本没出去，我的刀还在我身上，不信你瞧！"

美洲豹也拔出自己的刀给主人看，刀上鲜血淋淋。于是，主人不管三七二十一，抓起枪，一枪把美洲豹毙了。

为什么飞禽走兽有各种各样的颜色

有三个孩子常在屋旁的空地上玩耍，有时玩到很晚，甚至到深夜，父亲都不大管他们。

有一次，孩子们又在玩耍，天色已经很晚了，突然间有一个巨大的陶罐子，直通通地从天上掉到空地上。陶罐子上色彩缤纷，插满了鲜花，罐子掉下来以后，正好立在空地中央。

当然，你们都知道，小家伙是最喜欢花的，只要远远看见一朵花，他们就会立刻扑过去，把它揪下来。这里的花真多！于是，孩子们七手八脚地扑上去采花。谁知道，只要他们的手一伸过去，所有的花一下子全都躲到罐子里面去了。小家伙们也跟着往罐子里面爬。两个小的已经爬到这个大罐子里面，不见了。第三个呢，只有一条腿还高高吊在罐子外面。

这件事被邻居的一位女人看见了，忙不迭地大声喊着他们的妈妈。

“快来看，你的孩子们正在那边玩一个奇怪的大罐子呢。这个大罐子是打哪儿来的呀？”

妈妈奔出来，看看她的几个孩子找到了一个什么样的神罐子。忽然，她看见罐子带着她的几个孩子腾空而起。妈妈喊叫着，只来得及抓住那个还没有完全进入罐子里去的小家伙的一只脚。他的妈妈使尽全身力气抓住不放。大罐子腾飞起来，孩子的一只腿断了，罐子飞得越来越高，而从孩子的断腿那里，鲜血仍然涌个不停！血流得太多了，闹得满天空血红一片，所以自此以后，每逢久旱不雨，天空总是血红血红的。

从此，在房子旁边的空地上，以前孩子们常常玩耍的地方，出现了一个大湖，湖水也是血红血红的。

妈妈哭得死去活来，只好祈求把她的孩子带走的人不要虐待他们，把他们当作自己的亲生儿子，好生抚养成人。

这时候，有一只鹦鹉——就是如今披着绿色羽毛、被人赞赏的鸟儿中的一只——飞来了。不过那时候，所有鸟兽都是灰溜溜的。打这以后，虽然他们的子孙一生下来还是灰白灰白的，可一旦长大以后，就变成各种各样的颜色了。

鹦鹉来到了孩子妈妈住的房子前，敲敲门，自我介绍一番，并且要求让他到红湖水里浸一浸。

沐浴以后，鹦鹉的羽毛变得红亮红亮的。可是，孩子的血实在太烫了，鹦鹉只好在草地上打滚，让自己凉快一点。因此，他的红羽毛上面印上了一个个绿色的斑点。

后来，其他的鹦鹉也陆续飞来。他们全部向母亲请求允许在红湖中沐浴，出水以后全部披上了像现在这样色彩斑斓的羽毛。

后来，美洲兀鹫也要到湖中沐浴，可是孩子的血太烫了，他变得神志不清，从湖水中出来以后，竟奔到南美洲的丰沛大草原去了。草原在经历了一场大火之后，遍地都是灰烬。他在自己身上沾满了灰，以减少烫伤的疼痛，因此，全身也就变得乌黑乌黑的了。他心里并不喜欢这种灰暗的颜色，所以老是擦自己的腿，让它们哪怕带点灰白的颜色也好。

就这样，大地上奔跑的所有走兽都到红湖沐浴过，然后又擦上点什么别的颜色。因此，可以从他们的不同颜色来分辨他们。只有那些没有到湖里来过的禽兽，至今仍然是灰白灰白的。

人类也有各种不同的肤色。显然，当时他们也都曾到红湖洗涤过。

鹦鹉的故事

我忘了那只“克拉——克拉——克拉”叫唤的鹦鹉叫什么名字了。很早的时候，这只鹦鹉是一个印第安孩子。这个孩子非常贪食，不停地吃东西。

有一次，妈妈摘了许多孟加巴甜果，把它们煨在炉灰里。小家伙不管这些果子滚烫如火，抓起就吃。由于这些果肉好久好久都没有变凉，小家伙的喉头给烫伤了。他一边使劲把吞下去的东西吐出来，一边“克拉——克拉——克拉”地叫个不停！这时候，他身上长了两只翅膀和满身羽毛，成了一只鹦鹉，直到如今还“克拉——克拉——克拉”地叫唤着！

祖珂、库鲁戈与阿杜戈

很早以前，有一次，印第安人看到过蛮猴祖珂是怎样生火的，于是自己也就学会了取火。当时，祖珂和人类完全没有什么两样，身上没有毛，会划船，拿玉米当饭吃，在吊床上睡觉。

据说，有一天，祖珂曾经和海猪库鲁戈一起坐船外出，船底是玉米做的，库鲁戈老是贪婪地抓起就啃。这时候，祖珂对他说："库鲁戈，库鲁戈，别啃，你要知道，你啃的是船底，小船要是进水了，你就要掉到水里没命了。伶牙俐齿的奥珂日鱼就要围着你，把你吞食掉！"

可是，库鲁戈不听这一套。他啃呀，啃呀，直到船底出了窟窿，小船进水下沉了。库鲁戈在水里扑腾，大鱼围上了他，把他撕成碎块吞了，他就这样丧命了。

祖珂的水性很好，当奥珂日鱼围上他的时候，他抓住了一条鱼，一只手揪住它的鳃，驾着它，一直游到了岸边的干地上。

他手里提着这条鱼走进森林，迎面碰见了美洲豹阿杜戈。阿杜戈对他说："喂，好哥们儿，你抓到鱼，当然是来和我共享的啰？"

祖珂说："当然，好哥们儿，我抓鱼就是要来和你共享。"

阿杜戈说："鱼倒是逮住了，到哪儿弄火来煮鱼吃呢？"

祖珂用手指指正在落山的太阳，对他说：“去，跟他借个火，咱们好烧鱼吃。”

这时候，太阳那红亮的眼睛正好看着森林的这个角落，闪出耀眼的光。

阿杜戈问：“火在哪儿呢？”

“瞧，他在眨眼呢！看见了吗？那红亮红亮的东西。去把他拿来吧！”

于是，阿杜戈到那遥远遥远的地方取火去了。不一会儿，他跑回来说：“喂，好哥们儿，我没找到火！”

祖珂说：“你不是看见了，他在向我们眨眼吗？那红亮红亮的，烧得多旺！去吧，快跑，一定要把他找到！那时候，我们就可以烧鱼吃了。去吧，快跑！”

于是，阿杜戈又去找火了。就在这时候，祖珂折了两根里鲁[1]树枝来摩擦取火。他点起了一堆篝火，烧好了鱼，吃光了。然后，把鱼骨头扔在篝火四周，爬到树上（有人说是博克瓦茨树，也有人说是博柯多日树），在树枝上躲了起来。

没过多久，阿杜戈回来了。他直奔篝火灰烬旁边，在四周仔细打量，发现自己受骗了。他大声嚷叫起来：“好呀，这骗子手干的好事！都来看呀，这骗子手干的什么好事！好吧，现在我倒要来尝尝，这家伙究竟是什么味道！不过，他现在在哪儿呢？”

阿杜戈把丢落在篝火四周的鱼骨头啃了个一干二净，然后动身去找祖珂的下落，但他没有找到祖珂。

1.取火用的软质树枝。

这时，祖珂尖叫了一声。阿杜戈四下里细细搜寻，仍然毫无所获。祖珂又叫了一声，阿杜戈才抬头看到树上坐着的祖珂，并对他说："好哥们儿，下来吧！"

祖珂不想下来。阿杜戈又说："我跟你说，下来！"

祖珂根本不理他，说："我不想下来！我要是下来，你会宰了我的！"

"不，我不宰你。"

不过，祖珂还是不相信他。这时，阿杜戈呼唤大风来给他当援兵，强迫他下来。大风呼啸着："呼呼呼，呼呼呼……"呜咽不止。大树从一边歪向另一边，祖珂也跟着摇来晃去。他感到自己的双手已经没有劲了，就大声对他说："倒霉的，倒霉的！我的两只手一点劲都没了！张开你的嘴巴吧，朋友，我的手没劲了！"

果然，开头是左手，接下来是两只脚，从树上垂下来了。他只靠一只右手把身子吊在树上。这时，他又喊："张开你的嘴巴吧，朋友！我的右手也没劲了！"

一阵狂风刮得他右手离开了树枝，祖珂从树上掉了下来。他又喊："还不快点张开你的嘴巴！朋友！"

阿杜戈张开大嘴，祖珂正好掉到里面，一直来到这位好朋友的肚子里，这位好朋友还想品尝品尝他的猎物究竟是什么味道呢，这回只好白白地舔舔嘴唇了。这时，把朋友装进肚子里去的阿杜戈，举步艰难地穿过森林，发出噜斯噜斯的吼声，划破了森林的寂静。不过，故事到了这儿还没有完哩，因为祖珂不仅没死，而且完整无损，正在朋友肚子里折腾呢！

阿杜戈对他说："喂，好朋友，好好在肚子里待着，求求你了，别那么翻腾！"

不过，说什么也是白搭，祖珂掏出一把小刀，捅破了阿杜戈的肚子，割开它，爬了出来。阿杜戈倒地死了，祖珂获得了自由。他把阿杜戈的皮剥了下来，撕成一条条窄窄的带子，把它缠在头上作装饰用，然后动身到远方去打猎。路上，他遇到了另外一只美洲豹。美洲豹把他上下打量一番，说："骗子，我这就要打死你！"

祖珂雄赳赳地回答说："怎么，你敢试试！你不想想，你有这份能耐吗？得了吧！不信你瞧瞧这儿！"

说着，他把自己的战利物——用阿杜戈的皮做的头饰抖了抖！于是，这只美洲豹吓坏了，没敢动祖珂一根毫毛，灰溜溜地逃跑了。

鹰与洪水

有个人在树上发现了一个鹰窝，他把自己的弟弟叫来。

“你帮个忙，从鹰窝里把小雏鹰掏出来吧！”他说。

他们做了一架梯子，哥哥爬到树上，弟弟从下面递给他一根竿子。突然间，弟弟觉得树上有一团东西掉到了他的脑袋上，和头发缠在一起了。

他把嫂子喊来，让她看看，什么东西掉到头发上了。哥哥在树上看到这情景，对他弟弟吃醋了。尽管离鸟窝没几步了，他还是爬了下来，让他的弟弟代替他往上爬。弟弟听他的话，但当他攀到梯子的最高一级时，哥哥紧跟在他后面，把捆绑梯子的所有藤条都砍断了。他把老婆带回家，把弟弟留在树上，就在鹰窝的下边。因为没有梯子，要想爬下来是绝对不可能的。

鹰窝里只有一只雏鹰，鹰妈妈回来了问他：“人呀，你在这儿干什么呢？”

小伙子如实回答了。

“你愿意抚养我的女儿吗？”鹰妈妈问他。

“好吧！”他回答说。

鹰妈妈当即把一只刚刚杀死的小猴子交给他，让他剥皮，并把内脏取出来。不一会儿，鹰爸爸也回来了，嘴里叼着一只奇大无比的吼猴。小伙子又把发生的一切对他一五一十地讲了。鹰爸爸教他怎样才能迅速地把一只猴子剥皮，并把内脏取出来，因为人干这一套实在太慢了。后来，鹰爸爸问他想不想变成一只雄鹰。小伙子说他不反对。于是，鹰爸爸飞走了，很快又回来，带来另外两只雄鹰。这时候，猛禽从四面八方云集，很快就聚集了一大群。他们拥在小伙子四周，开始唱起歌来。唱着，唱着，小伙子全身披上了羽毛，长出了利爪，变成了一只鹰。后来，鹰爸爸教他飞行，一切都顺顺当当，得心应手。

鹰群决定替他复仇，去杀死他的哥哥。他们把这主意告诉小伙子，他同意了。他们飞到一个村子里，这个村子正好过节。哥哥坐在他家门口，身上涂得五颜六色，正准备跳舞呢。弟弟飞过来，落在离哥哥不远的地上。哥哥是这个村子里公认的神射手。大伙儿向他呼喊，让他快点用箭把这只鹰射下来。他一箭射过去，雄鹰冲向高空，箭正好从他身边飞过。哥哥又发了第二箭，还是没有射中。这时候，雄鹰却冲到他的跟前，几乎和他并肩地待在一起了。哥哥大怒，射出第三箭，又落空了。雄鹰俯身冲向他，双爪抓住他的头发，并且在刹那间变成了一只巨鸟。巨鸟把哥哥抓到高高的天空，高空上群鸟飞翔，把他撕成碎片，把他的骨头扔到地面上。

现在，弟弟可以随心所欲地变人变鹰了。鹰群让他把自己的双亲带到他们那儿去。这一次，他变成人的样子来到村子里。父母看见他都吓坏了，以为他把恶鬼带到家里来了。

小伙子说服双亲，和他一起来到一间屋子里跳舞。他把村子里其他人也叫来了，不过他们并不情愿。他们来到这里，开始跳起舞来。突然，小伙子腾空而起，带上他的双亲，向天空盘旋而去。村民们扑上去，想把他们留住。巫师们点起了烟，尽管轻烟袅袅升到高空，还是无济于事。这时候，下了一场倾盆大雨，下了整整一宿。水越涨越高，许多人都在夜里淹死了。只有几个爬到棕榈树上的石人得以幸存下来。他们的四周漆黑一片，什么也看不见。他们往下面扔了一些棕榈果，想从水声中知道他们的足下是陆地，还是茫茫大水。然而，每次只听见泼溜泼溜的声音——果子都掉到水里去了。在黑暗中，人们像蟾蜍一样互相抱怨，唠叨个没完，直到最后真的全部变成蟾蜍了。

火

从前，有一个猎人在树林子里打猎。他老婆的小兄弟求他带他一块去。猎人走过一座峭壁，发现离地面很高的地方有一处凹进去的不大的洞壁，里面有一个金刚鹦鹉的窝。他砍了一棵树，斜靠在峭壁旁，然后叫小兄弟攀住树枝到鸟窝里掏雏鸟。

小兄弟爬到鸟窝旁边，正要伸手去掏雏鸟的时候，雏鸟喳喳叫个不停。鹦鹉听到儿女的叫声便飞回来了。他们在小兄弟的头上盘旋着，发出尖利的啸鸣声，把他吓得再也不敢走近鸟窝一步。

猎人把一切都看在眼里，生气极了。盛怒之下，他把砍倒的树推到陡壁下，扬长而去。

这样，小兄弟就再也没法爬回地上来了。他在鸟窝旁边待了整整五天，又饿又渴，差点送了命。他不时用微弱的声音呼喊："水……给我点水……"陡壁上空，燕子和金刚鹦鹉不停地盘旋着，他们的粪便差点没把小兄弟埋了起来。

这时候，悬崖脚下有一只美洲豹走过。他看见地上有一个小孩的影子在晃动，于是向影子扑去，却什么都没捞着。他等呀，等呀，不多一会儿影子又晃动了，他又扑将过去，又再次落空了。正好这时候，小兄弟往下吐了口唾沫，美洲豹抬头看见了小兄弟。

“你在那儿干什么？”他问。

小兄弟把姐夫怎样把他一个人扔在林子里的事，照实对美洲豹讲了。

“那么，你在鸟窝里找到些什么呢？”美洲豹问。

“金刚鹦鹉的小雏。”小兄弟答道。

“快点儿扔给我！”美洲豹命令他。

小兄弟把一只小雏鸟扔给他，美洲豹一口就吃掉了。

“难道那里面只有一只吗？”他一边舔舔嘴唇，一边问道。

“不，”小孩回答，“里面还有一只。”

“还等什么？”美洲豹来火了，“把第二只也扔给我！”

小兄弟服从了。于是，第二只小雏又落得和第一只一样的下场。美洲豹吃饱了，拿来一棵树干斜靠在峭壁旁边，让小家伙下来。小兄弟真的往下爬了，不过，快到地面的时候，一种恐惧感突然袭来。

“你要吃我的！”他一边喊，一边抽身往回爬。

“我不会碰你的！”美洲豹安慰他，“到这儿来，我驮你去喝水！”

小兄弟三次都几乎下到地面了，可是由于恐惧，又三次往回爬。最后，他下定决心走到地上来，美洲豹把他放在背上，带他来到河边。小兄弟喝足了水，睡着了。时候到了，美洲豹轻轻碰了碰他的手，把他唤醒。他让小兄弟在河里洗个澡，把身上的污垢洗干净。

“我没有孩子，”美洲豹说，“现在你就是我的养子了！”

小兄弟走进美洲豹家中，看到的是个很大的树洞。大树的一端闪出耀眼的火光。那时候，印第安人会利用太阳光把肉晒干，而美洲豹的家里却储藏着一大堆烤好的肉。

“为什么这儿有烟味？”小兄弟问。

“这儿点着火。”美洲豹答道。

“火是什么？”小兄弟紧接着又问。

“到晚上你就知道了，它会把你烤得暖暖的。”美洲豹回答说。他给小兄弟一些烤肉。小兄弟吃得饱饱的，又睡着了。他睡到半夜，睁开眼睛，吃了些肉，又呼呼入睡了。

天没大亮，美洲豹外出打猎。小兄弟送了他一程。然后，挑选了一棵树，爬上去等他的义父回来。可到了中午，肚子饿得咕咕叫，他回家向豹妈妈要点肉吃。她转过身来，对着小兄弟张开了血盆大嘴。

“什么？”她咆哮着，“看到这个了吗？”

小兄弟吓坏了，大叫一声，拼命地跑到刚才那棵树上，躲在枝叶丛中，等美洲豹回家。

美洲豹狩猎回来，小兄弟一五一十向他说了。美洲豹把小兄弟带回家，把豹妈妈狠狠地训斥了一顿。

“我告诉过你，不准吓唬我的儿子！”他大声说。

豹妈妈辩解说：“我想跟他开个玩笑！”

第二天大一亮，美洲豹给小兄弟准备好弓箭，带他一块去狩猎。路上，他们看见一个白蚁洞，美洲豹让小兄弟往里射箭。小兄弟拉满了弓弦，一箭穿过白蚁洞，飞到森林中去了。

“如果我老婆下次还敢吓唬你，”美洲豹说，“就用箭来吓吓她。不过，记住可不要真的瞄准。”

此后，他们经常一起外出打猎。

中午时分，小兄弟又想吃东西了，回家去讨一块烤肉吃。这一次，豹妈妈不仅向他张开血盆大嘴，还伸出了利爪，小兄弟向她拉满了弓。

“别射，我给你吃的！”她吓得大叫起来。

小兄弟不听，他瞄准她的腰，一箭过去，直穿她的身体。豹妈妈登时倒地，血流了一地。小兄弟从家里跑了出来，起先还听到她的呼喊，不一会儿就寂静无声了。

小兄弟找到美洲豹，把打死豹妈妈的事向他说了。

“小事一桩，没关系！”美洲豹回答。

回家以后，美洲豹给了他一些烤肉，对他说：“如果你想返回你自己的部族那儿，就沿着小河边一直走吧！可你要小心，如果你听到峭壁和香艾伊树叫你，就答应；如果你听到倒在地上的枯树轻声叫你，可千万别搭腔。两天以后你就会回到你的村寨，到时候，你要教会你们部落的人保存火种。”

小兄弟按他所说的做了。他一直往前走，一步也没有离开过小河。不多久，听到峭壁叫他，他回了话。不久又响起香艾伊树的声音，他也回了话。但是，当倒在地上的枯树轻声呼唤他的时候，他忘记了美洲豹的嘱咐，也大声回答了。这就是人类的生命为什么这么短暂的原因。不过，由于小兄弟也回答过悬崖和香艾伊树的呼唤，所以我们也可以活得和他们一样长久！

小兄弟走呀，走呀，林中一片寂静。不久，小兄弟又听到一种声音，他照样回答了。这次喊话的是孟·加罗·堪杜列——林中变形人，他挡住小孩的去路，问他："你找谁？"

"我找父亲。"孩子回答。

"难道我不是你父亲吗？"

"不，我的父亲不是这个样子，他的头发很长。"

孟·加罗·堪杜列隐身不见了，过了一会儿工夫又重新显现了。他的头发长长的，而且还死乞白赖地说，小兄弟就是他的儿子。小兄弟不相信他说的话。他记得，父亲的双耳挂着一串长长的小木棍子。孟·加罗·堪杜列又隐身不见了，等他再回来的时候，耳朵上也挂上了一串小木棍。但小家伙说什么也不相信，他说，他的父亲不是他这个样子。

"站住……你老实说，你不就是孟·加罗·堪杜列吗？"他突然问。

话一出口，变形人扑过来，和小兄弟双双扭打在一起。小兄弟实在太累了，很快就精疲力竭，无法招架。于是孟·加罗·堪杜列就把他放到篮子里，把篮子扛在背上，带回家去了。

在路上，孟·加罗·堪杜列看到有一棵树上有一群长鼻熊。他把背上的篮子放在地上，去摇那棵树。然后，他从地上捡起几只小兽，把他们勒死，放到装着小兄弟的篮子里。

可是，正当他把篮子从肩上卸下来的时候，小兄弟恢复了知觉，大声对变形人说，如果他在林子里先踏出一条路，他拿着篮子走起来就要轻松多了。变形人听了他的话，把篮子放在原处，动手干起来。小兄弟悄悄地从篮子里爬出来，在篮底放了一块大石头，把那几只死了的长鼻熊盖在上面，神不知鬼不觉地溜之大吉。

孟·加罗·堪杜列踏出一条小路，回到放篮子的地方。篮子实在太重了，差点压折了他的脊梁。他好不容易才把这重玩意儿背回家中，几个孩子一看见父亲，就把他围了起来。

“我给你们带来一只好玩的小鸟，你们这就会看见了。”他说。

最小的孩子从篮子里拖出一只长鼻熊，把他举到头上，问道：“是这个吗？”

“不。”变形人回答说。

“那么，是这一只吗？”小孩又拖出另一只。

“不！”

“可这里只剩下一块大石头了。”小儿子一边把篮子里所有长鼻熊拖出来，一边说。

“一定是半路上把他丢了！”孟·加罗·堪杜列说。

他沿着来路返回去寻找，可是一无所获。

这时候，小兄弟已经回到了自己的村子里，对自己的族人讲述他怎样在美洲豹家里做客，怎样把变形人孟·加罗·堪杜列捉弄了一番。

“现在让我们在村子里把火生起来吧，咱们再也用不着吃生的东西了！”他的故事到这儿就讲完了。

飞禽走兽都来帮忙去扛火种。第一个跑来的是野鸡札霍。

不过她实在太瘦弱了，根本扛不动燃烧着的木头。因此，大伙儿派她跟在后面把火星扑灭。野火鸡札枯也想帮忙，不过干这差事他也无能为力，最胜任的看来只有貘了。

一切准备停当，各就各位，各司其职。小兄弟领着大伙儿向美洲豹家中走去。抵达目的地以后，美洲豹把火种分给了他们。

“你的儿子，现在也是我的儿子了！”在和小兄弟告别时，美洲豹这样说。

貘扛起了燃烧着的木头，向村子走去。在貘后面的是札霍和札古。半路上，劈柴里迸出一小块烧过的木炭，札古本想扑灭它，不小心却把它吞到嘴里去了。所以，现在他的脖子是紫红色的，特别显眼。

玛尼

这已经是很久很久以前的事了，在如今圣塔连城的地方，有一个印第安首领，他的女儿怀孕了。她的父亲曾经发誓，谁要是给他的家带来不幸，他就要向谁报复。他曾经仔细盘问过他的女儿，可是无论是威胁、哀求、惩罚，都不能使女儿吐露实情。她不承认自己曾经和男人有过交往，一再说从来也没有与任何一个男人接触过。

父亲大发雷霆，准备杀死她。这时候，来了一个白人。

“不要杀死你的女儿，”他对这位印第安首领说，“因为她是无罪的，从来也没有任何一个男人与她接触过。”

父亲相信了他的话，没有杀她。

九个月以后，一个姑娘诞生了。她像爱情一样甜，像莲花一样白。邻近所有部族的人都惊呆了。

人们不远千里而来，为的是一睹这个白皮肤的小姑娘，这个可爱的无人知晓的种族后裔的容颜。她名叫玛尼。小姑娘从第一天起就会走会说话，她整天微笑着，可脸上总挂着一抹愁容。过了一年，她没病没痛地死了。人们把她埋在屋旁的花园里。按照祖先的习俗，每天都在墓上洒水。有一天，坟墓裂开一半，在墓地深处长出了一棵不知名的碧绿碧绿的植物幼苗，但谁也没有把它摘下来。

幼苗很快长成为小树丛，上面覆盖着一丛丛鲜花，不久又结出累累硕果。林中的飞鸟，凡是啄食过这些果实的都醉了。

后来，有一次，树丛下的泥土干裂了，露出一丛丛招人喜欢的白白的根。它使人想起了那白皮肤的玛尼可爱的身影。

于是，人们把这种植物叫作玛尼奥卡——木薯[1]。

1.又名卡萨瓦、尤卡。灌木的一种，根部为块茎，印第安人用以制作面粉。

烟草、玉米、树脂和棉花的来历

古时候，有一个名叫阿杜洛阿洛多的女人，她的丈夫捕森蚺蟒蛇[1]回来，她去迎接他。见到他以后，她把大蟒蛇背在自己肩上。倒霉的是，蟒蛇的血一滴一滴往下流，把她的全身都浸透了。

她肚子里带着蟒蛇的血，到森林里采浆果去了。她在一棵很高的艾树下站住，仰头看着成熟了的累累果实，说："有谁能帮我把果子摘下来呢？"

这时候，她躯体里的蛇血回答说："我的妈妈，我来替你摘果子，我爬到树上去。"

蛇血从女人身体里走了出来，变成蛇的样子（因为森蚺蟒蛇是蛇血生的），爬到树上。女人吓坏了，她的孩子竟然不是人。她想拔脚就跑，可是来不及了：蟒蛇从树上下来，又重新爬回她的躯体里去。回到村子以后，女人对她的几个哥哥说："哎呀，不得了！我生了一个儿子，可他不是人，是个妖怪。"

几个哥哥让她回到刚才她去过的那棵树跟前，她去了。可这次不是她一个，她的几个兄弟也去了。她站在树下说："谁能爬到树上替我摘果子？"

1.森蚺，蟒蛇科最大的蛇，长达10米，产于巴西及圭亚那各河流、湖泊、沼泽沿岸地带，大部分栖于水中。

她肚子里的蟒蛇说：“我的妈妈，我爬到树上替你摘果子。”

蛇从女人的躯体里出来爬到树上，把熟了的果子摘下来。忽然，他看见他的妈妈跑了！他从树上爬下来要追赶她，可是已经来不及了：女人的几个兄弟用乱棍把蛇打死了。

他们捡了一些柴火，点起一堆篝火，把蛇扔到火里，回到村子里来。过不多久，兄弟们回到那里，灰烬里长出一丛乌鲁古树[1]、一棵带有黏液的树——吉多古鲁（树脂）、烟草、玉米和棉花。

这就是所有印第安人都用乌鲁古树和树脂做染料文身，抽烟草，吃玉米，用棉花织布的原因。

我们的祖先第一次看见乌鲁古树，采下它的果子，把种子掏出来，渗上水和蜜蜡，再和上一些植物的黏液，制成一种红色的混合物，用来文身。

他们看见棉花，心里直嘀咕：“这玩意儿有什么用？试试用它们织成带子行不行，用许多带子可以把手足裹起来，也可以把箭头缠起来。”这就是为什么所有奥拉里穆古人的腰带都是棉花织成的。

我们的祖先看见烟草的时候，把叶子采下来，烤干它，制成烟。以后，把烟的一端点上火，就抽起烟来了。如果烟叶味足，他们会说：“好烟，够劲！”如果烟叶没味道，他们就会说：“差劲，没意思！”

我们的祖先看见玉米的时候，他们把玉米摘下来，但不敢

1.植物，印第安人用它的种子制成红色的染料，用来文身。

吃。他们怕的不是所有玉米，只怕黑玉米。因此，最初要让巫师、恶鬼和死去的巫师的精灵先尝尝这种玉米。

我们的祖先看到吉多古鲁树的时候，他们说："这就是产树脂的树，树脂流下来了，让咱们收起来，用来文身吧！"

这就是为什么现在人们用树脂文身。

一个嫁给割叶蚁做老婆的姑娘的故事

真是难以想象——总是有那么一些人，他们善于破坏最美好的事物！如果有谁预先提醒不要多管闲事，那么活在世界上该有多么轻松呀。如若不信，请听关于割叶蚁妻子的故事。

有一次，一个姑娘到林子里给家里人找吃的，半路上遇到一只割叶蚁。

“你到林子里干吗？”他问。

“找点吃的。”姑娘答。

“别操这心了，跟我走吧！”于是，蚂蚁把姑娘领到自己的领地里去。要知道，那时候，走兽、飞禽、昆虫都和人一样，说同一种话。

姑娘到了蚂蚁家，看到周围这么漂亮，很是吃惊。他们在打扫得干干净净的小路上行走，所到之处，都是一片一片快要成熟的玉米。

“这是我的地，”蚂蚁往右边一指，说。“这是我父亲的地。”他指指左边，补充说。

姑娘抬头看去，心里纳闷，这里的玉米才冒出土，刚刚吐绿哩！

这时候，姑娘的父亲不见了姑娘，满世界去找。找呀，找呀，找了很久。后来一想，她可能死了，可能到了很远很远的地方，今生再也见不到她了。他放弃了找她的念头，很快就把女儿淡忘了。

可是，在一个大晴天，姑娘一个人回家来了，没有谁陪伴她。哥哥见了——哎呀，我都忘了交代了，她还有一个哥哥呢！——失声笑了起来："爹，你来呀，瞧瞧我妹妹！看她头上光秃秃的，一根头发也没有！"

他说的一点也不假。在放姑娘回家探亲以前，蚂蚁把她的头发剃了个精光，一根也不留。

"别瞎说，"父亲在远处回答他，"你哪有什么妹妹，你忘了老早以前她就丢了！不用说，她早就不在人世了。"

可是，哥哥还在说个不停。母亲应声走了出来，她把姑娘细细打量了一番，亲自把丈夫叫来。丈夫跑来了，三人团团围住了姑娘。

"丫头，你究竟跑哪儿去了？"父亲问，"谁把你搞成这个样子？以前你住在这儿的时候，可不是现在这副模样。"

姑娘回答说，她找到一个地方，那里生活富裕，吃食丰足。

最后，她说："你们乐不乐意这些财宝都归你们支配？"

父母轮番盘问，他们的女儿住了这么久的这个富庶的地方究竟在哪儿。可是女儿守口如瓶，只是说："这个地方比你们想的要近得多。可地点在哪儿，我曾经发过誓对谁也不说。"

后来，姑娘动身回去了。

又一个大晴天，蚂蚁的父亲把儿子叫来，对他说："孩子，去探望一下你的丈人家吧，看看他们的日子过得怎么样。

看看他们那里吃的东西是否充足，如果不够吃，我会帮他们的。说不定，他们会取笑你，可你要忍耐，千万不要走。在他们那里过三天，然后回来把真情告诉我。你对丈人说，让他把林子里那一段耕地清理干净，其他的事情我们自己来做。”

这样说，就这样做了。蚂蚁动身前去探望老丈人一家。妻子在前面引路。蚂蚁背了一大块烤肉，沉重得一步一摇晃地往前去。姑娘的母亲看见了，哈哈大笑起来。不过，蚂蚁很镇静。他记住父亲的话，忍住没有发火。他只是提出，让老丈人把林子里那一段耕地清理干净。

这一天大清早，姑娘的父亲动手干活了。天快黑了，蚂蚁要请老丈人吃肉，就问老人在什么地方。

“他还在清理树木呢！”丈母娘回答说。

“我们那儿没有人从早干到晚的，”蚂蚁很吃惊，“把老人请来吧，他已经整整一天没吃饭了！”

可是人们告诉他，在他们这里，这是家常便饭。

第二天，天刚刚亮，蚂蚁离家到地里播种。他来到昨天老丈人砍了树、把树桩烧掉的那个地方。土地平整好以后，蚂蚁从一个打猎用的、吹制成的箭囊中取出一支箭。箭落之处，长出了一棵棵玉米，而且已经成熟了。蚂蚁还没来得及把整块地播上种子就开始射箭了。然后他回到丈人家，倒头便睡。

天亮了，蚂蚁对老婆说：“让你妈去摘些嫩玉米来！我想吃甜饼和啤酒！”

没等老婆把这一切向她妈讲完，她妈就惊讶地叫了起来：

“你和你那大屁股蚂蚁，一定全都疯了！我真不明白，一只蚂蚁怎么会娶一个姑娘做老婆！他有什么能耐……”

姑娘空着两手回到丈夫那里，可是丈夫又叫她去对母亲说：“今天得把玉米收回来，否则玉米就要老了，不能烙饼了。老玉米可以磨粉，可是烙甜饼就一定要用嫩玉米才好吃。”

“刚刚清理好田地，”丈母娘气势汹汹地说，“树桩还没烧掉，可你那可笑的蚂蚁就要吃嫩玉米了！告诉他，不过一个星期，玉米成熟不了！”

蚂蚁听了，走回家去，一五一十地向父亲说了。

“现在，只好让他们在森林里过游牧生活，有什么吃什么了。六个月过去，玉米芽也该成熟了。”父亲说。

那么，蚂蚁的老婆怎样了？她留在父母身边了。打这以后，他们不得不在林子里四处寻找吃的。直到今天，一切都如老蚂蚁说的那样。

金星

从前，卡拉查人还不会把森林中的树根挖掉，不会种玉米、菠萝和巴西木薯，只靠森林中的野果、鱼和野兽充饥。那时候，世界上住着一个男人和一个女人。他们有两个女儿，姐姐叫伊玛盖洛，妹妹叫杰娜凯。

有一次，天快黑了，伊玛盖洛看见天上有颗巨大的金星——塔希那·坎。金星好看极了，他把柔和的、亲切的光芒洒满大地，姑娘情不自禁地说："金星真好看呀，如果这颗星是我的，那么白天黑夜，我一刻也不会和他分离，永远跟他一起玩耍游戏！"

父亲认为女儿想入非非。

"金星离咱们这么远，谁也不可能把他据为己有！"他说。

可他想了想，又说："不过，我的女儿，有谁知道金星是不是听到你的话了。也有可能，他会亲自来看望你呢！"

夜深了，所有人都已安然入睡。姑娘仿佛觉得有人躺在身旁。她吓坏了，大声问："你是谁？你来干吗？"

"我就是塔希那·坎，"一个声音说，"我听到了你说的话，按照你的愿望来了，我要娶你做老婆。"

伊玛盖洛把父母叫醒，点起了火。金星原来是一个老态龙钟的老头——鬓发皆白，皮皱干裂。伊玛盖洛在灯火下一看见他就惊叫起来："我不愿意嫁给你，你又老又丑！我需要一个年轻、强壮、漂亮的丈夫！"

这些话使塔希那·坎非常伤心，热泪从他的双眼里滚落下来。妹妹杰娜凯是一个软心肠、有同情心的姑娘，她很可怜这老头儿，不知道该怎样安慰他，她说："爸爸，我愿意嫁给他。让他做我的丈夫吧！"

不用说，这干瘪老头儿自然是喜出望外了。

他们结婚的时候，塔希那·坎说："我应该养活你，杰娜凯。我去森林里清理出一块地来，砍去树丛和林木，种上庄稼，这些庄稼都是卡拉查人过去没听说过的。"

说干就干，塔希那·坎来到一条水量充足的大河边，和流水嘀咕了一会儿。然后，他跳到水中，叉开两腿，把水中漂来的各色种子捞了出来。河水带给他两抱熟透了的玉米、巴西木薯的插枝，以及卡拉查印第安人如今地里种植的一应谷物。

塔希那·坎把这些东西全捞到岸上，对妻子说："现在我开始把树林中的树根挖掉，清理耕地。不过，你不要看着我干活，你留在家里做饭。我回来的时候，双手一定会累得又酸又痛的，你要喂我吃饭。"

说过以后，他就走了。过了好久好久，他还不回来，杰娜凯慌了。她想，丈夫干这么重的活，一定顶不住，累死了。等呀，等呀，等得不耐烦了。

因此，当杰娜凯见到丈夫，就别说有多惊讶、多高兴了！塔希那·坎已经实实在在地把耕地修整完毕了。而且，现在他成了一个美男子，年轻、魁梧，又精力充沛。他穿着一件色彩鲜艳的衣服，脸上涂着各种颜色——就像今天卡拉查年轻人打扮自己一样。等杰娜凯明白过来这就是她的丈夫的时候，她高兴极了，跑到塔希那·坎跟前，紧紧地拥抱了他。他们手拉手地回家去了。在家里，杰娜凯喜气洋洋地把丈夫介绍给全家。

这时候，她的姐姐伊玛盖洛却说话了。

“你是我的丈夫！”她对塔希那·坎说，“你来找的是我，不是杰娜凯！”

“不过，可怜那不幸的老头子的是杰娜凯，不是你！”塔希那·坎接着说，“你不愿做他的妻子，而你的妹妹却嫁给了他。我不稀罕你，我只要杰娜凯！”

伊玛盖洛被仇恨的嫉妒心噬咬着，大叫了一声，倒地不见了。就在她倒下的草丛里，飞出一只夜莺。直到今天你还可以听到她那忧郁的叫声，这叫声非常嘹亮，像是一只比她大得多的鸟儿发出的一样。

教会卡拉查族印第安人清理森林，种植森林、菠萝、巴西木薯和其他经济作物的，不是别人，正是金星塔希那·坎。

黑夜是怎么来的

宇宙初建，只有白天，没有黑夜，马瓦族的印第安人从来也不睡觉。

有一个人，名叫源冉，他曾经听说黑夜让苏鲁古古和她的亲戚（札拉拉卡[1]、巴马克、斯各皮昂、斯多诺希卡）霸占了。于是，他向自己的族人说："我去替你们把黑夜找回来！"

他带上弓箭上路了。

他来到苏鲁古古家，对她说："你愿意拿我的弓箭把黑夜换给我吗？"

"小伙子，我连手都没有，你的弓箭对我有什么用？"苏鲁古古说。

没法子，源冉只好去给苏鲁古古找点别的东西。他带来一个铃铛，对她说："喂，想要吗？我把铃铛给你，你也帮个忙，把黑夜还给人间吧！"

"小伙子，"苏鲁古古说，"我没有脚，你帮我把这个铃铛挂在尾巴上吧，让我在需要的时候可以举起它来！"

从此以后，蛇一生气，就摇晃着尾巴丁零、丁零地响个不停，向人发出警告。

不过，苏鲁古古还是不愿意把黑夜交给源冉。

1.苏鲁古古与札拉拉卡是毒蛇。

于是，源冉决定去弄些毒药。也许，苏鲁古古用得着它。果真，苏鲁古古一听到有毒药，马上换了一副面孔，说："一言为定，我把黑夜给你，我可太需要毒药了！"

她把黑夜放到篮子里，交给源冉。

马瓦人看见他从苏鲁古古那儿回来，还带着一个篮子，马上跑来迎接他，纷纷问道："你真的把黑夜给我们带来了吗？源冉！"

"拿着吧，"源冉回答说，"不过苏鲁古古交代过，在到达房子以前，千万不要打开篮子。"

可是，他的伙伴穷追不舍。他终于违背了约定，把篮子打开了。

黑夜从篮子里飞了出来，第一夜来到了人间。顿时，大地一片漆黑。

马瓦人看见黑暗恐惧极了，他们呼喊着，四下逃窜。

只剩下源冉孤单单一个人，置身在这茫茫黑暗之中。他大声呼喊："月亮，你在哪儿？是谁把她吞了？"

这时候，苏鲁古古的亲戚（札拉拉卡、斯各皮昂和斯各诺希卡早把毒药瓜分了）围住了源冉，苏鲁古古的妹妹札拉拉卡还把他的脚狠狠咬了一口。

源冉猜到这是札拉拉卡咬他，便大声说："札拉拉卡，我认得你！等着！我的伙伴会替我报仇的！"

这时候，蛇家族全都扑到了源冉身上，除了古吉波亚蛇，由于她脾气不好，众蛇没有分毒药给她，所以她不能咬人。直到如今，她也不敢碰马瓦族的人。

源冉被毒蛇札拉拉卡咬死了，可是他的伙伴们在他的尸体上擦上治病用的药汁，他又复活了。

源冉再次来到苏鲁古古家。

这次他问苏鲁古古要长夜，因为首夜太短暂了。

他给苏鲁古古带去大量的毒药作为交换条件。

于是，苏鲁古古搜罗了人间所有丑恶的东西，掺和上日尼班[1]液汁，使夜变得更加浓黑。

长夜就这样诞生了。

这就是为什么每到夜晚，我们就会感到腰酸背痛、喉头发紧的原因。

这就是我要向你们讲的源冉怎样给马瓦人找来黑夜的故事。

1.植物，印第安人用它的液汁制造黑色的颜料。

黑夜为什么这么长

古时候，夜是很短的，不像现在这么长。有一个人名叫阿瓦列乌波，对于夜这么短很不高兴——他想和老婆在吊床上多睡一会儿。

于是，他对老婆说："如果夜不这么短就好了，我真想和你多睡一会儿！"

她回答说："到我父亲那儿去，向他把夜的线要来。你就可以把黑夜拉长了。"

阿瓦列乌波去找丈人，丈人答应满足女婿的要求。他留在丈人的村子里过了一夜，第二天天刚亮就动身回家。他走的时候，丈人交给他两个线团，对他说："这一团是黑夜的线，那一团是白天的。没进家门以前，别打开。"

阿瓦列乌波往家走去，越走越好奇，快要到家的时候，他打开黑夜的线团。刹那间昏天黑地，伸手不见五指，找不到回家的路了。阿瓦列乌波大声喊叫他同村的人，让他们点个火把来，可是谁也没有听到他的呼喊。于是，他变成了一只夜鸟飞走了。他一边飞一边看，手中还抓着白天的线，直到如今，谁也不知道这团线究竟到了何方！

这就是为什么黑夜这么长的原因。

太阳和月亮是怎么来的

瓜拉卡约人的先祖阿巴安卡有两个儿子。一个力大无比，能把箭射到天上，陷在天顶上就拔不下来了；另一个也是神箭手，一箭射到天上，和他哥的箭并排插在一起。

于是，他们双双各自发出第二支箭，不偏不斜，正好射在第一支箭的箭羽上。哥俩不断地射，直到从天空到地面垂下长长的一道箭组成的链条。哥儿俩攀着这道箭的链条，爬到了天上。他们在天上住下了，变成了太阳和月亮。

星星是打哪儿来的

古时候，女人们去收玉米，可是所得寥寥，总共只有几穗。后来，她们带了一个小男孩去。这一次，她们发现了好多玉米，运了许多回来。她们就在林子里直接把玉米捣成粉，用来烤面包、做薄饼，为外出狩猎的男人们做饭。

这时候，小家伙从她们那里偷了一些玉米粒，藏到箭里（那时候的箭中间是空的）。为了这事，小家伙故意从家里带来一大把箭。

回到家里，他把玉米粒掏了出来，交给奶奶，说："各家的妈妈都在林子里给男人烤面包呢，你来给我烤吧，我想招待我的伙伴。"

奶奶照办了。面包做好以后，小家伙和他的伙伴一起吃了，吃过以后把奶奶赶出了家门，不让她向别人揭露他们偷东西的行为，也免得她妨碍他们自由行动。他们把那只美丽的家养鹦鹉放走了，还把一些刚刚在村子里驯养的飞禽放生，让它们飞走了。

这一来，他们很害怕父母对他们的所作所为不满，会大发雷霆，就决定逃到天上去。他们逃到林子里，把蜂鸟叫来，让它用喙叼着长绳子的一头，还对它说："叼住这一头，往上飞，把它拴在那棵藤树的顶端，另一头，我们拿它拴在你的爪子上，你去把它固定到天上去，拴在天上最结实的一棵树上！”

蜂鸟照他们吩咐一一办妥了，于是，孩子们一个接着一个，就像爬楼梯似的，先是踩在藤条上摇摇晃晃地爬到藤树上，然后爬上拴在藤树顶的绳子上。

这时候，女人们回到村子里，谁都没有找到自己的儿子，也不见老奶奶和鹦鹉。

这时候，有一个女人走到大街上，抬头望去，看到云端上垂着一根绳子，一群孩子正沿着绳子爬到天上去。

她把其他女人叫出来，众人纷纷往林子里跑。在林子里，她们开始细声细气地呼唤自己的儿子，求他们快下来。可那些小家伙根本不听，继续往天上爬。这时候，所有女人都号啕大哭起来，一边哭，一边央求他们快快回来与家人团聚。孩子们对妈妈们的央求仍然无动于衷，而且以更快的速度爬到了天上。母亲们看到她们的央求无济于事，就开始往藤树上爬，到了顶端以后，又往绳子上攀，想撵上自己的儿子。

偷玉米粒的孩子爬在最后，他最末一个抵达天上。当他俯身一看，母亲们已经一个接着一个爬到树上来了。于是，他把绳子割断，所有母亲都掉到人间，成了家畜和野畜。

为了惩罚这些可恶的孩子所犯下的滔天罪行，每天晚上一定要让他们俯视人间，看看他们妈妈的遭遇。他们的眼睛就成了闪光的星星。

月亮上的斑点

古时候，小伙子和姑娘都是分开住的，彼此存在戒心。当他们第一次不得不在一起过夜的时候，心里依然很害怕。姑娘们要等天完全黑了，才在屋子里的地上躺下。小伙子呢，留在屋外，围拢在篝火旁唱歌跳舞，到最后才大着胆子走进屋子里去。每一个小伙子找一个姑娘。在黑暗之中，谁也不知道对方是谁。

可是，有一个小伙子出于好奇，千方百计想知道他的女友是一个怎么样的人。他悄悄问她叫什么名字，问了一次又一次。可姑娘啥也不说。于是，他在手指上吐上唾沫，黏上土，抹在姑娘脸上。

离天亮还有很长一段时间，小伙子们就得起来，离开小屋，围在篝火旁边，对他们接触过的姑娘争先恐后地说长道短。可是，谁也不知道和自己过夜的姑娘是谁。只有一个小伙子，他相信他会认出和他相好的姑娘，因为他用指头黏了土在她的脸上做了记号。

天亮了，所有人都认出了他在脸上做过记号的姑娘。

从前，太阳尼安杰鲁和月亮札西也是一对兄妹，都在天上运行。可是，每当他妹妹那带着斑痕的脸从天空的另一端露出来的时候，尼安杰鲁总是匆匆忙忙地躲了起来，不让他妹妹看见。

为什么太阳总是慢吞吞地运行

卡拉查族有一个姑娘，名叫卡赫列洛，她嫁给一个富有的肖克伦人做老婆。有一次，他们差她到林子里捡枯树枝。天上的太阳跑得快极了，卡赫列洛还没来得及捡到多少柴火，黑夜就降临了。于是，她哭着对妈妈说："干吗要把我嫁给一个有钱人，让我这么拼命干活？我真受不了了！把太阳抓住，让他慢一点走吧！"

于是，妈妈差自己的儿子到天上去，小伙子把太阳教训了一顿。打那以后，太阳走得慢多了。

星姑娘

从前，有一个小伙子。一天夜里，他看见天上有一颗星星，这颗星星安静而又明亮，真叫人喜欢。

“多可惜呀，不能把你藏到我的篓子里！”小伙子叹息说，“那我就能爱怎么看就怎么看了！”

就这样，他抬头凝望着天空中那颗冷冰冰、亮晶晶的星，看了好久好久。后来，他轻轻叹了一口气，回到男子公房[1]里去，他的兄弟都住在那里。他躺下了，梦见了一颗漂亮的星星。可到了半夜，他突然醒了过来，因为感觉有人定睛看着他。他往四面一看，看见了一个姑娘，她有一双明亮的、光彩照人的眼睛。

“走开！”他对她说，他以为这是巫术在作怪。

“你为什么赶我走？”姑娘说，“你知道我就是那颗明亮的星星，你不是想把我藏在你的篓子里吗？”

小伙子惊得目瞪口呆。随后，他明白过来了，说：“不过，你在我的篓子里太挤了，能行吗？”

“没关系。”星姑娘说。

小伙儿打开篓子，让姑娘进去。星姑娘从篓子里用一双动人而明亮的眼睛凝望着他。

1.南美许多民族通常设有男子公房，供未婚小伙儿和独身男子居住。

打这以后，小伙儿魂都丢了，他整天整天地在林子里徘徊，无时无刻不在思念着星姑娘，发疯似的渴望得到她。

“星姑娘怎样了？”他时时在想。

有一次，他到林子里去，兄弟们想跟他开个玩笑。他们想把他通常放在篓子里的椰子偷出来，藏个地方。一个兄弟站在下面，托起篓子，另一个往上爬，把篓子从方木上解下来。可是当他一打开篓子的时候，不由大叫了一声，失手把篓子掉了下来。

“不得了，里面坐着一只双目炯炯的小兽！”他大叫着，俩人吓得拔腿就跑。小伙子回来以后，兄弟们一五一十向他讲了过程。他呵斥了他们一顿，仍旧把篓子挂在原来的地方。

夜里，星姑娘从她躲藏的地方走了出来，尽管小伙子还有点儿怕，但在晨光到来以前，还是陶醉在她的美貌之中，流连忘返。

有一次，星姑娘对他说：“跟我一块去打猎吧！”

小伙儿欣然同意。走呀，走呀，他们走到一棵棕榈树跟前。星姑娘说：“你爬到棕榈树上，扔些果子给我吧！”

小伙子照办了。当他爬到树梢的时候，姑娘忽然大喊一声：“抓紧！”一刹那间，她也跳到树上，用一根树枝拍打着树干。大树开始长呀，长呀，往上伸展，越长越高，一直伸展到天上。于是，星姑娘把大树拴在墙上，和小伙子一起跳到天上去了。

小伙子吓坏了。他前面是一片空旷地，远处隐约有一所小房子。星姑娘把他一个人留下，独自一个人到那所小房子去了。她很快就回来了，给小伙子带来吃的，让他哪儿都别去，自个儿又走了。小伙子站在一旁，对眼前的奇遇很纳闷。忽然间，远处传来猎人的号角声和喧哗声。紧接着，在什么地方好像举行欢乐的宴会似的，有人唱歌，有人跳舞。星姑娘回来了，再次交代他不要离开原地。

“别总想着去看跳舞。”她叮嘱说。

姑娘走了。可是，小伙子却受不了好奇心的引诱，走到小屋跟前，里面传来了歌声，他探头往里一看。哎呀，这一看可非同小可！屋子里全是骷髅！他们围成一圈跳死神舞。一片一片的肉从他们的骨架子上垂挂下来，他们的双眼发出呆板无神的目光。

他吓得拔脚飞逃。这时候，星姑娘又回来了，她责备他不该去偷看。她带来一些水，让他冲洗一下，好把他刚才看跳舞时身上所沾上的臭气冲洗干净。后来，她又让他站在原地等她。可是，还没等姑娘走出几步，小伙子就拼命地往他们爬上天来的棕榈树跑去。星姑娘一看就明白了他要干什么，于是赶忙往回奔，想把他拦住。可是已经晚了，小伙子已经攀到棕榈树上，用一根树枝拍打树身，棕榈树立即缩小，变得越来越短，越来越低，直到和往常一样。

星姑娘紧跟着也来了，她郁郁不乐地打量着他。

“你用不着躲开我了，”她说，“反正你已经回到人间了。”

一切都已经过去了。回到人间，小伙子老觉得头很痛。他刚刚来得及把自己的奇遇告诉自己的父亲和兄弟，一切关怀对于他都已经无济于事了，很快他就死了。

打这以后，印第安人才知道，尽管天上有无数星星向他们眨眼，向他们温柔地招手，但天上并不全是乐土。

巫师马哈纳柯罗

没有一个人像马哈纳柯罗那样擅长巫术，他是一个知名的巫师。他能像鸟一样，在地面上盘旋飞翔，在高高的森林上空疾驰。哎呀，对了，只要他需要，立刻就会长出对翅膀。最神的一招是他善变，能变成各种兽类的样子。他最乐意，也最经常变成一只鹿。

有一次，马哈纳柯罗变成了一只鹿。你想过没有，他为什么要这样做呢？很简单，他孤身一人过腻了，想用这种办法找一个女伴。你可知道，他是怎么变的？他把自己变成一具腐烂了的鹿的尸体——死鹿的气味登时就会引起兀鹰王族的注意——兀鹰就会成群结队地从四面八方向这美味佳肴扑来。所有的兀鹰把他团团围住。这时候，飞来一只小鸟，尖声尖气地说：

“快飞走吧！飞晚了就没命了！”

可是，兀鹰不理她那一套，都扑在那鹿身上。这时候，死鹿突然一跃而起，抖动了一下身体，兀鹰惊骇得四下飞逃。巫师之所以来这一手，是有目的的：他看到了，还没有一只兀鹰来做他的未婚妻哩！当所有兀鹰飞走以后，巫师重新装成死鹿的样子，躺在地上。这时候，有一只美丽而巨大的兀鹰在高空盘旋，她是兀鹰之王，或者更准确些说，是兀鹰王族的女王。这只华丽的大鸟徐徐降落到地面，伫立在死鹿的身旁。这时候，巫师一跃而起，抓住了她，让她做自己的妻子。

许多年过去了，他们相处得十分融洽。美中不足的是巫师老婆身上的虱子太多，可巫师有办法治这种病，他为她制造了一种特效的肥皂，用它涂抹数次以后，虱子就绝迹了。

有一次，马哈纳柯罗的老婆说："我和你在这儿已经生活了好几年了，可我的老妈妈还住在那边天上，直到如今还什么都不知道呢！我很想见她一面，让我到天上走一趟吧！"

巫师对她说："好吧，我也想和你一起去看望你的妈妈！"

于是，他们双双飞到天上。兀鹰王族的妈妈名叫阿卡达。她备受众鸟的尊敬，可是无论是谁，从来也没有见过她的尊容：她不分日夜地躺在吊床上，从未向任何人露过脸。

阿卡达见到自己的女儿有这样一个有身份的丈夫，十分高兴，于是很想考验一下女婿的本领。

阿卡达把马哈纳柯罗叫来，让他做一条板凳，这条板凳要和阿卡达的头一模一样。可是，马哈纳柯罗该怎样完成这个任务呢？要知道，阿卡达从来就躺在自己的吊床上，要看见她的面孔是不可能的。这时候，他使唤各种动物的本领派上用场了。他找红蚂蚁来助他一臂之力。蚂蚁爬到阿卡达躺着的吊床上，咬了她一口。阿卡达受不了了，翻身跳下吊床，而巫师正好躲在吊床下，看见了她的面孔。他看到了什么？原来，阿卡达不只有一个头，多着呢，至少不下一打。对此，马哈纳柯罗对谁都一声不吭，就开始动手制作板凳。这条板凳多么像阿卡达的头呀。兀鹰王族女王的母亲十分满意，大声称赞他：

“不错，我看，你实实在在是个有本领的巫师。”

可是，光这一次还不够，她还要考验考验马哈纳柯罗，对他说：“拿个鱼竿到湖边，给我抓些鱼来！”

巫师照办了，他来到湖边，抓了几条大鱼，匆匆往回走。不过半路上，他把几条大鱼变成小鱼。他把小鱼用几片树叶卷好，带回去给丈母娘。

“你胆敢给我带这么丁点的小玩意儿来！”阿卡达尖声大叫着，生气地把鱼丢了回来。

就在这一瞬间，小鱼都变成了水灵的大鱼。于是，阿卡达又欢呼起来：“不错，我看，你实实在在是个顶呱呱的有本领的巫师。”

不过，阿卡达还没有就此作罢，她对女婿说：“给你这个篮子，拿去打点水来——我渴了，想喝点水。”

巫师知道，篮子是无法打水的，可是争辩有什么用，他提着篮子走了。他绞尽了脑汁，仍然一筹莫展，篮子怎么能打水呢！这时正好有一只蚂蚁爬过，他问巫师：“你这是在干什么？”

马哈纳柯罗一五一十对蚂蚁讲了。

“别着急，”蚂蚁说，“我来帮你。”

于是，他用唾液把篮子的缝隙抹上，水就漏不出来了。马哈纳柯罗用篮子盛满了水，交给阿卡达，说：“喏，我给你打水来了。”

阿卡达惊讶极了，又第三次说：“不错，我看，你是个顶呱呱的有本领的巫师，是所有巫师中最顶呱呱的！”

阿卡达把她的女儿们喊来，让她们为这位巫师建造一座最漂亮的大花园。

“这样有本领的巫师，得永远和我们生活在一起。”她说。

不过，阿卡达的内心却对巫师发怵。她秘密吩咐兀鹰：“当他在花园里休息的时候，把他杀死。”

然而，她的一个儿子把阿卡达打算谋害他的事告诉了巫师：“她吩咐，等你在花园里休息的时候，把你杀死。”说罢，匆匆离去。

不过，巫师并没有听从这只好心的兀鹰的话。

“我并不打算在你们这儿久留，”他说，“不过，在回家以前，我还想施展施展我的本领，战胜这个阴险的阿卡达。”

次日清晨，花园完工了，四周有高高的围墙。阿卡达以为巫师说什么也离不开这个花园的，可是马哈纳柯罗这一次又战胜了她。这次帮他渡过难关的是他平日最爱吹的笛子。笛子上有许多小孔。巫师在花园的墙上找到了一条窄窄的缝隙，把笛子穿过去，这样笛子可以有三个孔露在墙外面。然后他把自己变成一只苍蝇，钻到笛子里，从小孔里飞出去就自由了。兀鹰要来杀马哈纳柯罗，可是他早已无影无踪了。只有他的笛子，在远方，在远离花园围墙的地方，奏出了悦耳的乐曲。巫师马哈纳柯罗战胜了兀鹰，返回了人间。

戈诺艾诺霍克是怎样创造人类的

戈诺艾诺霍克[1]从深坑里把人掏了出来，让他们住到地面上。这个活儿他干了好长时间了。末了，他掏出了瓜拉尼人，说："拉倒吧！地面上的人已经够多了！"

"不过，还有你的同乡马瓦人，你忘了吧？"卡拉卡拉[2]提醒他。

"噢，不错！"戈诺艾诺霍克说着，不假思索地从掏出瓜拉尼人的深坑里掏出了马瓦人来。

卡拉卡拉随同戈诺艾诺霍克巡视他的领地，又看了看各个部族以前住过的深坑。突然，卡拉卡拉发现里面没有查马科科人，他要把这件事告诉戈诺艾诺霍克。这时候，戈诺艾诺霍克正好跑到林子里解手去了。等他擦完屁股往回走的时候，听到林中有人喊他："哒一吱！"在查马科科语里那就是"朋友"的意思，喊他的就是查马科科人，也就是林中人。

戈诺艾诺霍克把他们叫住，说："在这儿等我一会儿吧，我回家转转，马上回来，我有事到你们那儿去！"

那时候，我们几个不同的民族（马尼人、特雷诺人、伊尼

1.卡杜维奥印第安人神话中的主要人物，人类的创造者。

2.戈诺艾诺霍克的旅伴兼助手。在民间故事中还常常扮演机智人物的角色。

马卡人等）全都聚到戈诺艾诺霍克那儿去了，大伙儿都在地里干活儿。

戈诺艾诺霍克为我们奔走张罗，查马科科人等呀，等呀，肚子饿了，就跑去找吃的去了。戈诺艾诺霍克回来就问我们："查马科科人去哪里了？我让他们在这儿等的呢！"

"他们打猎去了。"众人回答。

戈诺艾诺霍克听到了林子里猎人的呼喊声，然后说："好吧，就让他们留在林子里吧！这些贫穷的人！"

自此以后，查马科科人就在林中过日子了。他们八方游猎，四处为家，从一个地方到另一个地方过着游牧的生活。

大洪水、河流与兽类是怎样来的

好久好久以前，记不清什么时代了，地球上发生过一次大洪水，许多人都淹死了。茫茫大水淹没了地球上的一切，只有克林日兴别山的山顶没有被洪水淹没。有三个部落（卡因冈人、卡尤鲁克列人和卡梅人）的人打算到山顶逃生。他们往山顶凫水过去。每个凫水的人都用牙齿咬着一块燃烧着的木头，以便看得见他们的去处。可是，卡尤鲁克列人和卡梅人都由于体力不支而下沉了，他们的灵魂钻到高山的中心，在高山底下定居下来。卡因冈人和几个库鲁顿人勉强凫到了克林日兴别山巅。他们中的一部分人在山坡生活，挤不下的只好爬到树上栖身。几天过去了，卡因冈人一无食物，二无水喝，只好待着等死。忽然传来一阵悦耳的声音，同时看到无数卡拉姑鸟[1]飞来，每只鸟都带着一篮子泥土。他们把泥土倒在水里，水渐渐地退了。卡因冈人恳求卡拉姑鸟再加一把劲。于是，卡拉姑鸟唱得更起劲，干得更欢，他们还把鸭子找来帮忙。他们不停地衔泥填土，直到造成一片宽广的平原为止。这就是卡因冈人如今所居住的地方。那些在树上栖身的卡因冈人都变成了猴子。卡拉姑鸟最先填土的那一边山岭就是太阳升起的一方。这就是为什么我们的大河小溪全都往西流，注入

1.卡拉姑鸟是一种水鸟，在印第安人的信仰中，这种鸟的啼叫就是预示着大雨来临。

巴拉那河的原因。

大洪水退尽以后，卡因冈人在塞勒到马尔一带开垦土地。大洪水时寄住在山底的卡尤鲁克列人和卡梅人的灵魂此刻也从这里找到出口。他们历尽艰辛寻找了很久，终于从山底下钻了出来。卡尤鲁克列人从山的一方、卡梅人从山的另一方出来。先出来的沿着河床开辟了一条路，河床周围的土地平整而宽阔，所以卡尤鲁克列所有的人脚都不大。卡梅人就不同了，他们在乱石堆中跋涉，沿途连一条小河都没见到，甚至连饮用的水都得向卡尤鲁克列人去讨。他们的双脚伤痕累累，肿得很大，所以卡梅人都是大脚板。

就在卡梅人和卡尤鲁克列人找路钻出山底的时候，卡因冈人让库鲁顿人到河谷去，把他们在遭遇洪水时落在那里的篮子和篓子取回来。库鲁顿人听从了，可他们都是些懒到了家的人，到河谷以后，他们不愿再上山，就赖在山下了。所以，如果我们有机会见到他们，抓几个像逃奴一样的库鲁顿人问问，准是当时赖着没有回去的家伙。

卡尤鲁克列人刚从山底钻出来，第一夜就升起一堆篝火。当篝火烧尽的时候，卡尤鲁克列的巫师用木炭和灰造出了几只美洲豹，对他们说："去吧，到林子里，靠吃兽类和人类过日子吧！"美洲豹吼叫一声，蹿到树林中去了。卡尤鲁克列的巫师造美洲豹的时候，把木炭都用光了，所以只好用一些灰来造貘。他命令他们："去，吃野兽过日子去吧！"可是，巫师做貘耳朵的时候没有做好，貘没听清他的话，又向他问了一遍。

这时，巫师正在做别的兽呢，就气鼓鼓地对貘说："去，吃树叶和树枝去吧！"这次貘听清楚了，跑开执行命令去了。这就是貘只靠树叶、树枝和林中的野果为生的原因。

这时候，卡尤鲁克列的巫师又在做一只新兽，不过天已经蒙蒙亮了，大白天里，巫师的巫力就失灵了。所以，他做的这只兽没牙齿，没舌头，没爪子，仓促之中，只来得及在他的嘴巴里塞进一根小棍子，说："你只好吃点蚂蚁了！"所以食蚁兽像是发育不全，看起来又怪骇人的。

次日夜里，卡尤鲁克列的巫师又做了各式兽类，做了善良的蜂群。这时候，卡梅人的巫师也做了各式走兽，不过都是些美洲狮、毒蛇和毒蜂之类，专门和卡尤鲁克列巫师做的走兽作对的。

当卡尤鲁克列人和卡梅人的巫师在做走兽的时候，他们让本部落的人到卡因冈人居住的远方去。不过，一路上，他们领教了美洲豹的凶残可恶，不少人在美洲豹的爪下丧生。于是，他们决定歼灭美洲豹。有一次，卡尤鲁克列人和卡梅人要渡河，河水很深，他们在上面架了一根圆木。待所有人过河以后，卡尤鲁克列人让卡梅部落的一个人留下来等候美洲豹到来。

"等美洲豹一踏到圆木上，"卡尤鲁克列人对留下的人说，"你就从岸的这边把圆木推倒，让他们统统滚到水里淹死。"

卡梅人照办了。他等着美洲豹踏上小桥，就把圆木推倒。许多美洲豹滚到了河底，不过还是有几只蹦到了岸边，用爪子紧紧抓住地面。这几只美洲豹龇牙咧嘴，可怕地吼叫着，卡梅人吓得手足无措，不知怎样对付他们才好，只好放他们走。自此以后，美洲豹不仅能在陆地逞凶，而且还能适应水中的生活哩！

后来，印第安人来到了卡因冈人居住的大平原上。在那里，他们实行族内婚，彼此和睦共处。起先，他们允许卡尤鲁克列人的男子和卡梅人的女子成婚。即使这样，还有许多印第安人找不到老婆。于是，他们又允许男子娶卡因冈人的女子为妻。所以，他们三个部落彼此有血缘关系，而且相处得很好。

巴柯罗罗与伊杜波里

咱们祖辈说，从前，美洲豹阿杜戈生了两个儿子——巴柯罗罗和伊杜波里。大家都说，这是千真万确的。

从前，有一个印第安人到森林里找一种叫乌鲁古的树种来做红颜料。可是被阿杜戈碰见了，美洲豹向印第安人扑过去，两个撕打起来，从太阳升起一直打到太阳走了一半的路了，才肯歇手。

印第安人感到体力不支，只得求饶，说："阿杜戈，阿杜戈，放开我吧，我没力气了！"

阿杜戈说："可以，不过你得答应把你的女儿给我做老婆，我就饶了你！"

印第安人只好答应把女儿给她做老婆。阿杜戈又说："告诉你闺女，我就住在这一带，只不过挺远，在最末了一个洞穴里。到我这儿来的路上，先得经过黑貂伊波乔辽的洞，黑貂黑身子，灰脸面，胸前有一个白斑；紧挨着的是潘帕斯猫艾梅辽，他身披横条黑皮袍；下面是奥克瓦，一只细尾狐狸；接着遇到的是胡狼里艾，他的四只爪子是黑的；然后是豹猎阿伊波布辽，他的皮袍带黑斑；然后是披着火红皮袍的美洲狮阿伊戈，在他之后才是我的住宅。"

印第安人答应把女儿送给他做老婆，歇了一会儿，就动身回村去了。回去以后，他赶紧声明："美洲豹阿杜戈把我打败了。"

接着，他把女儿叫来。

"闺女，闺女，阿杜戈把我打败了，又把我放了，不过要我答应他让你做他的老婆。他住的地方挺远，在那边最远一个洞穴里。路上，你先碰到伊波乔辽，他黑身子，灰脸面，前胸有一个白斑，他不是阿杜戈，你得往前走。接着，你见到的是艾梅辽，他身披横条黑皮袍，那不是阿杜戈，你得往前走。下面是细尾巴的奥克瓦。他不是阿杜戈，你再往前走。接着是四只黑爪的里艾，你还得往前走，因为他也不是阿杜戈。下面你见到的是阿伊波布辽，你看仔细了，他的皮袍白中带黑斑，也不是阿杜戈，再往前走吧！接着你见到的是阿伊戈，凭他那火红的皮袍你一眼就会认出来，这还不是他，还得走。在这以后，碰到的就是阿杜戈了，他穿的火红色的皮袍上布满了黑斑。现在你走吧，记住我跟你说的一切！"

说罢，姑娘上路了。她按父亲所指的方向走。走了好久好久，天快黑了，她遇到了一只兽，他问姑娘："你到哪儿？"

"我找阿杜戈。"

"到了，跟我来吧，我就是阿杜戈。你瞧瞧我的脚，我的手，我的皮袍子，全是黑斑。"

借着天色昏暗，他一边说，一边把姑娘领到自己的洞里，过了一夜。大清早伊波乔辽（后来才知道他是伊波乔辽）对姑娘说："别走远了，我去打猎，给你找吃的，很快就回来。"

他走了。姑娘趁他走出洞穴的时候，仔细打量他，心里嘀咕："你是伊波乔辽，黑身子，灰脸面，胸前还有一块白斑。我不跟你过，我这就走。"

于是，她上路了。入夜，她遇到了艾梅辽，他问："你找什么？"

"我找阿杜戈，要嫁给他。"

"好极了！来吧，我就是阿杜戈。瞧瞧我的獠牙，我的嘴巴，我的皮毛和所有的美洲豹一模一样。"

他这么说，是因为天太黑了，姑娘啥也看不见。他把她带到自己洞里，过了一夜。一清早，艾梅辽对她说："在这儿等着我，我去打猎，马上回来。"

当他走出洞穴的时候，姑娘细细打量他，心里明白了："你是穿横纹皮袍的艾梅辽！"

于是，她又重新上路去找阿杜戈。天色很晚了，啥也看不见的时候，她遇到了奥克瓦，奥克瓦问她："到哪儿去？"

"去找阿杜戈。"

"阿杜戈就是我。你没看见，我就是阿杜戈吗？"他把她领回洞里，过了一夜。第二天清早，奥克瓦对她说："在这儿等着，我去打猎找吃的，一会儿就回来。"

姑娘趁他外出的时候，把他看清楚了："你是奥克瓦，你有一条细细的尾巴。我不跟你。"于是，她又动身去寻找阿杜戈。她走了整整一天，夜里碰到里艾。里艾问她："到哪儿去？"

"找阿杜戈。"

"怎么，阿杜戈就是我呀！你看看我的爪子，我的嘴巴，我的皮毛，和所有的美洲豹一模一样。”

姑娘在他的洞里过了一夜。第二天清早里艾对她说：“在这里等我，我去打猎找吃的，一会儿就回来！”

姑娘趁他走出洞穴的时候，把他看清了：“对了，你是里艾，四只爪子都是黑的，我不跟你。”说完，她又上路寻找阿杜戈。她走了一整天，暮色时分见到阿伊波布辽。他问她：“喂，到哪儿去？”

“去找阿杜戈。”

“阿杜戈就是我。你没看见，我的皮毛、獠牙、嘴巴，全和阿杜戈一模一样吗？”

姑娘留在他那儿过夜了，清晨阿伊波布辽对她说：“等在这儿，我去打猎找吃的，一会儿就回来。”

趁他往外走的时候，姑娘看清了：“知道了，你是阿伊波布辽，你穿的是带黑斑的皮袍。”于是，她立即上路去找阿杜戈。一天过去了，黑夜来临，她遇到了阿伊戈。阿伊戈问她：“到哪儿去？”

“找阿杜戈。”

“阿杜戈就是我。好好看看我的爪子，我的嘴巴，我的皮毛，和阿杜戈一模一样。”

阿伊戈把她领到洞中过夜。清早，阿伊戈对她说：“在这儿等着，我去打猎找吃的，立刻回来。”

当他动身的时候，姑娘才把他看清了：“得了，你不是阿杜戈。瞧你那身火红色的皮袍。我可不留在你这儿。”于是，姑娘又重新上路去找阿杜戈。走了一整天，夜幕降临，遇到了阿杜戈。阿杜戈问：“你到哪儿去？”

“找阿杜戈，嫁给他。”

“我就是，跟我来吧！”

阿杜戈把她带回洞里过夜。第二天清早，阿杜戈对她说：“别走远，我去打猎，给你，也给我自己找吃的。很快就回来。”

当他走出洞口的时候，姑娘把他看清了：“你才是真的阿杜戈，爹说过，你穿的皮袍红色里带黑斑。我找的就是你。”

于是，他们成亲了。过了好些日子，她快要生孩子了。有一天，阿杜戈对她说：“我去打猎。你留在家里和我的奶奶毛毛虫马鲁戈杜在一起。可当心别笑，一笑就要出娄子！”

阿杜戈一走，老太婆就开始讲笑话，有趣极了。开头，这女人还使劲忍着不笑，到后来，有一个地方实在太逗了，她终于忍不住，失声笑了出来。登时，她感到疼痛难耐，很快就倒地死去了。

阿杜戈回来一看，老婆死了，肚子里的双胞胎却活下来，阿杜戈为他们取名巴柯罗罗和伊杜波里。他把他们带到一个山洞里，把他们盖好，走了。

几天以后，他去探望儿子，看见他们长得不错。巴柯罗罗的皮毛呈条状，红黑相间，横贯全身，双腿小腿以下是黑的，双手肘部以下也是黑的，前胸和背脊都有一块三角形黑毛，嘴唇和下巴也是黑色，额下有一圈黑色条纹，沿双颊直到鼻孔。伊杜波里的皮毛和兄弟一样，只是条纹比较窄，也比较密。阿杜戈重新把孩子盖好，放在山洞中，又走了。

过了些日子，阿杜戈又去看望他们，看到他们已经长大，就把他们领出山洞，给他们东西吃。

他们点起一堆篝火，把毛毛虫马鲁戈杜扔进去。火堆里突然发出震耳的噼啪声，父子三个赶紧到山洞里躲起来。这是毛毛虫的骨头在火中燃烧发出的声音。这时候，巴柯罗罗很想看个究竟，说："爹，我想看看那边出了什么事！"

"孩子，好孩子，别往那儿瞧！"

不过，这小子太好奇了，一刻也按捺不住，从山洞探出头去，举目往火堆一瞧。就在这时候，传来一声震耳的噼啪声，一片碎骨头打在巴柯罗罗脸上，力气之大，使他的双眼登时瞎了。父亲大声喊他："到水里去，到水里去，赶快跳到水里去！"

巴柯罗罗跳入水中，从水里钻出来的时候，脸是红通通的，双眼是碧蓝碧蓝的。

这时候，伊杜波里看见兄弟有这么一双漂亮的眼睛，心中很羡慕。他说："爹，爹，我也要看看！"

"儿子，好儿子，别往那儿瞧！"

可是他不听，从山洞里探出头，毛毛虫的骨头直通通地打在他脸上，一刹那间他也瞎了。父亲又喊他："到水里去，到水里去，快跳到水里去！"

伊杜波里投入水中，从水中出来以后，也像他兄弟一样，换了一副漂亮的脸蛋和一双碧蓝的眼睛。

火堆熄灭之后，阿杜戈领着两个孩子从山洞里走了出来，过着幸福快乐的日子。

这时候，哥儿俩看到有一些飞禽走兽靠食人为生，决心强迫他们改吃别的食物。阿杜戈对他们说："白兀鹫阿洛艾乔巴就是吃人的飞禽。如果你们能降服这只猛禽，你们就会成为全世界的主人，人类也会服从你们的管辖。"

这时候，哥哥对伊杜波里说："兄弟，好兄弟，你到爹那里，让他给咱们编两根头发绳子，一根给你，一根给我。"

伊杜波里去找父亲，阿杜戈给他们编了两根头发绳子。这时候，巴柯罗罗又对伊杜波里说："兄弟，你去对爹说，让他给咱们做一根棒槌[1]，做一根芦苇棍子。"

"爹，给我们做根棒槌和芦苇棍子吧！"

阿杜戈替他们做好了。

这时候，巴柯罗罗用发绳把伊杜波里的头系上，然后试着用芦苇棍子去戳他，对他说："你觉得痛了就叫一声！"

伊杜波里很快就觉得疼痛难耐，大叫起来。于是，哥儿俩要求父亲给他们再做一根，要比这一根更尖更长，以便戳进去的时候不觉得痛。阿杜戈又为他们做了一根。

"瞧这一根多么尖，你们一定不会觉得痛的。让我在你们的下唇穿个洞，这样你们彼此都不会认错了！"

于是，他在他们的下唇各穿了一个洞，自此以后，博罗罗的男人在降生以后几小时就有穿下唇的习俗。

真巧，父子三个在一次打猎中遇到了白兀鹰阿洛艾乔巴。

1.古时候的武器。

巴柯罗罗说："爹，我们要杀死阿洛艾乔巴！"

阿杜戈回答说："别，他要宰了你们的。他把人的头叼了来，放在他栖身的树上，然后一一吞食干净。"

哥儿俩不听从父亲的劝告。巴柯罗罗把发绳缠满了伊杜波里的头，他们一起来到这只食人猛禽栖身的大树跟前。大树周围的土地上满是白花花的人骨头。

巴柯罗罗对兄弟说："我躲在这儿，你爬到树上去。等阿洛艾乔巴叼你的头的时候，你用双手抱紧树身，喊我。"

伊杜波里照办了。当他一碰到这棵大树，阿洛艾乔巴就向他猛扑下来，用利爪抓住发绳，想把他抓到空中，可伊杜波里双手紧抱住大树，高声呼喊起来。巴柯罗罗立即奔过来，猛击大鸟的头，把他揪到地下。阿洛艾乔巴快死了，巴柯罗罗说："听着，阿洛艾乔巴，不许你再吃人了！你只能吃狐猴、长鼻猴、小食蚁兽、长尾猿、水豚、森林火鸡、灰鹦鹉和其他鸟类！这就是你的食物！"

自此以后，阿洛艾乔巴再也不吃人了。

接着，哥儿俩又和长腿巨鹳巴乔·柯库尤展开了一番搏斗。那时候鹳也是吃人的家伙，所以他们也打算杀死他，不过，事情很不顺利，因为鹳的腿很长，行走神速，制伏不了他。他们曾经在他行走的路上挖了许多又宽又深的坑，可是，正当哥儿俩用杂乱的藤条盖上这些深坑的时候，长腿鹳一抬腿就迈过去了，畅通无阻。为了拦住鹳鸟，哥儿俩决定用带刺的藤条做一个拒木（鹿砦）[1]，不放在壕沟里，就直接摆在地上。这一次，巴乔·柯库尤陷到了刺堆当中，兄弟俩扑向他，用棒槌把他打死了。哥儿俩对鹳鸟灵魂说："不许再吃人了！从现在起，你只能吃竹子、甘薯和各种藤类植物，这就是你的食物。"

那时候，连鹦鹉也吃人。巴柯罗罗对兄弟说："兄弟，好兄弟，对爹说，让他给咱做些打鸟的箭。"

阿杜戈按伊杜波里的要求给他们做了一些可以射杀鹦鹉的、粗箭头的箭。这时，刚好有一大群鹦鹉掠空而过，哥儿俩用这些箭射杀了许多。哥儿俩对他们说："再也不许你们吃人了！你们是鹦鹉，只能吃椰子、甘薯、植物的花果。这就是你们的食物！"

自此以后，鹦鹉不再吃人，只以椰子、甘薯、坚果和其他果实充饥。

接着，哥儿俩又和帕夫鱼大干了一场。这家伙把水族的生灵一股脑儿吞进肚里。杀死他可真费了些工夫：他们全身围上草席子，然后跳入水中。大鱼飞快地游过来，用牙齿咬住草席，不过，要想拖走却不容易。当大鱼被草席缠住时，哥儿俩从水里出来，把大鱼拖上来打死。

最后哥儿俩吩咐他们："不许再吃人了！以后只能吃鱼为生！"以后，哥儿俩又和吃人的蛇搏斗，和他们较量一番以后，把他们杀死，又命令他们以后永远不许吃人，只能以植物充饥等等，一如他们对白兀鹰等凶禽猛兽所做的那样。

1.用砍倒的树木（树梢朝向敌方）制成的一种障碍物。

世界的主宰

有一次，欧阿拉老头儿到瀑布附近去打鱼。他没给家里留下话，说他到哪儿去了。天渐渐黑了，夜色蒙蒙，老头儿还没回家，他的女儿很为他担心。

“我爹会到哪儿去了呢？”她左思右想，“得，甭打听了！干脆，我自个儿去找！”

姑娘毫不迟疑地上路了。不过，她自己也忘了跟亲人打招呼，没告诉他们她去干吗，到哪儿去了。

她向河岸走去，这时候，月亮从云端走了出来，把他那美丽的光华洒遍大地。在他那冷冰冰的光束中，一切都变得明亮非凡，就如同白昼降临一般。姑娘在地上，仰视着月亮。突然，她看见一个阴影从月亮中走出来，飞快地往下跑，来到地上。就在这一瞬间，梦神把姑娘的双眼紧紧地闭上了。

晨晓时分，月亮把他那粉红色的余光抛洒，然后，隐身到天的另一边去了。这时候，姑娘醒了。她心情不好，郁郁不乐，眼窝里满是泪水。

那天夜里，欧阿拉回到了家。他对女儿不放心，就去找她，可是哪儿都没有她的踪影，他很担心。这时候，老头儿想起自己会巫术。于是，他静坐施法，如入梦境，想探寻女儿的踪迹。可是，映入眼帘的只是些模糊不清的阴影，时聚时分，不多一会儿又重新凑在一起。这时候，老头儿抓了一小撮麻药吸进鼻子，在嘴里塞了些烟叶，再次施法。他面前出现了一个人影，正从地面向高空升腾而去。老头儿伸出双手，想把这个男人抓住，可是眼睛却被什么东西挡住，身体就像一把割下的草，倒下了。

当他苏醒过来，四周又是混沌一片。

"我的闺女在哪儿？"他喃喃地说，"为什么见不到女儿，只见幢幢阴影，彼此相对而望？不管怎样，我也要把女儿找到！如果她不在人间，我也要到天上去找！"

欧阿拉下定决心，要靠自己的本领，不分日夜地去寻找女儿。

梦神使姑娘恢复了精神，她沿着河岸往前走。天全黑了，她登上一座高山。从高山上，还可以看到正在落下去的月亮。月亮的光芒在姑娘眼前闪出火星，她觉得很累，很快又昏然入睡了。夜里，她做了一个梦，仿佛她生了一个男孩，日后成为宇宙万物的主宰，她记得这孩子遍体都是透明的。

清晨，流水的冲击声把姑娘唤醒。她睁开眼睛，往四面一看，不由吓了一跳，波浪正从四面八方向她涌来。河的下游可以看得见有一个小岛，姑娘往那里游去，小岛很近。这时候正好有一条巨鱼从河底浮到水面，一张嘴就把她吸到肚子里去了。不多久，大鱼把肚子里的东西吐了出来，又游到水里去了。在陆地上，她发现自己肚子上有一道很深的伤口。她用手压着伤口，觉得肚子空空的。

水还在不停地往上涨，小岛差不多整个被淹没了。姑娘想爬到树上，但感到体力不支。这时，正好有一只红脚隼[1]落在附近的一棵树上，姑娘哀求他："红脚隼，帮我爬到树上去吧，否则我就没命了！"

"我给你一点神药，"红脚隼说，"拿它抹在你身上，剩下的吃了！"

姑娘照他所说的做了。没等她把剩余的药吞入肚，她就变成了一只吼猴[2]，毫不费力地跳到了树上。

这时候，老头儿从占卜中预知，他的外孙将要降生人间，于是，他开始忌戒，一直到他的影子不得不和他分手的时候为止。影子和主人分手以后，到远方流浪去了。老头儿从整个征兆中判断，必须到森林中寻找自己的外孙。他决定动身。太阳升起，他带上弓和箭袋，走入密林。他碰到许多走兽，每一只都像是自己的外孙。后来，在河道分叉不远的地方，他看见一只鸟首怪物。这怪物直愣愣地凝望着太阳，喉头中发出一种心满意足的鹫鸣声。老头儿走到他的身旁，用弓箭捅了捅他，说："我的外孙，我饿了。给你弓箭，去打猎吧，你自个儿也得吃东西了。"

欧阿拉不再多说一句话，按原路回家去了。突然他停下来，心中嘀咕："谁知道他是不是我的外孙，不过，试一试也好……"

这时候，他变成一只巨型蜥蜴又折回去了。

1.一种猛禽，以昆虫为食。

2.属卷尾猴科，产于南美、中美，栖于林中树上。

鸟首怪物一看到蜥蜴，就变成一个武士的模样，武士拉满弓，对准蜥蜴的脑袋发出一箭。可是箭折回原处，就在这一刹那间，蜥蜴隐身不见了。欧阿拉找到一个安全的地方，恢复了原形，轻松地出了一口气。

“他实实在在是我的外孙呀，他差点没把我打死。”他说。

这时候，外孙听从外公的吩咐去打猎。傍晚，他拿了一大串野物回家。

“外公，这就是我打猎得到的东西，”他说，“你的箭真棒，只有一只蜥蜴从我手中逃脱，箭从他的脑袋上折了回来！”

老头儿啥也没说，拿起猎物，起身做晚饭。他把肉烧好，把外孙叫来：“来吧，我的外孙，吃吧。我累了，想早点睡觉！”

晚饭的时候，小伙子注意到外公头上有一道深深的伤痕，就问：“这伤痕哪来的？”

“太阳晃眼，一只蚱蜢东奔西跑，不小心撞到我身上了。”

饭后，小伙子在旁边练习射箭。老头儿呢，跟往常一样，在屋里摆弄巫术寻找女儿。不过，这一次他面前的印象是清晰的。欧阿拉看到了自己的女儿变成了猴子的模样。后来才知道，大水把她赶到一个小岛上，而且饿得快要死了。清早，他把外孙叫醒，对他说：“快走，人类要遭殃了，正等着咱们去搭救呢！”

他们登上小船，沿河顺流而下。当他们抵达小岛的时候，大树的一半已经泡在水里了。远远就可以看见，一只瘦猴正坐在树梢上，她的肋骨可以毫不费力地数个清楚。他们向她爬过去，可是猴子吓坏了，急忙跳到另一棵树上去了。

“猴子不让咱们走近她。我给她扔块石头，你把她抓住，注意，要抓住她的双手，免得她把小船砸碎了。”

就这么办了。小伙子站在猴子坐着的那枝丫下面，老头儿扔过去一块石头，猴子掉了下来。在掉下来的时候，猴子的身体像一个大帐篷一样张开，把小伙子罩在里面。欧阿拉回过头来，看见女儿已经恢复人形，腹部隆起，正怀着她现在的这个儿子。

老头儿驾船逆流而上，船走得飞快，靠岸的时候，老头儿说：“现在你终于到家了，我的女儿。很快你就会有吃有喝的了！”

姑娘吃饱喝足以后，睡得死死的。第二天天亮，太阳升起以前不多久才醒过来。她揉揉眼睛对父亲说：“爹，我做了一个奇怪的梦……我梦见我好像来到了一个高山的顶峰，我怀着的这个孩子就在那里生出来了。他有一头黑色的鬈发，全身透明。他一生下来就会讲话。飞禽走兽全都来了，兴高采烈地欢迎他。傍晚，小家伙饿了，我又没有奶，他哇哇大哭。我记得，当时有一群蜂鸟和蝴蝶在我们头上飞翔，翅膀上带着蜂蜜。小家伙吃了蜂蜜，不哭了，还高兴地笑起来。这时候，林中的走兽全都欢天喜地地过来舔他的脸。这时候，我觉得累极了，把小家伙紧紧搂在怀里就什么都不知道了。清早，我醒过来，小家伙躺在离我有一箭远的地方。我向他伸出双手，可是群兽怒吼着。我吓坏了，大声喊我的儿子。这时候，有一群蝴蝶把小家伙举起来，向我飞过来。我双手接过孩子，蝴蝶就停在我的双肩上。各种走兽用爪子趴在我的胸前，要亲我的儿子。一种妒忌的心情突然涌上心头，我把小家伙高高地举起来。可是，这么多走兽紧拉着我，我站立不稳，摔了下来。小家伙落在蝴蝶群中了。就在这一刻我醒了过来。我的梦就像真的一般，因此，我四下寻找我的儿子。可是，他正在我的肚子里活动着呢！于是，我记起来了，这只不过是一场梦！”

老头儿听着，一声不吭。姑娘讲完，他嘀咕着：“闺女，这梦实在太美了！可梦里的高山究竟在什么地方呢？”

“不知道，爹，”她回答说，“我只记得，高山的旁边有一条河。”

于是，老头儿又求助于巫术。他知道，他女儿肚子里所怀着的这个外孙将要成为世界的主宰。今天夜里，他就要降生人间。

黑夜笼罩了大地，梦神把老欧阿拉的眼皮紧紧闭上。半夜里，林中的走兽全醒了，在树林里来回走动，唱着欢乐的歌。天上传来沙沙的声音，就像风儿吹过一样。这不是风声，是百鸟汇集，他们在寻找这新生的婴儿。

拂晓时分，老头儿醒了，他为这喧哗声吓得不知所措。他战战兢兢地问群兽，出了什么事。

大伙儿异口同声地回答他：“天地万物的主宰，统治者波罗诺明纳列诞生了！”

“哪儿？他在哪儿？”老头问。

“在特鲁巴乔山！特鲁巴乔山！”

欧阿拉立刻赶到特鲁巴乔山。可是山脚下聚集的百兽如此之多，使他寸步难行。于是他只好又变成蜥蜴，继续往前走。

波罗诺明纳列坐在高山之巅。他手上拿着一个猎人用的烟斗。就在这一天，他把土地分成许多块，使大地各种生灵各就其位，各得其所。

不久，夜幕降临了。

据说，第二天，特鲁巴乔山一片宁静。在远方，在岩石峭壁之间，你会看见一只巨大的蜥蜴侧身立在那里。

从太阳升起的那一边，在那遥远的地方，传来一阵阵歌声，那是世界主宰波罗诺明纳列的母亲在歌唱，一群蝴蝶正把她带到天上去呢！

吉利与卡鲁

古时候有一个恶魔，名叫沙拉鲁马，也叫阿伊马•逊耶。沙拉鲁马在尤拉卡雷人的地里点燃了一场毁灭性的大火。一切树木、牲畜都不能幸免于难。只有孤零零的一个人逃脱了这场大火。他在地底很深很深的地方给自己挖了一个栖身的小窝棚，躲在那里。在大火期间，他储备了足够的食物，捡回了一条小命。

他在地底下的小窝棚里坐了好久好久，想知道地面上的大火是否还在燃烧，于是他往上捅了一根竹竿。他把竹竿拉回来的时候，两次发现竹竿的尖端被烧了，第三次发现竹竿是完好的。这样，他又等了四天，才爬到地面上去。他在燃烧过的土地上四处徘徊，不知道该在哪里找吃的，在何处藏身。这时候，身穿红袍子的恶魔沙拉鲁马出现在他面前，对他说："是我把灾难带给你的家乡的，不过我可怜你。"

于是，沙拉鲁马给了他一把供人类维持生命用的各种作物的种子，并让他耕耘播种。在他挥手的地方，一刹那之间出现了一片稠密的森林。

这个人——谁也说不准，这故事发生在何年何月——很快就娶了一个老婆，生了几个儿子和一个女儿。姑娘长大了，她感到很孤单。有一次，她看到一株挺拔俊秀的乌列树。这棵树长在河边，开满紫红色鲜花。姑娘心想："唉，如果你是个男人该多好，我一定会爱上你的！”为了把自己打扮得更加漂亮，她浑身涂满红色颜料，而且终日心绪不宁、泪流满面、唉声叹气地翘首等待着，总希望有什么奇迹发生。她的期望没有落空。大树变成了一个小伙子，姑娘甭说有多高兴了。黑夜一来，她就不再是孤身一人了，美男子乌列树陪伴着她。不过，天一亮，乌列树就不见了。姑娘担心自己的幸福不会长久，就把事情的经过一五一十地对妈妈讲了。娘儿俩一起商量对策，要把这可爱的郎君留住。第二天夜里，乌列树又来找姑娘，姑娘按妈妈嘱咐，用藤条把他紧紧缠住，免得他扔下她溜掉。就这样，乌列树被缚了四天，到第五天，他才同意永远留下来，并和她结成夫妻。这时候，她们才给他松了绑。

他们的日子过得好美满。有一次，乌列和他老婆的几个兄弟去猎猴子。好几天过去了，小媳妇闷得慌，就动身去找他们，还带了契恰（带酒味的印第安饮料）给他们喝。半路上，遇到了她的几个兄弟。他们告诉她，她丈夫叫美洲豹给撕杀了。她伤心极了，很想见见他的遗骸。兄弟们领她到了一片血迹斑斑的草地上，那里有她丈夫被撕得支离破碎的身体。她不禁号啕大哭，并把狼藉的骨头收拢在一堆，对着死尸大声恸哭，哀悼自己巨大的不幸。最后，她的爱情得到了补偿。乌列在她炽热的眼泪的浇灌下复活了。他说：“我睡得真好！”于是，他俩回家去了。半路上，他们来到一条小河边，乌列渴了想喝水。他俯身在小河上，看到自己面颊上有一块肉给揪了出来。乌列觉得自己容貌被毁，不愿回家。不管他老婆怎样哀求，他还是和她分手了，嘱咐她沿着这条小路一直往前走。

“如果你听到一根枝条或一片叶子从树上掉到你的背脊上，”他对她说，“你千万不要回头，你只要说‘这是我丈夫在打猎’，就没事了。”

这可怜的小媳妇全身抖个不停，伤心地沿着小路一步一步往前走，心里牢牢记住乌列叮嘱她的话。忽然，树上飘下一片大叶子，她忘记了乌列的话，不由自主地回过头来，立刻，她就晕头转向，不知该往哪儿走了。她在林中四处彷徨，再也找不到那条她一直走来的小路。她面前倒真有一条小路，但不是回家的路，而是通向美洲豹的家的路。

美洲豹妈妈亲切接待了小媳妇，她的那些嗜血成性的儿子快要回家了，美洲豹妈妈怕他们对客人不恭，就把她藏了起来。不过，美洲豹很快就嗅了出来。他们打算立刻把她撕着吃了，可豹妈妈不允许。这时候，他们对客人说：“你到我们的头上找一找，找到什么，你就挑出来吃掉。”

他们的头上尽是些红色的毒蚂蚁。无论这可怜的女人多么害怕美洲豹，她也断断不能强迫自己把这些蚂蚁送进嘴里。美洲豹妈妈偷偷递给她一把南瓜子，她一边哔哔喇喇地吃着瓜子，一边把蚂蚁悄悄地扔到地上。三只美洲豹没有发现她的诡计，可是第四只有四只眼睛，两只在前，两只在后。因此，他发现了她的把戏。他一气之下扑过来，把她撕成碎片。他们把她肚子里的孩子揪了出来，交给自己的妈妈，让她吃掉。可是美洲豹妈妈很可怜这孩子，把他放到一个大罐子里，装着要煮熟来吃，然后悄悄地把小孩从罐里取出，藏了起来，偷偷地抚育他。她给小孩起名叫吉利。

吉利很快长大，成了一个大小伙子。他十分感激自己的养母，把打猎得到的一切全都交给她。有一次她向他抱怨，说啮鼠把她的南瓜偷吃了，让他射死它。吉利找机会对付啮鼠，不过他的箭射得并不准，只把他的尾巴射掉了。所以，自此以后啮鼠是没有尾巴的。啮鼠回过头来对吉利说："为什么不去射杀那些杀害你妈妈的家伙！我从来也没有招惹你，你干吗要杀死我？"

吉利要啮鼠把话说清楚。于是啮鼠告诉他，美洲豹撕碎了他的父亲，杀害了他的母亲。

"他们连你也要撕碎呢，"啮鼠说，"现在，他们一旦知道你还活着，就要把你当奴隶使唤哩！"

听了他的话，吉利十分震惊，暗下决心立刻为父母报仇。他窥测时机，等着有一天，美洲豹打猎回来，满载着猎物一个一个往回走的时候，他用箭射杀了他们，三只全都死了。可第四只呢，就是那长着四只眼睛的家伙，看到有箭飞来，跳到一棵大树的树梢上，大声呼叫："大树、棕榈树，保护保护我吧！太阳、星星，救救我吧！月亮，帮帮我吧！"

这时候，月亮从天上下来把美洲豹抓到自己身边，盖了起来。尤拉卡雷人说，自从那时候起，四只眼的美洲豹老是从夜空中窥视着人类，地上的美洲豹都在夜间打猎。

吉利被赋予一种超自然的神力，他看见美洲豹妈妈为失去儿子十分悲伤，而且现在也没有谁帮她干活了，因此，他在一刹那间就清理出大片土地，供豹妈妈使用。

吉利成了大自然的主宰者。不过一个人过日子总不是味，很孤独，把脚指甲踢掉了。有一次，他在森林中走，一只脚踢着一块树根，又用手撕下一块指甲。他把趾甲捡起来，扔进路边一个坑里，又继续往前走。没等他走出几步远，突然传来一个声音，回头一看，他的趾甲竟变成了一个人。他给他起名卡鲁，成了他的伴了。

吉利和卡鲁日子过得很顺当，他们一起外出打猎。有一次，一只鸟喊他们，要请他们吃饭。他们一边吃，一边往每种食物上撒盐。他们把撒了盐的食物给鸟吃，鸟觉得很对胃口。于是，两位朋友决定把带来的盐巴都送给她，不过，鸟不会保存。她把盐放在露天，大雨一到，所有盐都化了。所以打这时候起，尤拉卡雷人在森林里总找不到盐吃。

有一次，鸟喊他们去喝契恰。缸子里的契恰被喝掉一些，立即就自动装满，他们怎么喝也喝不干。吉利很想知道罐子里的契恰究竟什么时候能喝完，于是，用一根小树枝轻轻敲了罐子一下。谁知道，契恰竟像泉水一般溢了出来，淹没了森林，淹没了大地，把卡鲁也卷走了。等地面干了，吉利动身去找自己的伙伴。找呀，找呀，终于找到了他的骨头。他把骨头收拢起来，卡鲁又活了。

吉利和卡鲁只有两人，仍然很寂寞，他们希望周围有更多的人。于是，他们娶林中的母火鸡为妻。每一只母火鸡为他们各生了两个孩子——一女一男。小姑娘长大了，她的乳房长在眼睛下面。吉利把它们移到胸前，就是现在女人通常长着乳房的地方。

有一次，卡鲁的儿子死了，卡鲁把他埋了。吉利嘱咐他：“快到墓地去，看看你的儿子是否还在，我要让他活过来。不过你要当心，别把他吃了。”

卡鲁听罢，到墓地去了。不过，在哪儿都没找到自己的儿子。他只看见墓地上有一些花生，果实累累，十分喜人。卡鲁想尝尝花生的味道，于是他把花生统统吃光，颗粒不剩，然后把花生苗也拔掉了。就在这时，他听见吉利的声音：“卡鲁不听我的话，吃了自己的儿子。为了惩罚，卡鲁和人类从今以后都会死去。而且，人类一辈子都要奔波劳碌，终生受苦。”

有一次，吉利为采果子，摇了摇果树，树上飞下一只鸭子。吉利要卡鲁烤熟吃了。当卡鲁按他的吩咐做完以后，吉利又说：“你吃的是自己的儿子。”

卡鲁听了，觉得一阵恶心，把吃的东西全都吐了出来。鹦鹉、巨嘴鸟和其他各类飞禽都是从他的嘴里飞出来的。

有一次，吉利和卡鲁碰到一只母美洲豹。

吉利看见她满嘴鲜血淋淋，断定她刚吃过人。为此，他把母豹头上的毛统统拔掉，还想要她的命。母豹苦苦求饶，把事情的始末说了一通。“不错，我是吃了一个人，”她说，“不过，这个人早就死了。这个人被山洞里的一条蛇咬死了。只要有人在蛇洞一坐，或者从旁边走过，蛇就要把人咬死。”

母豹把吉利带到蛇洞口。这时候，吉利对母豹说："好吧，以后你可以吃别的动物咬死的人，你和你的同族今后只能以动物尸体为生。"

说完，她把母豹变成了白兀鹫[1]。直到如今，白兀鹫仍然是秃子。

后来，吉利把鹤叫来，叫他守着这条蛇，并把蛇打死。这时候，从洞里走出了许多人，有马尼新奥人、索洛帕人、凯瓦人、奇里瓜诺人，以及尤拉卡雷人熟悉的许多部族。地球上塞满了人，还有人不断从洞里往外走。得有一个首领管一管这么多部族了。吉利有些慌张，急忙把洞口堵住了。

人类各部族走出来的那个山洞，就在一座大峭壁的附近，这座峭壁名叫马摩勒[2]。谁也爬不上去，也没有谁敢走近它，尤拉卡雷人老盯着那个洞口，怕巨蛇还会出来哩！

这时候，吉利对洞里走出来的部族说："现在，你们分开住，各自过日子吧！我要让你们互相争斗，彼此为敌。"

话未说完，从太阳上掉下许多箭。各部族用箭把自己武装起来。最先武装起来的是奇里瓜诺人。各部族彼此纷争，打个没完，直到吉利把他们统统打败了为止。此后，各部族仍然互不往来，这是因为吉利播下的仇恨的种子一直没有消除。

吉利该做的都做了。他不愿意在树林中，想到平原上，走

1.专门吃兽尸的鸟。

2.马摩勒因同名河得名，位于南美洲（玻利维亚、巴西），下游有许多石滩和瀑布。

得越远越好。他不知道该往哪里走，就把鸟儿叫来，让他先看看，哪里的平地最宽广。鸟儿最先往东边飞去，但由于羽毛折断，很快就飞回来了。吉利知道东边的平地不宽阔。于是他又命鸟儿往北走，很快又折回来了。接着命他往西走。过了好久好久，鸟儿返回来了，披上一身新的红艳艳的羽毛。于是，吉利决定往西走。他走了，永远没有回来。

尤拉卡雷人相信吉利没有死，永远也不会死。他们说，他带走的几个男人，都成了像他一样的不死的人：年纪一大，他们都会返老还童，重现青春。

伊西

老人们说，古时候，有许多女人来到贝尔美约河[1]岸。和她们一起来的也有男人，不过这些男人全是些窝囊废，不能传宗接代。为了这事，女人们非常发愁，怕人类绝了种该怎么办！这时候，来了一个巫师，问她们："什么事这么发愁？"

"哪能不发愁呢？"女人们回答说，"男人们全是些不中用的东西。给他们喝了坎凯鲁卡泡的水了，还是不顶事！"

"你我都别愁，"巫师说，"放心吧，你们都会有孩子的！"

"怎么回事？怎么回事？"女人们高兴得全都喊叫了起来。

"很快你们就会知道的，"巫师说，"到河里洗个澡吧！"

女人们唱着歌，急急奔向河边，下河洗澡去了。当她们从水里出来，巫师对她们说："现在你们都怀孕了。刚才你们每个人都从一条大蛇那里怀了孕。"

几个月过去了，就在同一天，所有的女人都分娩了。最小的一个姑娘生了一个红彤彤的婴儿，是个小姑娘。小姑娘越长越漂亮。求婚的小伙子多极了，每个人都想娶她做老婆。有一次，姑娘在林中走过，看见一群猴子坐在瓦古树上，正津津有味地吃树上的果子。

"好吃吗？"她问。

1.阿根廷北部的一条河流，流经格兰查科平原，是巴拉圭河的右支流。

“要尝尝吗？”猴子问她。

“要！”姑娘回答说。

猴子给她抛了一些果子，她尝了尝。

“真好吃！”她一边说，一边一个接一个地吃着果子。吃得实在太多了，果汁顺着她的嘴流了出来。果汁像小河一般流过她的乳房，又从乳房悄悄流进“孩子的通道”里去了。

时光飞逝，大伙儿都注意到姑娘的肚子一天天大了起来。小伙子盘问她：

“你跟谁好上了？”大伙儿盘问她，是想把这情敌杀死。“既然你不愿意嫁给我们，”他们说，“又不说你怀的是谁的孩子，我们现在就要杀死你！”

姑娘回答说：“我自个儿也不知道究竟是怎么回事。我只是吃了许多瓦古树的果子，别的啥也没有。”

“真的吗？”小伙子们好生惊讶，“这该怎么办呢？”

后来，她生了一个儿子。一天夜里，她还睡着，婴儿不见了。她痛不欲生，眼睛都哭肿了，到处找呀，找呀，全无孩子的踪迹。傍晚时分，她来到瓦古树前，忽然听见婴儿啼哭。她四处寻找，还是一无所获。整整一夜，她泪涟涟地坐在树旁，并且做了一个梦。醒来的时候，发现两个乳房空空的，准是在她睡着的时候，婴儿把奶吮光了。自此以后，这可怜的妈妈每天都来到瓦古树下，听着小儿啼哭，昏然入睡，次晨两个乳房又是空空的。如是一天又一天地过去了，一年过去了。有一天，她像往常一样，夜里来到树下，但再也听不到婴儿啼哭，两只乳房也没有奶水了。现在，她听到的是小儿爽朗的笑声——孩子在嬉戏，在奔跑，可是她始终没有见过孩子一面。

许多年过去了，有一次，她坐在树下，有一个小伙子走过来，对她说："妈妈，是我呀，咱们回家吧！"

这时候，她认出这是自己的儿子，如今已经是男子汉了，从他的双手到头发之间，有一道亮光在游动。

所有人都跑来迎接他们。连上了岁数的老头儿都赶来瞧这孩子。巫师们也来了，他们走过来，在他身上吹了一口气，给他起名伊西，并且解释说，这是果实之子的意思。

"你做我们的首领吧！"大伙儿说，"这是我们所有人的心愿！"

"在没有征服纳纳斯石头以前，我不能做你们的首领，"他回答说，"这块石头现在就在月亮升起的那座高山的山顶上。"

相传，太阳曾给小伙子一个装着护身符的小口袋。

"我的孩子，带着它们吧！"太阳说，"这里面装的全是你所需要的。现在你就按照我走的路走，总之，要听我的话！"

相传，所有女人都想陪伊西登山，帮他寻找纳纳斯石头，男人们也想去。可是，巫师对女人们说："女人是找不到这块石头的。"为了这事，大伙儿吵得不亦乐乎。

这时候，伊西从太阳给的小口袋里取出一个放树脂的陶罐，把它放在火上。没等树脂融化，从烟雾中窜出一群会飞的耗子，接着飞出一群夜啼鸟、夜莺、鸱鸮、猫头鹰，还有燕子和小鸢。最后，从烟雾里飞出的是鹰王。伊西一把把鹰王抓住，对他说："把我带到月亮升起的那座高山的山顶上去吧。回来的时候，我就放你走！"

鹰王把伊西带到月亮升起的那座高山的山顶上。月亮对他说："把石头拿走吧！大伙儿拥护你，选你当首领，这石头就是标志。把大伙儿召来，让他们举行仪式吧！我要教你怎样管理人民，有谁不听你的，就打死他。现在你去吧！"

伊西返回地面，把鹰王放了。他把老人和巫师召来，把月亮说的话告诉他们，还交代他们不要对外人讲。

不过，女人都是些包打听，她们很想知道伊西对老人们说了些什么。怎么办呢？她们决定诱惑他们。天一黑，有几个最漂亮的姑娘来到老头儿们那里，躺到他们的吊床上，对他们甜言蜜语，一直缠到他们把秘密吐露出来为止。折腾了一夜，老头儿们都睡得死死的，可一觉醒来，身边连个人影也没有了。

"我这是做梦了！"有一个老头儿说。

"我也是，我也是！"其他老头儿也跟着说。

女人们把月亮说给伊西的那些秘密话全掌握了。于是，她们也想当首领。男人们当然不让。这时，伊西严厉地惩罚了那些多嘴的老头儿。

后来，伊西把全族人召来，让他们举行仪式。他把所有男人和所有女人都痛打了一顿。他跟一个曾经探听过秘密的女人打招呼，不许她吭声。

以后，他命所有人准备举行庆祝活动。他把四个老头儿叫来，三令五申，严禁女人打听男人的谈话。伊西说："任何探听我的秘密的女人一律处死，任何泄露我的秘密的男人一律处死。我和你们说的，只可以对青年讲，儿童也不得听。”

伊西说完这番话，忽然放声大哭。他哭，是因为他的妈妈就在这时候死了。她刚刚和其他女人一起听伊西讲话，此刻也和她们一样变成了石头。哭过以后，伊西开始跳舞，大伙儿祝贺他成为首领。

有一次，他在树林中走着，走着，不一会儿就升到天上去了。

神笛

蒙杜鲁库族的神笛，名叫卡洛柯，是女人的禁忌，摸不得。可在从前，神笛却为女人所专有。说实在的，找到这些笛子的就是几个女人。

从前，有三个女人：扬约波里、杜炎比鲁，还有巴拉瓦洛。这些女人去捡干树枝的时候，常常听到不知打哪儿传来的音乐声。有一次，她们渴了，去找水喝。在林子里，她们发现一个美丽而清澈的湖，湖水不深。开头，她们不知道这是什么地方。现在这个湖叫作卡洛柯宝吉，就是“找到卡洛柯时的地方”的意思。

有一次，女人们又听到林中传来的音乐声，她们明白了，这声音是从湖里传出来的。她们走到湖边，看到湖中有一条治朱鱼，就是没法把它逮住。

回到村里，有一个女人想出了一个主意。她们编了一个渔网，用能使鱼麻醉的坚果果实涂抹了网眼，她们来到了湖边。这一次，女人们逮住了一些大鱼，这些大鱼突然变成了一大堆笛子。

其他的鱼全都游走了。这就是为什么现在每个男人家里只有三种乐器的原因。女人们把笛子藏到树林里，不让男人们找到它们，而她们却每天偷偷地到树林子里吹笛子。

女人们整天往树林里跑，吹笛子，把丈夫和家务都扔到一边，撒手不管了。男人们起了疑心。于是，扬约波里的哥哥马里马列波开始跟踪这些女人，尽管并没有看到笛子，却发现了她们的秘密。他回到村里，把他的所见所闻向其他男人说了。女人们回来以后，他问她们是不是把笛子藏到森林里了。女人们承认有这么回事。这时候，男人们对她们说："你们可以吹笛子，不过只能在家里吹，不能到林子里吹。"

她们同意了。

笛子为女人所专有，因而女人就有支配男人的权力。男人们捡干树枝、打水，甚至还要做烤饼。在这以前，男人的手是平手[1]。不过，男人还要狩猎，这一点叫马里马列波十分恼火，因为笛子本应当提供肉食的，而女人们却只有甜木薯酒。因此，马里马列波提出要把笛子从女人手里夺过来，不过其余的男人却不敢惹她们。

有一天，女人们不得不把笛子带回村里来。她们打发男人们到林子里去打猎，而她们自己着手制作甜木薯酒。当男人们打猎回来的时候，村里的所有女人都去找乐器去了。女人的首领扬约波里派人对男人们说，要他们躲在窝棚里别出来。男人们不干，宁愿留在男子公房里。于是，扬约波里亲自来了，她要把男人赶到窝棚里。她的哥哥马里马列波对她说："我们只在窝棚里过一夜，绝不久留。我们需要笛子，我们明天一定要得到它。如果你们不把笛子交出来，我们就不去打猎，吹笛子

1.与平脚相对，平手是未经劳动锻炼的手。

的人就没有肉吃了。”

扬约波里不得不同意了。她明白，如果不同意，不仅吹笛子的人，就连应邀前来参加庆典的客人也没有肉吃了！

男人们到窝棚里，女人们吹着笛子，围着村子绕行一周。然后，她们走进男子公房，把笛子放下。接着，她们分别到每个男人的窝棚里，向他们求欢。男人不能拒绝，正像今天的妇女不能拒绝男人的欲念一样。

第二天，男人从女人手中夺来笛子，并强迫她们各自回家。女人们对于自己的失败悲痛欲绝。男人从女人手中抢到了笛子，高兴得唱起歌来。这歌声抒发了女人统治期间，男人所经受的全部羞愧与压抑的心情。

印第安人是怎样开始过蜜节的

有一个著名的猎人，名叫阿鲁维。有一次，他发现了一个地方，一大群鹦鹉飞来啄食种子。阿鲁维爬到树上，等待着猎物到来。他打死了许多鹦鹉。太阳下山了，他正想从树上爬下来，忽然发现有一群美洲豹向树旁走来。他躲在树上，看到美洲豹是来取蜜的，取完蜜后很快就走了，于是猎人把打死的鹦鹉带回村子。

第二天，他仍然到这棵树下打猎，满载而归。傍晚，美洲豹又来取蜜。阿鲁维仍旧躲起来，直到美洲豹走开才回家。

哥哥问阿鲁维在什么地方打到这些鹦鹉的，他想要几根红鹦鹉毛，把自己打扮得漂漂亮亮的去参加节日庆典活动。阿鲁维如实说了，还嘱咐他，在美洲豹没有离开以前，切莫从树上爬下来。

哥哥一整天打了不少鹦鹉。这时候，他看见一群美洲豹来到树下，他忘记了阿鲁维的嘱咐，瞄准一只一箭射去，没有射中，反而让美洲豹蹿到树上，把他撕杀了。

阿鲁维等了一天，又等了一夜，哥哥没有回来。他心想，哥哥一定叫美洲豹杀死了。他来到树上，发现有打斗的痕迹。他沿着美洲豹的足迹寻去，发现上面有哥哥的鲜血。在一个蚂蚁洞前，这足迹消失了。阿鲁维是个巫师，他燃起烟斗，召来各路精灵。这时阿鲁维变成一只蚂蚁，爬到蚂蚁洞里，他看到许许多多房子，这是美洲豹居住的一个村落。阿鲁维又重新变成人，在村子里串来串去，寻找自己的兄弟。

他看见一只母美洲豹，和她一起回到她父亲的家，娶了她做老婆。他这才发现，打死他哥哥的原来是她父亲。老美洲豹对阿鲁维说，杀死他哥哥，完全是因为他哥哥惹怒了美洲豹的缘故。

阿鲁维和美洲豹生活了好长一段时间。他发现，美洲豹常常出去几天，每天总有一只豹子带回一个盛满蜜的罐子。美洲豹通常把盛蜜的容器挂在屋架上。入夜，美洲豹聚在放蜜的屋子旁，唱起了特内特亚拉人不懂的优美动人的歌。每当美洲豹积聚了相当数量的蜜，他们就把自己打扮起来，举行一次盛大的蜜节。跳舞者从早到晚地唱歌，喝蜜水。阿鲁维学会了他们的舞蹈和歌曲。

可是，阿鲁维很快就思念起故乡特内特亚拉里的妻儿。他请求美洲豹允许他回家省亲。美洲豹同意了，可有一个条件，他必须把自己的豹妻带回去。

夫妻双双走出蚂蚁洞，往特内特亚拉人的村落走去。阿鲁维要求豹妻在村旁等他一会儿，让他先去会会他原来的妻子。

他原来的特内特亚拉人妻子非常高兴，拿出木薯做的汤来款待他，于是阿鲁维和她在一起待了很长时间。当他返回蚂蚁洞的时候，他的豹妻已经不知去向了，而且随手把蚂蚁洞的入口给堵死了。以后，阿鲁维还多次来到蚂蚁洞，但是，再也找不到美洲豹村落的痕迹。

阿鲁维教会特内特亚拉人怎样庆祝蜜节。直到如今，特内特亚拉人庆祝蜜节，就是阿鲁维教的。

玉米是怎么来的

从前，乌莫吉纳人不懂得玉米是什么东西。

有一次，有一个女人到林子里找吃的，找到了几个森蚺蛋，她以为是几个鸟蛋，就把它们放到篓子里，背在背上。蛋破了，顺着肩膀流到她的肚子里去了。不久，她生下了一条蛇。儿子是心头肉，所以她非常疼爱他！蛇会说话。为了瞒过其他几个儿子，她让蛇儿子平日待在她的肚子里。可是有一次，当蛇儿子爬到树上吃果子的时候，叫其他儿子发现了。他们问妈妈他是谁。起先，这女人矢口否认，甚至说没有见过蛇。最后，还是承认了，说这是她的儿子。哥儿几个气坏了，说下次如果再看见他，一定要把他打死。这时候，蛇正待在妈妈的肚子里，把哥哥的话听得一清二楚。

女人把蛇儿子藏在肚子里，这样过了好久好久。有一次，蛇又爬到树上吃果子了。女人的几个儿子又看见了，把他打死，砍成几段。妈妈奔到树林里，看到他们把心爱的儿子砍成这个样子，伤心地哭了起来。她把蛇尸收拢埋葬。后来，每一段蛇身上长出一棵玉米。她把玉米种子分给村里的女人，于是所有人才懂得种玉米。从那时起，乌莫吉纳人才知道玉米是怎么回事。

第四部分　安第斯高原

鸥与狐

相传很久很久以前，世界上住着一只鸥和一只狐。狐从鸥的窝里掏走了她的小雏，想让这些小雏做自己的孩子。鸥赶忙追踪寻找。狐把包着小雏的包袱放在岩石上，想去找点吃的东西。这时候，鸥把包袱里的小雏放出来，里面放上一把刺和一把针叶。狐回来看也没看，背起包袱就走。包袱里的刺把狐的肩膀扎得好生疼痛。狐很纳闷："什么玩意儿扎着我的肩膀？准是那些小家伙用爪子挠我，用喙啄我。"

来到了一个僻静的小沟里，狐放下包袱，一边解，一边说："好，我这就把你们吃掉！"忽然，他发现包袱里只有一把刺和一把针叶。狐说："是谁把我的小宝贝小雏鸥放走了？"

鸥坐在岩石顶上，把倒霉的狐大大奚落了一番。狐气坏了，大骂鸥："是哪个鬼东西敢开我的玩笑！"

狐跑过来要逮鸥，鸥说："亲爱的狐太太，你打算用甜言蜜语来骗我呀！"

狐扑过来抓鸥，鸥靠在一块大石头上，说："这块大石头要掉下来了，快，来帮我一把！"

狐靠在石头上，鸥飞走了。狐挡住那块石头，整整两天才敢拔脚走开，石头根本就没有倒下来！

狐到湖边来找鸥。她动了一下并不聪明的脑筋："我要把整个湖水喝光，把鸥吃掉！”

狐狸喝了满肚子的水，慢吞吞走回家去，嘴里不断地嘟哝：让芒刺戳我吧，让芒刺扎我吧！”狐真的用一根芒刺戳进自己肚子里去，大叫一声，死了。

太阳诞生

古时候，人们信奉多神教。他们生活在黑暗之中。没有太阳，只有月亮勉勉强强给大地一点光亮。人类就是在黑暗之中耕种土地的。人类还不会制作熟食，以生肉野果充饥。这些蒙昧的人就这样在黑暗混沌之中过日子。

有一个老头儿，是个预测灵验的预言家。他见多识广。有一次，他对信奉多神教的人说："将要有一个奇丑无比、身材高大的老者从东边出现。他要把所有的人杀死，把所有的房子烧光。他浑身喷火，要来和人类比比高低呢！"

大家说："从现在起，我们盖房都面向东方。这样就不会有人突然到我们这儿来了。"

人们用大石头盖起许多房子，全都面向东方。每一幢房子旁边还放了一堆石头，准备对付这个丑陋的老头儿。他们还准备了矛。他们日夜聚在一起，注视着东方。这时候，太阳出来了，他杀伤了人类，烧毁了他们的房子。石块、长矛都敌不过他。太阳杀人，人类拿他一点儿办法也没有。

相传直到如今，信多神教的人都用石头盖房子，而且总是面向太阳升起的东方。

造人的故事和印加人诞生的故事

传说，有一次发大水，连最高的山都被淹没了。人与兽全都葬身于大洪水之中。只有小船里的一个男人和一个女人得以幸存。水退的时候，风把小船吹到离库斯科[1]七十里路的雅纳柯。宇宙的创造者命他们在此处居留，成为该地的移民[2]。

宇宙创造者创造了蒂亚瓦纳库[3]的土著民族。他用黏土给每一个部族做一个人，在他们身上画上该穿着的衣服；该留长发的给他披上长发，该留短发的则把长发削短；他让每个部族都有自己的语言、自己的歌、自己的植物、自己的食物。

大功告成以后，他给每个人——男人和女人——以生命和灵魂，并且命他们往地底下走去。然后让每个民族各归各路，从他指定的地方走出来。

据说，有从洞穴中走出来的，也有从山丘、高山、水源中走出来的，还有从大树里走出来的。人们鱼贯走出，开始生育繁殖。于是，他们走出的地方就成了他们居住的地点。这里的每个部族都有自己崇祀的神瓦卡[4]，都是衣冠整齐的。

1.古代印加国的首都。

2.印加统治者为巩固自己的统治派遣一部分移民到占领区。

3.蒂亚瓦纳库位于的的喀喀湖南部，是印加国形成以前的文化中心。

4.指某些具有人形，常刻在石头上，或用石块凿成的神、祖先的神灵、超自然的生物。圣地、墓地、庙宇等也叫瓦卡。

有人说，最先在此地出生的，都变成石头了。也有人说，最先出生的，都变成苍鹰、兀鹰和其他飞禽走兽了。所以，每个部族所崇祀的神各不相同。

有人说，创世神住在蒂亚瓦纳库，所以在那儿有雄伟壮观的建筑、价值连城的珍贵文物，上面描绘着印第安人的装饰。还有无数男女石像，他们是因为不服从创世主的旨意而被变成石头的。

有人说，古时候大地一片漆黑。创世神在这里造了一个太阳、一个月亮和许多星星，命它们在的的喀喀岛上运行。的的喀喀岛离上天的路不远。还有人说，会放光的天体化成人的样子往上飞升的时候，曾经把印加人和他们的首领曼科·卡帕克叫来，对他说："你和你的后代应该当首领，征服其他民族。你们要称我为你们之父，你们是我的子孙，而且要像服从父亲那样服从我。"说罢，他给曼科·卡帕克授了奖章和武器。同时，他命太阳、月亮和星星登上天空，各就各位。他把一切都安排妥当了。

按照创世神的旨意，就在这时候，曼科·卡帕克和他的兄弟姐妹一起，从帕卡里·坦普山洞里走了出来（不过，也有人说，其他部族也是从这个山洞里走出来的）。太阳头一次从这里升起——创世神就把这个时刻作为白天和黑夜的分界。

这就是为什么印加人被称为太阳的子孙，他们敬重太阳就像敬重自己的父亲一样。

太阳神孔蒂拉雅·比拉科查

这已经是好久好久以前，谁也记不清是怎么回事了。太阳神孔蒂拉雅·比拉科查装扮成一个衣衫褴褛、邋里邋遢的穷苦人，大家全拿他寻开心，耻笑他。可咱们的老辈子人都说，他很有本事，是世间万物的创造者：把悬崖峭壁安放在陡峻的河岸两旁的是他，把空心的芦苇插在地上，然后开渠灌溉的是他。今天我们还可以看到许多丰功伟业，都是他的杰作。不过，有时候，神也会搞些恶作剧，开开心。而且，他常常在村里游逛，和诸神开玩笑取乐。

那时候，村子里有一个姑娘，名叫考伊拉卡。她美丽非凡，连天神也钟爱她。可是，她从来也没有向谁表示过自己的爱情。

有一次，考伊拉卡坐在鲁克玛树[1]和特卡拉树下。机智的孔蒂拉雅变成一只美丽的小鸟，站在这位骄傲的姑娘坐着的那棵树的树枝上。他取自己的一滴精液，把它变成一个鲜亮而熟透的果子，然后把果子扔到这位美女跟前。考伊拉卡捡起果子，津津有味地把它吃掉。尽管没有一个男人有机会亲近过她，但是，从这时起，她怀孕了。九个月以后，她生下一个男孩。她抚育这婴儿已经整整一个年头了，还不知道这孩子的生父是

1.一种果树。

谁，也不明白她是怎么怀上这孩子的。小家伙会爬了，有一次，她祈求众神前来，好让她弄明白，谁是孩子的父亲。众神全都乐意赴约——他们把头发梳平，把身体洗净，穿上最漂亮的衣裳。每一个神都希望以最漂亮的模样出现在美女考伊拉卡面前，每一个神都希望被她选中做她的丈夫和主人。众神聚集在乔利罗和华洛契里之间名叫安契柯切的一片荒野上。众神各就各位坐下，考伊拉卡对他们说："啊，受人尊敬的神祇，我请你们到这儿来，是想让你们了解我的苦衷。我的儿子已经满一周岁了，我还不知道他的父亲是谁，甚至无缘见他一面。我的身子是贞洁的，我从来没有和任何一个男人发生过关系。这一点你们心里全都明白。现在到了最后的时刻了，请坦率地告诉我，你们当中谁必须对我的不幸负责——我要知道，谁是我儿子的父亲。"

众神面面相觑，不置一词，但是谁也不愿断然拒绝考伊拉卡的请求。这时候，孔蒂拉雅打扮成一个穷苦人的样子，坐在众神之后最末了一个位置上。当美丽的考伊拉卡向众神申诉的时候，甚至看也没有看他一眼，因为她怎么也没有想到他会是她所要寻找的人。考伊拉卡一看众神缄默不语就急了，高声说："既然谁也不承认，那就叫小家伙自己去认自己的生父吧！"说罢，她给孩子解开襁褓，把他往地下一放，小家伙立刻向衣衫褴褛的孔蒂拉雅坐着的地方爬过去。小家伙兴高采烈地笑着，坐到孔蒂拉雅脚跟前。

考伊拉卡见状，感到羞愧万分，不禁悲从中来。她一把抓起孩子，举起他，声嘶力竭地说：“难道我这么一个有身份的女人，竟然要自己的孩子去认这样一个邋里邋遢的穷鬼做父亲吗？我的耻辱什么时候才算到头？”于是她转过身来，绝望地向海岸奔去。

这一刹那间，孔蒂拉雅换过一身富丽堂皇的金色衣装，全身万道金光，离开惊愕不已的众神的集会，去追赶考伊拉卡。

“考伊拉卡，我亲爱的，”他充满柔情地呼唤着她，“回过头来，看我一眼吧！你看我多么英俊、多么体面！”

可是，骄傲的考伊拉卡对他的呼唤不屑一顾，并且恶狠狠地对他说：“我知道我的孩子有这么一个邋遢而寒酸的乞丐做父亲，我谁也不想看了！”说着，她在远方消失了。考伊拉卡就在名叫巴恰卡马克的地方，带着她的儿子，纵身投进大海的浪花之中。母子全都变成了岩石。据说，直到现在还能在那里看到这些岩石。孔蒂拉雅一直在追赶他们：“你停一停，我亲爱的！”他呼喊着，“看看我吧，哪怕只回头一次！你在哪儿？我怎么看不见你？”

半路上，他遇到兀鹰，他问兀鹰是否见到考伊拉卡。兀鹰回答说：“她就在离这儿不远的地方。快跑，你一定会追上她的！”孔蒂拉雅为了感谢他带来的吉兆，对他说：“从现在起，你是不死的——你可以随意在高空翱翔，在高山筑窝，谁也不会打扰你。从现在起，任何动物的尸体，不管是原驼、美洲驼还是小羊羔，你都可以用来充饥。你甚至可以吃活的动物，只要你看见他们没有主人，就可以打死他们，用以果腹。

谁胆敢杀害你，必遭灭亡。”

孔蒂拉雅往前走，遇到一只臭鼬，问他是否见过考伊拉卡。“你白跑了，”臭鼬说，“你无论怎么跑也赶不上她了！”于是，神孔蒂拉雅诅咒了他：“从现在起，你只能在夜间走出你的洞穴，你浑身散发出毒气，人类永远憎恨你，追捕你。”

孔蒂拉雅往前走，遇到一只美洲狮。他问他是否见过考伊拉卡。

“她离你很近，”美洲狮说，“你一定会追上她。”

于是，神孔蒂拉雅对她说：“从现在起，你将受到大家的尊重，大家都敬畏你，你将有审判大家的权力。你还可以杀死犯有重大罪行的美洲驼。在你死后，将享有崇高的荣誉。杀死你的人可以把你的毛皮剥下来，但必须连带头部。他可以保存你的牙齿，但必须在你的眼窝里放上一双眼睛。这样，你将像活的一样。在重大的喜庆节日，人们将披上你的皮毛，把你的头戴在自己头上。”

神孔蒂拉雅继续赶路，路上遇到一只狐狸。狐狸对他说：“甭赶了，反正你无论如何也赶不上了！”

英明的孔蒂拉雅给他以诅咒。

“你呀，”他说，“让人们远远一看见你就要追你赶你。没有任何人会尊重你，在你死后，谁也不会把你的毛皮剥下来，甚至没有人会把你的尸首捡起来！”

后来，孔蒂拉雅遇到苍鹰，他告诉孔蒂拉雅，考伊拉卡已经不远了。于是，孔蒂拉雅说："从现在起，大家都敬重你。每天清晨，你可以有一只小花蜜哺养长大的美味小鸟佐食。白天你可以随意挑选一只小鸟儿充饥。打死你的人，为了表示对你的敬重，必须宰杀一只美洲狮。在喜庆节日，人们将会把鹰的头戴在头上。"

孔蒂拉雅再往前走，遇到几只鹦鹉，他们告诉他，赶不上考伊拉卡了。神对鹦鹉说："从现在起，你们只能大嚷大叫，远远就能听到你们的叫声。你们永远不得安宁，你们的喧哗将向人类暴露出自己的嘴脸，因此，人类将永远憎恨你们。"

神孔蒂拉雅就是这样对待路上所遇到的各种飞禽走兽的：给他以吉兆的，他报之以感谢；相反，则施之以诅咒。

最后，他来到海边一看，考伊拉卡和她的儿子已经变成石头了。神孔蒂拉雅十分悲伤，愁容满面地在岸边徘徊。这时候，他看到两个美丽的少女，他们是巴恰卡玛的女儿，由于他们的妈妈当时不在人间（她被派到大海去看望考伊拉卡去了），现在由一条大蛇守护着。不过，孔蒂拉雅并不怕这条蛇，他想了个点子让蛇扭过身去，一手把姐姐抱了过来。当他打算用同样的办法也把妹妹救出来的时候，小妹变成了一只鸽子，飞走了。自此以后，印第安人把少女称为乌尔比，即"鸽子"的意思，把少女的妈妈称作乌尔比·华恰克，就是"鸽子妈妈"的意思。

那个时候，大海里还没有鱼，只是在鸽子妈妈的养鱼池里有不多几条鱼。孔蒂拉雅不愿意鸽子妈妈去看望考伊拉卡，所以把她养鱼池里的鱼全放走了。现在，大海里的鱼都是从鸽子妈妈那里来的。

把鱼放走以后，孔蒂拉雅继续往岸边走。鸽子妈妈回家，从女儿那里知道了发生的事。她气冲冲地跑去追赶孔蒂拉雅，还大声喊他，他停下了。这时候，鸽子妈妈和颜悦色地说："亲爱的孔蒂拉雅，你梳过头吗？你没发现头发里有什么东西吗？"于是，孔蒂拉雅坐到她的身边，把头放在她的大腿上。鸽子妈妈装着真的在他头上找东西，心里却暗暗命令岩石："过来，压在孔蒂拉雅头上！"这点小聪明还能骗过孔蒂雅拉吗？他说，他要离开片刻。她一放手，他就走了，回到瓜洛契尼[1]去了。

他在地球上游逛了很久很久，有时候和整个村子开开玩笑，有时候又和男人或者女人逗逗乐，制造各种闹剧。

1.秘鲁的一个省，位于太平洋沿岸。

塔肯达马大瀑布的传说

很久以前，月亮还没有跟着地球转。居住在波哥大高原的人还过着十分野蛮的生活：赤身裸体，不会耕种；没有法律，又不懂礼节。

他们中有一个老头，有人说，他来自东方的科迪勒拉山脉[1]盆地或者奇加斯，总之，一看他留的那把长而密的胡子，就知道他是个外乡人。他有三个名字：博契卡、尼姆凯杰巴和松赫。老人教波哥大人穿衣、盖房、种地、组织公社过日子。

他有一个老婆，她也有三个名字：楚埃、尤别卡广阿和胡芙达卡。只有美貌的楚埃是个凶残的女人——她时时刻刻，事事处处都与丈夫作对。她丈夫要为人类做好事，她却时刻不忘捣乱。楚埃对封萨河施了巫术，使它泛滥成灾，把整个波哥大盆地淹没了。在这场大洪水中许多人丧生。只有那些爬上附近高山顶去的人才得以幸免。

老人生气极了，把楚埃赶走，让她远离地球，于是她成了月亮。从那时起，每到夜晚，楚埃就把地球照亮。

这时候，人类在高山流浪，老人跑来帮忙。他伸出他那坚强有力的手在悬崖上一击，让它们耸立在卡诺阿萨和塔肯达马两边的河谷盆地上空，把它们劈开，强迫封萨河水从这个裂缝

1.位于北美和南美西部的科迪勒拉山系。

中向下倾泻。

然后，他让各族人重返波哥大盆地，再建家园。他让他们向太阳致敬膜拜。他给他们指定首领，赋予祭司与非宗教首领以权力。他本人则以伊达堪萨之名，迁到冬哈附近的伊拉卡圣谷，做一个德行端正的人，活了两千年之久。

瓜塔维塔圣湖[1]的传说

这是老早老早以前的事了，波哥大的统治者还没有把卡斯卡们沦为奴隶，印第安部族的首领正为自己的权力和独立感到骄傲，过着安宁的日子。

瓜塔维塔是印第安部族的首领，住在穆伊斯卡[2]。他威名赫赫，是部族首领中最强大者。邻近许多部族的首领都臣服于他。不过，这种臣服完全不像后来波哥大称霸时那样建筑在奴役基础上。他们臣服于瓜塔维塔，完全出于对他的极度尊敬。他出身显赫，血统高贵，德行超群，因而深孚众望。在他众多的妻子当中，有一个是他最宠爱的，这是因为她出身名门而又美丽绝伦。不过，由于他对她并没有采取严厉的防范措施，因此，她背弃了自己的丈夫，而爱上了他的一个亲信。

纸已经包不住火，流言四起，传到了瓜塔维埃耳中。他费尽心机把他们当场抓住了。按照惯例，瓜塔维塔对奸夫处以极刑，可是对于自己的妻子，他并没有加以惩处。只是自此以后，每当印第安人在某地集会，举行葬礼或跳舞的时候，众人每一次都要唱一首歌，述说瓜塔维塔的妻子是如何背弃自己丈夫的。这首歌不仅在宫中，而且在他所有臣民的家园里广泛传

1.古代奇布恰人的圣湖，位于波哥大地区。

2.印第安部落首领。

诵。部族的首领就是这样教训所有女人，并惩办自己不贞的妻子的。

他以此使自己的妻子忍受着难堪的折磨，使她不得不下决心结束自己的生命。有一次，就在她生下女儿瓜塔维杰不久，她选择了一个适当的时机，悄悄溜出宫廷。她身边只带了一个贴身丫头，怀抱女儿，一出宫就径直往湖的方向奔去。来到湖边，她把抱着孩子的贴身丫头推下湖中，自己随后投身入水。当时，连住在湖边小屋的赫凯[1]都没有发现。一听到落水的响声，赫凯立即从小屋奔到湖边，可是已经晚了。他们只来得及认出跳水的是瓜塔维塔的妻子，可是，要救她已经不可能了。有一个巫师立刻奔向宫廷，报告此事。

听到这个不幸的消息，瓜塔维塔马上奔到湖边，想搭救他的妻女，不过已经没有希望了。这时候，他命令一个最有本领的巫师施了巫术，命他从湖底把她们救出来。巫师在湖的水面上点起篝火，然后在水中放上几块光滑的扁石头。当石头烧到通红的时候，他把石头投入水中，自己也跟着跳了下去。他在水中逗留了好久，当他从水中出来，对瓜塔维塔说，他在湖底见到娘娘了，她还健在，而且平安无恙，尽管巫师一再对她说，她的丈夫想她，答应过去的事一笔勾销，永不再提了，她还是不愿意回来。

“她活着，”巫师说，“住在一座美丽豪华的宫殿里，比她以前所住的你的宫殿要阔气多了，在她的膝旁，蛇神正在休

1.巫师、萨满。

息。娘娘让我转告你，她很快活，因为她终于摆脱了长期的折磨，她永远也不会回到这个使她如此不幸的地方了。她还让我转告你，失去她是你的过错。她会在那个世界里把你的女儿抚育成人，她将成为她的忠实伴侣。”

这时候，瓜塔维塔命巫师再度潜入湖底，哪怕给他把女儿带回来也好。于是，巫师重新点起篝火，把石头烧红，投入水中，然后随之入水。他在水底下又待了好久好久，最后手抱着小姑娘钻出水面来了。可是当他游近岸边，瓜塔维塔发现他的女儿已经僵死，而且两个眼窝是空的。这时候，巫师对瓜塔维塔说：“在娘娘身边休息的蛇神让我转告你，还是把这个小姑娘送回那个世界给她妈妈吧，因为他已经把她的灵魂和眼睛掏了出来，在我们这个世界里，没有了灵魂和眼睛的孩子，是谁也不会想要的。”

瓜塔维塔明白，这是蛇神的旨意，他遵从蛇神，不想违背他的意愿。他命巫师把小姑娘送回湖里，自己回宫去了。他为自己的不幸感到无比忧伤，尽管他的妻子曾经给他带来极度的痛苦，他仍然是爱她的。

这件事在穆斯伊卡不胫而走。贫穷和不幸的人，不管是瓜塔维塔的，还是其他地区的臣民，从四面八方涌向湖边，求娘娘赐福。大家都说，娘娘不会嫌弃他们，所有的人都深信这是真的。人群从山南海北蜂拥而至，带上祭品，往水里抛掷，并向娘娘倾诉心愿。自此以后，湖边道路纵横，热闹非凡。

据传说，娘娘有时升到水面，向印第安人显灵，还听说有人见过她呢！（不过，也有可能是恶魔扮成她的样子骗人的）她上身没穿衣服，下身穿一条红色兽毛缝制的裙子。有时候，她会预卜未来，她的预言相当灵验——她不止一次预言干旱、流行病、印第安首领有病或者死亡，准着呢！预言以后，她就沉入湖底。印第安人始终相信，娘娘是他们的首领瓜塔维塔的老婆，有权赐福和降祸于他们。

山花

七年前下了一场大雪，遍地开了花。突然，火山爆发了。火焰把火山灰喷射到四面八方，土地干枯了，颗粒不收。于是，大首领和各部族首领共同商量对策。突然，不知打哪儿来了一个人。他一出现，所有人，甚至飞禽全都不说话了。

这个人说："你们的首领有一个年轻的女儿，名叫里凯拉恩，也就是山花。她的心可以使火山熄灭，再降一场雪，万物都会复苏。不过，里凯拉恩必须在山花和野花丛中死去。她一死，有一个有胆量的人会把她的心掏出来，把它挂在肉桂树的树枝上。这时候，一只兀鹰会从科迪勒拉山顶盘旋而下，抓起心投向火山之中。"

说罢，这人就不见了。

首领听了以后，脸都发白了。这时候，里凯拉恩对他说："爹，不要发愁，我不会死的。"

有胆量的人把河谷高山上的花全摘来，用鲜花给里凯拉恩铺了一张床。首领领着女儿，把她放在花床上。里凯拉恩死了。人类和飞禽全都静默致哀。有胆量的人从姑娘的胸膛中把心掏出来，把它挂在肉桂树枝上。兀鹰抓起心投向火山。

于是，下起纷纷大雪，火山熄灭了。

被蛇迷惑的姑娘

有一家人家，只有一个闺女。爹妈每天都让她到山上放牧牲畜，因为除她以外，没有人可以干这个活儿。日子过得飞快，闺女出落成一个漂亮标致的大姑娘了！

有一次，在一个小山顶上，她遇见一个英俊的小伙子。

“嫁给我吧。”他对姑娘说，而且热烈地向她倾诉自己的爱情。

这个高个子、身体强壮的小伙子打动了她的心，她同意了。

打那以后，他们常常在高山约会，彼此相亲相爱。

有一次，小伙子让她从家里给他带些面汤。此后，姑娘每天都把面汤带来。他们把面汤分成两份，吃个精光。

就这样过了好些日子。小伙子能跑善爬，仿佛满身都是脚似的。他全身紧贴地面，而且可以把身体拉得老长老长的。他不是人，是一条蛇。可是，在钟情的少女的眼睛里，他只是一个体格匀称的漂亮的小伙子。

有一次，姑娘对他说：“咱们要有孩子了。如果我爹妈知道了准要发火，还要百般追问孩子的父亲是谁。咱们要商量好，准备在哪儿安家过日子，在你家还是在我家。”

小伙子对她说：“最好到你家去。不过，我不能随随便便就到你家。你能不能在你家磨坊旁边给我找一个角落，随便一个墙洞，里面塞点擦磨盘的破布就行了。”

“行，我们家磨坊那儿正好有一块空地。”姑娘说。

“那好吧，你带我到那儿去好了。”

“不过，你要到那儿去干吗？”

“我要住在那儿。”

“那怎么行，那儿太挤，你不会舒服的。”姑娘不同意。

“没关系，我收拾一下，会过得舒服的。现在你告诉我，你住在哪儿——在厨房，还是在放粮食的小屋里？”

“在厨房，和我爹妈在一起。”

“你家的磨坊在哪儿？”

“就在放粮食的地方。”

“那么，如果我到你们家，你就得到放粮食的小屋过夜。”

“爹妈不会让我一个人在那儿过夜的。”

“你对他们说，小偷要来偷谷种，你得看守着。你每次磨谷子的时候，都要抓一把面粉撒到我的洞里。我就吃这玩意儿，别的啥也不吃。别让人看见我，你在墙洞里随便塞块破布就行了。”

“这么说，你不愿意见我爹妈啦？”

“要等等，不是现在。到时候，我会告诉你的。”

“不过，你怎么可以住到这个洞里去呢？那是放抹布的，地方浅窄得很。”

“不要紧，我会往里面扩展扩展。”

“那好吧，你自己去瞧瞧，随你便吧！”

“不过你得带我到那儿去。我暂时躲在你们家的围墙外，夜里，你带我到磨坊。”

姑娘等爹妈出门，偷偷走到磨坊，把墙边的洞挖大，好让她的爱人在那儿休息。次日，她又上山放牧畜群，又在老地方和小伙子相会。

“我把墙洞挖大了，”姑娘对小伙子说：“这样你可以舒坦一点！”

天一黑，他们俩一起回到姑娘家中。她先把小伙子留在牲口圈里，入夜才把他领到墙洞。小伙子当着这个惊奇得目瞪口呆的姑娘的面，轻而易举地钻进洞里，拐到里面去了。

“奇怪，”姑娘纳闷，“我还以为他没法钻到里面去哩！”

当天夜里，她对爹妈说：“小偷看上我们的粮屋了，我得在那儿过夜看守。那儿放着咱们全家的粮食哩！”

爹妈同意了。姑娘把自己的铺盖拿到粮屋里。夜里，蛇从洞中爬出来，他们就睡在一起了。每天，姑娘总是一个人磨谷子，一边磨一边抓些面粉撒到洞里。在出门以前，她总用一块羊皮细心地堵住洞口。这样一来，她的父母连猜都没有猜到有谁住到他们家里来了。因此，当他们发现女儿怀孕了，感到十分惊讶，才开始盘问她：“你说，这孩子的父亲是谁？”

姑娘一声不吭。

他们试着单独轮番盘问她，可是无论对爹对妈，她什么都不承认。

分娩的日子终于到了。阵痛开始以后，爹妈二人两天两夜守候在她床前，一刻也不离开，因此，蛇女婿就没有机会看见自己媳妇了。再说，他现在已经不住在磨坊的墙洞里了。

这些日子里，蛇长得很快，墙洞已经容不下他。他每晚从姑娘身上吸食人血，变得肥壮而光滑，皮肤红润润的。他在田野里为自个儿挖了一个大洞。他把这个洞当作山洞一样为自个儿建造了一个新的窝。由于吸食人血，他变得肥肥胖胖，像被吹起来一样，每天爬进洞中休息。不过，在钟情少女的眼中，他还像往常一样，仍然是一个漂亮的小伙子。她只发现，小伙子比以前胖多了。

为了不让爹妈看到那挖开的蛇洞，姑娘用自己的被把洞堵上，不让父母察觉出来。

父母从他们的女儿口中依然一无所获，因此，他们只好问邻居。

“我们家闺女不知道跟谁怀了孩子，你们有没有看到她在山上跟什么小伙子来往？”

“没有，没看见她和谁来往。你们的闺女在哪儿过夜？”

“原来她跟我们在厨房里，后来她搬到放粮食的小屋过夜，把铺盖放在地上。她磨谷子从来都是一个人，没人跟她一起。”

“你们不问问她，为什么不愿意你们到她那儿去？”

“问过了。她老是说，我们会无意中弄脏她的铺盖，她分娩时就不好办了。她还说，她不愿意我们看见她生孩子时受苦的样子。”

这时候，街坊对老两口说：“也许，这事只能靠巫师帮忙了，我们是普通人，这事我们不在行。”

老两口到巫师家里，他们带来一束古柯[1]叶子，求巫师帮他们消灾解难：“我们的姑娘很不对劲，不知道她出了什么事。”

“她怎么了，哪儿不舒服？”巫师问。

“是这么回事，她有孩子了，可这孩子是谁的我们不知道。已经接连折腾了好几昼夜了，还是生不下来。她不肯说，谁是孩子的父亲。”

巫师从古柯叶子中看出了事情的眉目，对老两口说：“到粮房地底下找找看。孩子的父亲就在那儿。不过，他不是兽类，也不是人。”

“那么，他是什么东西？”姑娘的父母吓坏了，“你把实话都对我们说了吧！”

巫师算了算卦，不多一会儿就说：

“那里住的是一条蛇，他就是孩子的父亲。”

“造孽，真是造孽！”老两口悲痛万分，“现在该怎么办呢？”

巫师想了想，对姑娘的父亲说：“一定要把蛇打死，不过你的女儿会碍事的。她一定会号啕大哭，让你把她连同蛇一块打死。最好是让她随便到一个村子去，要远一点。她要是不肯，你就对她说，那儿有一种药，可以助产，要去买回来。如果她还不干，你们就吓唬要打她。等把女儿支走以后，你就喊

1.高根科植物。产于中美洲山中，从叶子中可提取生物碱——古柯碱，用作麻醉剂，安第斯印第安人使用古柯叶十分普遍。

人，拿上铲子和大棍子，领他们到粮房去。蛇就待在地底下，要把他打死。但要注意，一定要不等他爬出洞口就下手，否则他会把你们所有人都缠死的。打死以后，把蛇头砍下来，深埋地下才好。”

“好吧，巫师，我就照你说的去办。”老头儿说完，领着老婆子走了。

他回去立即找人，找了十个身强力壮的小伙子，准备好大棒和铲子，对他们说：“明天，我的女儿一离家，你们就到我家来，不过要小心，千万别让人看见。”

第二天清早，老两口让姑娘带上干粮，给了她些钱，让她到苏马克·马尔卡村走一趟，有人说，那里可以买到助产药。

开头，姑娘连听也不愿听。

“你们干吗要支开我？我不去！”她使劲嚷嚷说。

可是，父母威吓她，说如果她不去，就要用棍子打她，打死了也不管！

没法，姑娘只好服从了。

当姑娘从人们的视线中消失，所有人都集中到老两口家中来。主人给大伙儿一些古柯叶子，大伙儿祷告完毕，走到粮屋里。他们把杂物以及姑娘睡觉用的床铺统统搬开。

在姑娘的铺下面，大家看到一个大洞，洞里有一条蛇，长着像人一般的脑袋。一发现有人，巨蛇一阵紧张，肥胖笨重的躯体绷得直挺挺的，轻轻摆动起来。这时候，人们一拥而上，把巨蛇打死了。他们把蛇砍成几段，把头扔得远远的，扔到潘帕斯草原去了。不过，即使把他碎尸数段，蛇身仍然敲打着地面，久久没有死去，从那残伤的蛇身流出的血如小河般流淌着。

当大蛇完全僵死的时候，姑娘回来了。她飞奔入粮屋，看见蛇洞空空如也，血流满地，一切都明白了。院子里，大伙儿正在给蛇女婿施加最后的打击。

姑娘大声呼喊："你们这是干吗？干吗要打死我的丈夫？他是我孩子的父亲！"

她不停地呼喊着，哭声传遍全家。在呼喊和哭闹声中，她又开始阵痛了。这回，她生了……生了一窝小蛇。这些小蛇在院子里飞速乱窜。

人们把一切统统消灭干净：蛇女婿以及他的后代。大伙儿把这窝蛇埋得深深的，把院子和粮屋收拾得干干净净。老两口酬谢过乡亲邻里，把姑娘抬到屋里，给她以无微不至的关怀。

不久，这不幸的姑娘恢复过来了。父母才问她："闺女，你说说，究竟怎么回事？难道你一点儿也没发现，你的夫婿是一条会变形的蛇吗？"

姑娘把她的经历，她第一次在山上怎样和蛇相遇的，怎样爱上他的，一五一十讲了。她的父母才恍然大悟，这条会变形的蛇是用妖术迷上他们的女儿的。他们好生调养她，她又变得健康美丽了。不多久，她嫁了一个如意的丈夫，过着幸福美满的生活。

星星姑娘

从前有老两口，只有一个儿子。他们在田里种了土豆，长年累月以土豆充饥。这里的土地十分肥沃，土豆长势很好。这家人的土豆长得非常大，谁家的都比不上，可是土豆地离家太远了，每到夜里盗贼就蜂拥而至。他们把土豆叶弄断，把最大的土豆全部拿走了。两口子很焦虑，就把儿子叫来，对他说："儿子，你年轻，身体又强壮，去教训教训这些强盗，看他们还敢偷咱们的土豆！你躲在田边看看！"

小伙子动身看守土豆去了。

头一夜，他眼都没眨，看得清清楚楚的，没见小偷。天快亮的时候，他的两眼不由得闭上了，做了一个梦。小偷说来就来，他们把土豆挖走就溜掉了！

小伙子醒过来，心里十分懊恼！他回到家里，把倒霉的遭遇都向父母讲了。

"算了，这次原谅你，"父母对他说，"下次可要当心。"

小伙子回到田里，整整一夜都没有合眼，直到东方放白，都没离开过土豆地。

不错，半夜的时候，他是打过一个小盹，可立刻就醒了。看地里，小偷好像是没有来过，但满地尽是土豆叶子。

他回家向父母抱怨说："我看了整整一宿，眼睛只眯过一刹那，谁知又让小偷给偷了。”

老两口可气坏了，把儿子打了一顿，对他说：“你想什么来着，小偷难道比你还笨？你一定没有在地里看守，去跟姑娘们鬼混去了！”

他们把他打骂了好久，第二天又叫他去守夜，嘱咐他说：“喏，这回你该懂得怎样守夜了！”

没法儿，小伙子只好坐在地边，等着小偷到来。

夜里，一轮明月挂在天际，照得四处一片光明。整整一宿，他死盯着地里，到了清晨，实在疲倦极了，不禁又闭上了双眼。他做了一个香甜的梦，一群穿着银白色衣衫、个个都是好看的脸蛋、披着金色秀发的美丽姑娘，飘然飞落到土豆田里。她们开始齐心协力地挖土豆。她们是一群从天上落到人间的星星姑娘。

小伙子睁开眼睛，呆呆地愣在那里。

“哎！”他感叹说，“多好看的姑娘呵！该怎样才能把她们抓住呢？难道这些美丽的天仙美女也会偷东西吗？”

他兴奋的心都快要跳出来了，他真想抓住哪怕是一个姑娘也好。

于是，他一跃而起，想去逮住这些美貌的小偷。可是，一刹那间，她们就飞走了，如同闪耀的灯光那样，消失在天空之中。只有一个最年轻的星星姑娘落在小伙子手中。

他把星星姑娘领回家去。半路上，他责备她说：“你们这些星星姑娘多不害臊，怎么把我父亲田里的土豆偷走呢？”

接着，他又对姑娘说："你听着，不要飞走了，做我的妻子吧！"

姑娘吓坏了，苦苦哀求小伙子："放我走吧，放开我吧！可怜可怜我！你看，我的姐姐一定要挨父母骂了！我会把从你们田里偷去的一切都还给你的！别勉强我留在人间吧！"

不管她怎样哀求，小伙子一概不理，只是紧紧地拉住她。他决定不回家去，和被他俘虏的星星姑娘在一起，在土豆地旁的小窝棚里住了下来。

儿子的父母等呀，等呀，儿子却一直没有回来。他们寻思："这窝囊废一定是又把小偷放走，不敢在我们面前露面了。"

天黑了，妈妈给儿子带了些吃的，顺便去看看他在那儿干些什么。这时候，小伙子正和姑娘坐在窝棚里，张望是谁来了。等他妈妈走到地边的时候，姑娘对小伙子说："当心，不要让你的父母看见我！"

于是，小伙子匆匆向妈妈迎上去，老远就朝她大声喊道："别过来，就在那儿等我！"

小伙子从妈妈手中接过食物，递给了姑娘。妈妈回到家里，对老伴说："咱们的儿子好像抓了一个小偷，是个女的。她好像是天上掉下来的。他把她带到窝棚里，还要娶她做老婆哩！所以，他不许任何人走近他的窝棚。"

有一次，小伙子心里盘算好，该带姑娘去见见他的父母了。他对她说："天一黑，咱们就回家去。"

姑娘再次对小伙子说："我不能见你的父母，他们也不能见我。”

小伙子想了想，对她说：“你别怕，我自己另住一间房子。”

夜里，他领着姑娘走进了父母的屋子，就算她不愿意，还是让她见到了自己的父母。星星姑娘的花容月貌使他的双亲十分惊讶。老两口一下子就爱上了这姑娘，对她殷勤起来。当然啦，他们绝不放她外出一步。因此，左邻右舍没有一个人看见过她。

时光过得飞快，星星姑娘和小伙子的父母一块过日子。她怀了孩子，生了，可孩子却不明不白地死了。

星星姑娘原来的衣装直到如今还锁着，她穿上了普通妇女的衣裳。

有一次，小伙子到远处的地里干活去了。星星姑娘假装要到屋外散散步，谁知一出门就无影无踪了，她回到了天上。

小伙子回到家里，问及他的妻子，可她已经一去不返了。当他知道她已经飞走以后，心里十分难过。

有人说，他一边哭着，一边从这个山头到那个山头四处寻找，连路也分辨不清了。不知道找了多久，有一天，在一个高高的悬崖上，他遇到了神鸟兀鹰。

“小伙子，什么事使你这般伤心？”兀鹰问他。

小伙子把自己的不幸告诉了他：“神鸟，我的妻子是所有姑娘中最美丽的……我不知道，如今该到哪儿去找她。我迷路了。我担心她已经回到天上去了。”

兀鹰对他说：“小伙子，别忧伤。你说得不错，你的媳妇星星姑娘已经飞回天上去了。你这么伤心，我可以领你到她那儿去。不过，你得先给我送两只美洲驼来，一只我现在就要吃掉，另一只留着路上吃。”

“好的，神鸟，”小伙子回答说，“你在这儿等着，我这就去把美洲驼弄来。”

于是，他回家去，一进门就对父母说：“我要去找我的妻子。有人会告诉我她在什么地方，不过，我要给他两只美洲驼作为代价。”

他把美洲驼给兀鹰牵去。一个回合，兀鹰就用利爪把一只美洲驼的肉从骨架上剔了下来，吃个精光；另一只，则在小伙子的帮助下带着上路了。

他叫小伙子把美洲驼扛在肩上，背到悬崖的顶端，然后疾言厉色地命令他：“把眼睛闭起来，一定不许睁开。当我一喊‘肉’，你就得赶快扔一块肉到我嘴里。”

于是，兀鹰带着小伙子飞到了高空。

小伙子顺从地紧闭双目。兀鹰一喊要肉，他就割下一块，扔到他嘴里。谁知道飞到半路上，肉就吃光了。兀鹰曾经警告过他：“当心，假如我喊‘肉’而你不给我嘴里塞肉的话，我们就飞不高了，那就只好把你扔下去！”

小伙子很怕兀鹰会采取这种威胁性的行动，于是他就从自己的腿上割下一块又一块的肉给兀鹰吃。为了上天，他付出了自己的血肉这样高的代价。

据说，他们要飞这么高，得用整整一年的时间哩！

兀鹰稍事休息，又带着小伙子往高空飞去，把他带到一个遥远的海岸边。兀鹰对他说：“朋友，在这个海里洗个澡吧！”

小伙子听从兀鹰的话，兀鹰也和他一起在海水中沐浴。

他们在空中飞翔了这么久，已是蓬头垢面，胡须丛生，显得十分苍老。而当他们出浴之后，却变得容光满面，而且年轻了。这时候，兀鹰对小伙子说：“海的对岸有一座宏伟的寺庙，今天还是祭神日，你去吧，守候在门口。每到这些日子，所有的星星姑娘都要飞聚这里，不过她们人数很多，相貌和你妻子一模一样。当她们一个个地从你身边走过的时候，你可千万别和她们搭话。你要找的姑娘走在最后，她会推你一把。你要立刻拉住她，紧紧把她抓在手里。”

小伙子照办了。他站在庙门跟前，看见相貌彼此相像的一长串姑娘鱼贯从他面前走过，进入庙门之中，他简直无法分辨出谁是他的妻子。这时候，队伍后面闪出一个姑娘，用胳膊肘推了推他，然后走入庙里。

这是金碧辉煌的日月神庙，日月神就是所有星星姑娘和天上众神的父母亲。每天天上的神祇全都到这里来，向太阳神敬礼请安。轻盈漂亮的星星姑娘和天上众神唱起了庄严的颂歌。

祭神仪式结束了，姑娘们一个跟一个地走出神庙，她们又跟来的时候一样，从小伙子旁边擦身而过，冷漠无情地凝视着他。可是，他还认不出自己的妻子。这时候，有一个姑娘又用胳膊肘推了推他，然后拔腿就跑。这一次，小伙子可紧紧抓住了她。

姑娘领他往家里走去，对他说：

“你干吗飞到这儿来？我一定会回到你身边的。”

快要到家的时候，小伙子突然感到饿得发晕。姑娘发觉了，给了他一些吉暖[1]。

“给，”她说，“拿着，吃吧！”

小伙子瞅见她掏出的这么丁点吉暖，暗自寻思：“难道这么几粒大米就够我吃饱了？要知道，我已经整整一年颗粒未进了！”

“过一会儿我就要到我的父母那儿去了，”姑娘接下去说，“可我不能带你去。你现在先煮一点粥吃吧！”

她去了。门一合上，小伙子跑到储藏室里，捧了一大把上好的吉暖，把陶罐装得满满的。忽然间粥开了，沸腾起来，溢出陶罐外面。小伙子已经吃撑了，而罐里的粥却一点儿也不见减少。于是他便把粥从罐里倒出来，洒在地上。谁知泼在地下的粥竟然还是咕噜咕噜沸腾着，把小伙子吓得手足无措，不知怎么办才好。这时候，姑娘回来了。

“哎呀，”她喊了起来，“怎么能这样煮粥？你干吗还要去拿吉暖？我留给你的那一点，就足够了。”

她帮助小伙子把泼在地上的粥覆盖起来，免得她的父母回来的时候发现，然后对他说：“我不愿我的双亲见到你。我要把你藏得好好的，我会常来看你，给你送吃的。”

就这样，他们过了整整一年。谁知有一次，星星姑娘对小伙子说：“到时候了，你该离开这儿了。”说罢她就消失得无

1.秘鲁大米。

影无踪，再也没有回来。她把小伙子抛弃了。

他含泪回到了海岸边，兀鹰正在远处盘旋。小伙子匆匆向他奔过去，而兀鹰也向他飞来，停到他的身边。他们彼此凝望着：兀鹰衰老了，小伙子呢，也已经变成了老头儿。他们异口同声地说："老朋友，日子过得好吗？"

小伙子把他在星星姑娘那里的遭遇向兀鹰一五一十说了，而且非常伤感地说：

"神鸟，我的妻子抛弃了我，这一次是永远抛弃了。"

小伙子的不幸深深地打动了兀鹰，使他十分悲伤。

"我可怜的朋友，"兀鹰说，"这是命中注定的！"于是他安慰他，用翅膀柔情地抚摸着他。

这时候，小伙子央求它："神鸟，把我带回人间吧，我想回家，回到我的父母身边。"

"好吧，"兀鹰答应他，"那么，先让咱们在海里洗个澡吧！"

他们在海水中沐浴。当他们出浴的时候，他们又变得青春年少了。

兀鹰对小伙子说："我把你带回人间，不过为了酬谢我，你还得送给我两只美洲驼。"

"神鸟，"小伙子回答说，"只要你把我带回我父母的家里，我一定会重重地酬谢你！"

兀鹰把小伙子放到自己背上，振翅起飞了。他们飞了好久好久，有整整一个年头了，最后回到了人间。小伙子如约交给兀鹰两只美洲驼，便兀自匆匆回家去了。

迈入家门，看到两个年迈的老人，这就是他的父亲和母亲。他们为自己的独生子伤心地哭了一场。

这时候，兀鹰对他们说："我把你们的儿子送回来了。你们应该给他以父母的关怀和抚爱呀！"

小伙子接着说："我的妻子留在天上，我不会再爱别的女人了。现在我要和你们生活在一起，直到我死。"

老人回答说："好儿子，你放心吧，我们一定会体贴关怀你的。"

自此以后，小伙子和父母生活在一起，可是，他的心已经完全破碎了。

第五部分　西印度群岛与中美洲

喜欢恶作剧的刺鼠

美洲豹在林中小道上遇见了乌龟。他一把抓住乌龟，要把她吃掉。乌龟说：“哎呀，大人，连皮带壳的，你没法吃我，我来告诉你怎么办吧！你得先去找根棍子，把我的背敲下来！”

要去砍木棍子，没法，美洲豹只好把乌龟放了。乌龟钻到水里，溜了。

没多久，美洲豹又在林中遇见了刺鼠[1]。刺鼠正在吃一块干酪。

“你吃什么？”美洲豹问，“什么东西这么香呀？”

“来，尝尝吧！”

美洲豹吃了一小块干酪，觉得很对胃口，就问刺鼠从哪儿弄来的。

“在河边那个有水的洞里，”刺鼠回答说，“我用藤条把自己缠好，潜入水中，把干酪钓上来的。”

“我也要这么办！”美洲豹说。

他把藤条紧紧缠在身上，让刺鼠把他推入水中。美洲豹差点没被淹死，躺了整整一天才恢复过来。

1.属啮齿类动物，生活在南美、中美附近河岸的热带丛林中，是甘蔗田中的有害动物。

“我一定要把刺鼠打死！”美洲豹下定决心，要把刺鼠找到。后来，他看见刺鼠正在吃达巴洛果。

“啊，大人，不要打死我！”刺鼠哀求说，“你想吃点达巴洛果吗？”

美洲豹尝了尝，又问刺鼠，这种果子打哪儿弄来的。

“我就这么干的！”说着，刺鼠拿起一块石头，往自己的后腿狠狠砸去！据说，达巴洛果就放在那个地方！

美洲豹拿起一块石头对准自己的后腿死命砸下去。他痛得要命，不能吃食，动弹不得，躺了好久好久。美洲豹康复以后，又去找刺鼠报仇。终于在山上找到了他。

美洲豹抓住刺鼠，正准备把他撕开，刺鼠尖声叫起来：

“亲爱的大人，不要打死我，我太瘦小了，除了骨头没多少肉！你需要大块大块的肉，我不合适。我有一头母牛，足够你饱餐一顿的！我这就去给你把母牛牵来！”

美洲豹同意了。于是，他们一块去牵母牛。到了一个地方，刺鼠对他说：“我有两头母牛。我从山上先给你扔下一头黑色的，你抱住它，先别吃！”于是，刺鼠给美洲豹扔下一块大石头，砸伤了美洲豹的腿。这一次，他不得不在树丛下足足躺了四个月。

美洲豹复原以后，又去找刺鼠，可是连个影子也找不到。刺鼠到很远很远的不知什么地方去了。路上，刺鼠遇到一个人，正在凿一条独木船。人对他说：“我家里有一把锋利的斧子。”

“我去给你拿来！”刺鼠说着，抬脚就跑。人的老婆、女儿都在家。

“你们家男人请我来和你们的闺女睡一觉。”刺鼠一见面就这样对她们说。他和女儿睡了一觉，又和娘睡了一觉，睡过就走了。

人等呀，等呀，怎么不见刺鼠回来呢！于是，他亲自回家取斧子来了。

“是你请刺鼠来和我们睡觉的吗？”两个女人问他。

这时候，人才明白刺鼠骗了他。于是他决定报复。他去过许多村子，人们都说，刺鼠早走远了。人继续找他。几天以后，人发现刺鼠的踪迹，最后才撵上他。

刺鼠看见人的时候，刚好打死了一只小兽，他做了一个口袋，装满兽血，自己披上兽皮。

“这回我要你的命！”人看见刺鼠披上兽皮，捅了他一刀。

这一刀并没有伤着刺鼠，不过，他从血口袋里放出一些血，鲜血从兽皮上淌了出来。这时候，刺鼠从兽皮下溜了出来。

人好生惊讶：“你没死，怎么流血呢？”

刺鼠回答说：“没错，刀子捅不死我！”于是，他从人手中拿过刀子，往藏在自己前胸的血口袋捅了一刀。血哗哗地流了一地。

“可你就没这本领！”刺鼠对人说。

人拿起刀，对准自己的前胸，一刀下去，没命了。

刺鼠往前走，来到蚂蚁村。蚂蚁要吃他，他怎么也过不去，只好卷在一堆蚂蚁爱吃的树叶子当中，趁蚂蚁吃叶子不留神的时候，从村子里穿过去了。

前面是一条河，河对面是村子，刺鼠没船，怎样过河呢？他把美洲鳄喊来，求他渡他过河，还说：“不过，别打我的主意，别想把我吃了！”

美洲鳄答应不吃他，刺鼠才登上他的背脊。鳄鱼过河，就是不愿泅到岸边。

“泅近点！”刺鼠说服他。

最后，他们终于来到岸边，刺鼠一步跳上岸，还回过头来，给美洲鳄的脑袋来了一斧子。自此以后，美洲鳄的脑袋是扁平的，落下了伤疤。

刺鼠往村子里去，路上有一个陷阱，必须绕过去。当他从下面钻出来的时候，有一把大斧子砍过来，把他的尾巴砍断了。所以，如今的刺鼠都是秃尾巴的。

月亮之子夏里

月亮是一个满脸污垢的人。据说，好久好久以前，有一个姑娘怀孕了，她的情人总是在夜里偷偷来找她，连她也不知道他是谁。姑娘的妈妈跟在女儿后面，拿一把烟灰抹在她情人的脸上。从此，他脸上的烟灰总也抹不掉了。

天一亮，大伙儿全都知道，姑娘的情人原来是她亲哥哥。大伙儿把他臭骂个够。据说，他没脸见人，逃到天上去了。现在你还可以看见他那满是污垢的面孔。

姑娘生下的孩子取名夏里（“他是光明的”的意思），加勒比人就是他的后代。当夏里还是孩子的时候，加勒比人把他带到天上，让他和自己的爸爸见面。如今加勒比人头上插的色彩斑斓的羽毛和戴的小帽子，就是夏里为了报答他们，送给加勒比人的。

山精

巴达加村的居民常常攀到巴拉瓜高山的峭壁顶峰，去摘取一种神奇的植物。那儿有几级台阶，而在山岩裂罅的顶端，有一个深凹进去的石洞，里面住着山精。如果有谁看见了他，那就是说，他的某个亲人就要不久于人世了。山岩的顶端长着各种奇花异草。有时候，你会在那里发现一种白色的小花，这种花散发出一种甜甜的味道，连在山脚下小路上走过的人也都能闻到。当这种花开放的时候，每个小时开一朵新的，而老花就会枯萎、凋谢。如果你有幸采到这么一朵花，你就可以靠它的帮助随心所欲地支配别人了。你只要把花在手掌里一揉，举起手来指着某人，一边喊着这人的名字，他就会乖乖向你走来，听你摆布了。

如果你要到山岩上采摘这种花，你最好带上一只白公鸡，至少也要带点捣碎的烟叶送给山精。

巴达加村里有一个上了年岁的女人，她的丈夫对她很不好，不把她放在心上，常去跟别的女人胡混。有一次他去捕鱼，这女人用卡萨瓦[1]烙了许多薄饼，带着她的几个孩子到山岩峭壁去了。她真走运，在那儿找到了一朵小白花。于是，她到山下的别瓜河里洗澡。洗完以后，用这朵花擦抹全身，然后

1.卡萨瓦是一种带有块根的灌木，印第安人用这种块根制成面粉。

把残花迎风抛撒，嘴里念念有词地说：“到我男人那儿去！”花瓣立即无影无踪了。女人和她的孩子匆匆向杜鲁姆河走去。当他们渡过卡西布河的时候，她丈夫背着鱼正跟着她走来。她抓起孩子的手，向加勒比山洞飞奔而去。正当她丈夫赶来，差点就要抓住她的时候，她在山石上敲了一下，山洞立刻打开了一个通道。她在山洞里面大声对丈夫喊道：“滚开！你再也不需要我了！”他感到事情已无可挽回，只好走开。当他刚一转身，就立刻变成了一只长着鲜黄色喙的小鸟。至今，你还可以听到他那撕裂人心的、经久不断的呼喊声。

这个女人和她的孩子，和许多早已死去的加勒比人在一起，依旧住在山洞里。他们将在那儿生活到世界末日。不过，有人说每逢夜晚，她们会划着小船出现在加勒比人的卡拉维拉[1]哩！

1.位于加勒比山洞口对面的大海边一个陡峭的小岛。

印第安人和狗

有一个孤寡老头儿，无儿无女，老婆也死了。他孤身一人住在小屋子里，只有一条和他相依为命的狗。每天，他到地里干活的时候，狗就变成一个女人，把木薯磨成粉，烙成薄饼，然后做饭，捡柴火，提水，洗衣服。总之，所有家务杂活，她全包了。傍晚，老头儿从地里回家，出来迎接他的仍然是那条狗。

老头儿纳闷："这些活是谁帮我干的呢？"他向邻居致谢，可是左邻右舍全都不知道有这么回事。

这时候，有一个名叫温奴赫的巫师，也是个老头儿，跑来找他，对他说：

"你每天到地里干活，你的狗变成一个女人替你操持家务。如果你想让她永远变成女人，做你的老婆，你就带她到河里，拿筐套在她身上，然后去赶鱼，事情就办成了。"

老头儿按温奴赫说的做了。他把筐套在狗身上，又让一条吸盘鱼从狗的两腿穿过去。狗马上变成了一个女人。

老头儿娶她做老婆，两口子过得很美满。

有一次，老温奴赫来了，问他这条老狗是否已经使他厌烦了。还告诉他，他可以带上筐子，把女人带到河里去。老头用筐子轻轻把水拍打了几下，一条鱼从女人两腿穿过，于是，女人又重新变成狗了。

不过，现在的狗是再也不能变成女人的了。

屎壳郎和蜘蛛

从前，有一位老爷，他有一个女儿。他们住在村子里，蜘蛛和屎壳郎在他家当差。有一次，老爷到很远很远的地方玩，找到一块金子。他对两个仆人说："谁能把这块金子给我搬回家，我就把女儿嫁给他。"

蜘蛛和屎壳郎都很乐意。第二天早晨，他们都来到了金子的旁边。

第一个来的是蜘蛛。等了半天，屎壳郎才到，开始搬吧！蜘蛛喊："嘿呀嗬！"金块纹丝不动。轮到屎壳郎了，他嗓门比蜘蛛大多了，他一喊，金块在路上滚了起来，滚到了山脚下。蜘蛛急忙跑到前面，他一开口，金块不动了。屎壳郎过来一喊，又滚了。于是，蜘蛛明白了，他那破锣一样的嗓子，无论怎么喊，金子都不会动的。蜘蛛去求萨满治嗓子。萨满让他不要吃芦苇的嫩芽，否则嗓子要嘶哑的。但蜘蛛不听，照样吃。当然啰，他再去喊，金子还是不动，喊呀，喊呀，他嗓子全哑了！后来，屎壳郎来了，才使金块滚动起来。

蜘蛛再找萨满，萨满在他的喉咙里灌了一点熔化了的金属，再叮嘱他不要吃芦苇。但蜘蛛不听，对他来说，芦苇比世界上的一切都要美味可口！

蜘蛛赶金块，没动。屎壳郎一喊，金块就滚呀，滚呀，一直滚到家门口。到了家，蜘蛛抢先对主人说，是他把金子拖来的。主人把女儿给了他。过一会儿屎壳郎来了，说，金子是他拖来的，可老爷连听都不要听。屎壳郎只好躲到墙旮旯里。蜘蛛正和自己的娇妻吃饭呢！

傍晚，下雨了，老爷让女婿把金块搬到屋里去。蜘蛛哪有这份能耐！老爷把躲在墙角里的屎壳郎叫来，屎壳郎把金块滚到屋子里去了。老爷很生气，打了蜘蛛一顿。蜘蛛就躲到椰子树的叶子里去了。屎壳郎和主人的女儿成了亲。

第六部分　墨西哥

犰狳为什么住在洞里

如今，群山是百兽的天下，可是在以前，山大王却是群兽的主人——山精[1]恰涅柯。山精把百兽召来，让他们想些对付人类的点子。每一只兽都要献策，而且还要拿到百兽大会讨论，看看能否行得通。担任百兽大会裁判的自然就是山精恰涅柯。

指定的一天到了，林中众生灵——上至地位显赫的美洲豹，下至地位卑微的小爬虫，全都到指定地点集合。百兽提出许多切实可行的防范措施，有些马上就可以付诸实施，有些还有待改进，有些则被否决了。裁判者特别指出，百兽无一例外地都要保护自己，消灭人类。因为在远古时代，人类是动物的大敌。最后，该犰狳献策了。

“最尊敬的裁判官，最尊敬的主人！”他说，“你们看，我的爪子有多大、多锐利，扎到人的脖子里最合适不过了。”

“不过，你打算怎样把自己的爪子扎到人身上去呢？”裁判官问他，“人比你厉害多了，他们老是打赢！”

“这点我预先想过了，”犰狳回答说，“首先，我要把尘土扬起来，制造一片烟幕，让别人不注意我，用巧计胜人，然后把人杀死。”

裁判官要求这只滑稽的小家伙把他的这一套当众表演一

1.印第安人认为他们常以黑色侏儒或白色侏儒的面目出现。

下，犰狳迅速地摆动起他的尾巴，在他的面前扬起了一大片尘土，可是后面和旁边啥也没有。

看来，此法只适用于防范从前面来犯之敌，而且他所扬起的尘土如此之多，连犰狳自己也两眼漆黑，什么也看不见。

这时候，山精从后面赶上他，用一块棕榈叶尖捅了他一下，说："你这一招不行，不能采用。你没本领进攻人类，他们会把你吃掉的，你还是躲起来吧！你的爪子很好，很尖利，这不错，你就用你的爪子掘土，给自己挖洞，你躲在洞里，免受人类的攻击就得了！"

短吻鳄是怎样丢掉舌头的

按照山精恰涅柯的命令，群兽各奔东西，分居各地。打那以后，林中、河里、水湾和湖泊中都有他们的踪迹。当时的野兽还不像现在这样灵活，懂得自卫。他们的日子过得很艰难，因为人类就生活在他们中间。

有一次，一个手拿弓箭的猎人在河边看见一条当时唯一的巨型短吻鳄鱼。

短吻鳄对人说："如果以前我看见你，我就要把你撕了！"

"这话怎讲？"猎人问。

"很简单，"短吻鳄回答说，"就这样！"说着，迅速摆动着他那巨大的身躯，张开了如盆的大嘴。

"噢，真有意思，实在令人佩服，佩服！"猎人说。

几句好话，把短吻鳄说得飘飘然的。短吻鳄得意地把牙齿磨得咯咯作响。这时候，猎人捡起一块石头，使劲扔进这条粗心大意的短吻鳄那巨大的嘴中。

这回短吻鳄没辙了，于是猎人割下了他的舌头。自此以后，短吻鳄就没有舌头了！

郊狼与负鼠

有一次，郊狼走到一座山丘跟前，假装要把山撑住似的。这时候，一只负鼠走过。

“大哥，你在这儿干吗？”他问郊狼。

“我在撑住这座山呢，免得它倒下来。能帮我一把吗？”

“当然可以。”负鼠同意了。

“那么你站在我这个位置上，”郊狼说，“我呢，去给咱俩弄点吃的。不过，可别走开！你一走，山就要塌下来，压死你了！”

于是，郊狼溜之大吉了。

好半天了，郊狼还不回来。负鼠等得不耐烦了：“嘿，我也走。这山倒不倒，关我屁事！真想吃点东西——开路！”这么自言自语着，他跑了。

负鼠跑得老远老远了，回头一看，山还站在老地方，就像没事一样。负鼠气坏了，决定去找郊狼，打死他，免得他再欺负人。

于是，他上路了。

他来到一棵树跟前，一看，郊狼正坐在树上。

“你骗我，说什么山要倒，你在撑着？你让我支着山，还答应给我带吃的，溜了就不回来了！你瞧，我走开了，山压根儿就没有倒下来！你骗我，我要跟你算账！”

“骗你的不是我。可能是刚跑过去的那只郊狼吧！别生气！你走近一点，吃点契里莫亚果[1]好吗？”

“我不会上树，你把果子扔给我好吗？”

郊狼扔了一颗熟透的果子给他，负鼠吃了。

“真好吃！再来点！”

郊狼抓起一颗生果子，扔给负鼠，正好卡在他的喉咙里，郊狼却溜走了。

可怜的负鼠就这样躺在树下，直到来了一群蚂蚁，才帮他把喉咙里的果子掏了出来。于是，负鼠又去找郊狼算账。

他看见郊狼的时候，郊狼正在吃一种名叫图纳的仙人掌果[2]。负鼠对他说：“你干吗要扔一个不熟的契里莫亚果给我？”

“什么？那不是我！我刚到这儿来。别生气。到我这儿来，尝尝这仙人掌树上的大果子，怎么样？”

负鼠说：“我不会爬树，扔一个果子给我吧！”

郊狼悄悄把果子带刺的外皮剥掉，把果肉扔给负鼠。负鼠吃得津津有味。这时候，郊狼摘了一个带刺的果子对负鼠说：“张开嘴，我再扔一个大果子给你！”

狡猾的郊狼把一个带刺的果子扔到负鼠嘴里，正好又卡在

1.一种带香味的肉质果实。

2.无花仙人掌的一种带刺的果实。墨西哥高原干旱的北部盆地，遍产仙人掌，有许多品种的仙人掌果，如沙瓜洛仙人掌果、诺帕拉仙人掌果均可食用。

他的喉头上。郊狼无影无踪了，负鼠却动弹不得。

又是蚂蚁从负鼠的喉咙里把那连皮带刺的仙人掌果子掏了出来。负鼠要去找郊狼报仇，可到哪儿去找呀！

狡猾的狐狸和愚笨的郊狼

从前，郊狼和狐狸在外面溜达，来到一个浅水湾前。一轮明月映在水中。郊狼问狐狸：

“听听，老兄，在水里看见什么啦？”

“干酪，”狐狸回答说，“咱们把它捞上来吧！”

“干酪在水里，该怎么捞上来呢？”郊狼好生奇怪。

“咱们把水喝光吧！”狐狸出了个主意。

“行，把水喝光……不过，还是让我潜到水底把它捞出来吧！”郊狼说。

他跳进水里，却不会潜水。他爬到岸边，对狐狸说：“老兄，我不会潜水。这样吧，你在我脖子上缚上一块大石头，我潜到水底就可以把干酪捞上来了！”

狐狸回答说：“好主意，缚块石头你就会一沉到底了！”

郊狼一沉到底，浮不起来了——淹死哩！

郊狼有个兄弟，他看见郊狼没回家，去问狐狸。

“他到水底下去捞干酪，”狐狸说，“回不来了！”

“我兄弟走了，不回来了！”于是，这只郊狼决定和狐狸一块去打猎。

他们走呀，走呀，来到一片芦苇丛中。狐狸又想捉弄郊狼了。他对郊狼说：“老兄，你留在这儿。咱开一个庆祝会，我要给你带些礼物，还有几只鸡。你一听见烟火响声，就开始跳舞。不过，可别忘了拿点什么东西把眼睛蒙上，烟太浓受不了，要伤身体的！”

狐狸躲到芦苇丛后面，放了一把火。芦苇燃烧起来，噼啪作响，就像放烟火一样。一听到这噼里啪啦的声音，郊狼那份高兴劲就甭提了：“好了，狐狸兄弟要带礼物，带鸡来了，这回我一定要足足地吃个够！”

可是，只听“烟火”响，不见狐兄面。这声响越响越近，末了，大火差点扑到郊狼身上。郊狼好不容易在大火中捡了条命，便跑去找狐狸了。找了半天，看见狐狸正靠在一道又高又厚的墙跟前。

“我恨不得一口就把你吃掉！”郊狼对狐狸说。

“别！老兄！”狐狸哀求说，“你没看见我在撑着天呢！天塌下来了，咱俩不都得死吗？你到我这儿来，我去给你拿几只小鸡来！”

郊狼怕天塌下来，使劲把墙撑住。

等呀，等呀，哪有狐狸老兄的影子。郊狼走了，去找狐狸，看见他正在一个兽笼子里。

“狐兄，你在干吗？”

“你看，人把我放在这笼子里，给我找小鸡呀。要不你把门打开，到笼子里来，你待在这里，等一会儿，你就替我吃那些小鸡得了！”

人们准备了一罐开水，要把狐狸烫死。郊狼看见人们拿着开水罐，心里还美滋滋的：

“得，小鸡来了，我可得好好吃一顿了！”

人们看见关着狐狸的笼子里换成了一只郊狼，也不管三七二十一就一罐开水下去，郊狼没命了。那只狡猾的狐狸呢，像没事一样，逍遥自在着呢！

别奥杰仙人掌[1]是打哪儿来的

有一次，一个名叫赫古里的青年王子去猎鹿。在森林里，王子被一群可怕的魔鬼围住，他们想把王子弄死。他们用巫法把王子引入密林，捆上他的手脚，投入笼子中。

王子千方百计想解开身上的绳索，但没有用。这时候，有一只浑身披着羽毛的巨型美洲豹走到笼子前，让王子从他那美丽的羽毛中拔一根出来。可是，不管美洲豹怎么求他，王子都没有动他一根羽毛。事实上，他并不是美洲豹，而是一个害人的巫师。他想让王子上他的圈套。如果王子从巫师身上拔出一根羽毛，就会遭遇不幸。美洲豹气得咆哮起来，逃跑了。这时，所有会唱歌的鸟都飞来了，他们唤来林中百兽。耗子把捆在王子手脚上的绳索咬断，几只兽把笼门砸开。

他们把王子放了出来，王子拔腿就跑，恶魔去追他。天神把王子变成一只鹿，让他快跑，恶魔变成一群凶狗。他们追上鹿，把他团团围住，差点把他撕吃了。突然，鹿不见了，王子变成了一棵埋在泥土里的矮小的类似球果的仙人掌，这就是别奥杰仙人掌。

天神就这样作弄了恶魔。可是，这位善良的王子却永远不能变成人了。他永远是一棵印第安人所需要的别奥杰仙人掌。

1.仙人掌的一种，强麻醉剂。印第安人在祭仪中应用，亦可用于医疗。

青蛙和三兄弟

一个富裕的庄稼人有三个儿子。他发现不知道是一只兽呢，还是一只鸟常常在他的地里捣乱。他想打死这贼，可自己又没能力，连小偷的踪影都摸不着。

庄稼人很不高兴，他立下遗嘱，要把遗产留给能抓住这贼的儿子，不管这贼是活的还是死的。

老小子第一个给叫来了，可人们对老头儿说，碰运气应该按顺序来，先是老大和老二。两个哥哥瞧不起弟弟——他又粗又笨，干这种事没门！

大哥要来几匹马、优质的枪支、上好的食物。天黑了，满月当空，大哥动身到地里去了。半路上，他看见一只青蛙很不自在地坐在一个水潭[1]旁边，呱呱叫个不停。赶路的人累了，勒住马，跳下来，把马拴在树上，然后走近水潭，对青蛙说："呱呱叫什么！你倒是不累，吵死人了！"

青蛙回答说："如果你把我带上，我会指给你看，是谁偷了你们家地里的东西。"

"你知道个屁！"小伙子扯开嗓门，想也不想，一把抓起青蛙，扔回水中，然后跨马继续往前走。

老大来到地里，一看，像是有人倒腾过似的，可就是没发

1.天然形成的地下贮水池，如果在上面培上一圈土就形成水井。

现小偷。小伙子看了一夜，小偷也没露面。临近天亮，小伙子累了，火气更大。他骂骂咧咧，一辈子也没动过这么大火，然后回家去了。

老头儿问老大看到些什么，老大说，他只看见地里被这可恶的小偷搞得一塌糊涂。可是，显然他一夜没眨眼，还是没抓住小偷。

老头儿说："你不走运，老大，你不能做我的继承人！"

现在轮到老二去碰运气了，老头儿问他要准备些什么，小伙子说他只需要一支枪和一口袋吃的。老二走了。

半路上，他也像老大那样看见一只青蛙。她坐在离水潭不远的地方呱呱叫个不停。小伙子对她说："住嘴！我要在这水潭旁边睡一会儿。你呱呱瞎叫，我怎么睡得着！"

青蛙回答说："如果你带上我，我会送点东西给你。这样，你就能够把小偷抓住了！"

"抓小偷还用得着你吗？"小伙子说完，睡着了。

青蛙生气了，把他带的薄饼拿走了。老二醒来，一看薄饼没了。于是，他抓起青蛙的腿，把她扔到水潭里，自个儿到地里去了。

他来到地里，看见一只五彩缤纷的大鸟正要从地上飞走。老二举起枪，一枪打过去，有几根羽毛掉到他的脚跟前。鸟虽然没有打着，老二却很高兴。他盘算着该怎么欺骗老父亲和两个兄弟，让他们相信既然他把羽毛带回来，那就是说，鸟也给打死了！

他兴冲冲地奔回家去，向父兄报喜：“我已经把在咱家地里捣乱的小偷打死了。瞧！这是他的羽毛。我是继承人了！”

这时候，老三本哈明说：“我不信你的话，你带回来的只是几根羽毛，鸟在哪儿呢？看我去把鸟逮回来！”

本哈明抓起枪，带了一口袋吃的就到地里去了。

他走近水潭，见到青蛙，对她说：“蛙太太，如果你告诉我，谁偷了我们地里的东西，我该怎样逮住他，我就把这一口袋吃的全给你。而且，以后不管我到哪儿，我都把你带在身边。”

青蛙听了很高兴，对他说：“你是个好小伙子。你的两个哥哥不听我的话，对我很不好，他们不走运活该！你的运气很好，我很高兴。就在这个水潭底有一块神石，这块神石会满足你的一切愿望。”

老三高兴极了：“我想要一个漂亮的媳妇，行吗？”

“这块小小的石头会给你一个漂亮的媳妇，还会给你一幢宽敞的房子，让你们俩美美满满地过日子。”青蛙回答。

有一个漂亮的媳妇，又有一间房子，老三就觉得很满意了。当然，他还要把在他们家地里捣乱的坏蛋带回去交给父亲和两个哥哥。

青蛙让老三相信，他的愿望一定会实现。他们俩把老三带来的东西吃光，然后上路。

他们来到地里，看到飞来一只美丽的大鸟，正落在离他们不远的地方。老三举起枪，正准备开枪的时候，巨鸟抬起头，温柔地说起话来：“不要杀我，小伙子！你会把你的媳妇打死的！”

本哈明不由一惊，一句话也说不出来，脸色发白地放下了枪。巨鸟走上前来，对他说：“我不是鸟，我是一个姑娘。可恶的巫婆把我变成一只鸟，因为我不愿意嫁给像她一样凶残的儿子。”

小伙子想起了他向神石提出的愿望（青蛙曾经说过，他的愿望一定会实现的），他明白了，这只巨鸟就是他梦寐以求的姑娘。他心中充满了喜悦，欢欣地说：“如果一切都如你所说的那样，那么，到我这儿来，我领你回家，你会重新变为姑娘的。那时候，我们就结婚，在那幢漂亮的大房子里美满地过日子。”

姑娘同意了，于是他们一起回家去了。到家以后，父亲和两个哥哥看到本哈明带着青蛙和这只罕见的大鸟回来，惊讶得说不出话来。当他们听到本哈明说出下面一番话以后，更是惊诧万分。他说：“我给你们把这只巨鸟带回来了，而不是只带回一束羽毛。拿走我们地里玉米的是她，不过她不是一只鸟，而是一个美丽的姑娘，可恶的巫婆把她变成一只羽毛放光的大鸟。巫婆恨她，是因为她不愿嫁给她的儿子。她很快就要恢复成姑娘的样子，因为水潭里的神石答应给我一个漂亮的媳妇，这媳妇就是她。”

这时候，本哈明对青蛙说：“靠你的帮助，大鸟才能变成姑娘，并且实现你的诺言——给我们一间美丽的大房子。”

青蛙呱呱叫了几声，大鸟不见了。眼前站着一个漂亮的姑娘，她感谢自己的救命恩人，答应做他的媳妇，一块过日子。

第二天天刚亮，大伙儿看到一幢漂亮的大房子，全都惊呆了。谁也不知道这房子打哪儿冒出来的。本哈明和姑娘结婚了，青蛙和他们生活在一起，常常呱呱地回忆起她遇到这好心的小伙子的那一天。

两个贪婪的哥哥老想使坏，但都不能如愿。他们感到十分羞愧，跑了。小两口过着美满富足的生活。

杰波斯特兰的传说

从杰波斯特兰村往北有一个叫波乔吉特拉的畜牧场，那里有一个喷泉，我今天要讲的就是这个喷泉的故事。

从前，这里住着老两口，膝下守着一个年轻貌美的女儿。生下女儿以后，母亲做了一个可怕的梦。她梦见女儿从未嫁人，却生了一个儿子。因此，这姑娘终日有人陪伴着，而且从不放她一个人离开家门一步。

他们院子中央有一个喷泉。喷泉里的水清澈而透明。它的水是从邻村阿雪特拉那里流过来的。

姑娘平平安安地长到17岁。梦并没有灵验，双亲都为这感到庆幸。可是有一次，姑娘洗澡以后，坐在水泉边，她往那透明的泉水里照照自己的容貌。就在这时候，她手上戴着的那只从未离开过她的贵重的戒指滑了下来，一直落入水中。姑娘吓坏了，她预感大难临头，所以伤心地哭了。忽然，有一条鱼从水中钻出水面，把戒指交还给她。姑娘高高兴兴地把戒指接了过来。

很快，爹妈发现他们的女儿有了孩子，因而震怒非常。可他们知道姑娘是清白的，所以只好一声不吭地等着事情的发展。

一天早晨，风呼呼地在院子里咆哮，一个小男孩在他们家降生了。姑娘的爹妈用一块破布把婴儿包裹上，急匆匆地把他抱到山上。第二天，他们去看看孩子死活。他们发现小孩正安详地睡着，蚂蚁已经用蜜汁喂过他了。这时候，姑娘的爹妈又把婴儿抱回家。父亲做了一个小木箱，把孩子放到里面。他把箱子放到河水中，以为它会下沉的，可是箱子却一直浮在水面上。

老两口的邻居也是夫妇二人，他们膝下无儿又无女。那天，丈夫正好去打柴。走过河边的时候，看到一只箱子，他把它捞上来，打开一看，原来是一个小孩。他把孩子抱给他老婆，女人看了十分高兴。

小家伙飞速地长大。他能自造弓箭，而且箭法高超。有一次老两口正好在自家院子里休息，一只小鸟停在枝头上。小家伙挽起弓，问他的养父，他是否愿意他的儿子把这只鸟射下来？父亲同意以后，小家伙一箭就把鸟射下来了。家里的肉已经太多了，小家伙带回来的不仅有鸟，有家兔，还有鹿。

老两口一刻也离不开这孩子，他外出打猎不多一会儿，老两口就开始担心了。

那时候流传着我们老辈的一些传说，说世界上有一个名叫肖契卡里卡特里的吃人巨魔，他专门拿老人做点心。有一次，老人对他老婆说，他的死期到了，因为吃人恶魔的仆人已经来找过他，要把他和其他老头儿一起抓走。老太婆听了这番告别的话，不由得伤心叹息。小家伙一听，把他正在摆弄的箭往地上一扔，从地上跳了起来，对自己的养父说：“你不要跟恶魔的仆人走，我来代替你。”

“你太小了，他们不抓你！”

“你放心吧，我会把一切都安排好的！”

小家伙说的话很有把握，他要让父亲相信他有办法对付这吃人的恶魔。半路上，小家伙不时停下来，把他们走过的地方记在心上。他根据自己的喜好给这些地方起了各种名字。他们停下休息了，他就把那地方叫作库伊库伊切卡特兰，也就是此地有小马走的意思。

他们走了很久很久，最后来到吃人恶魔的家，正如传说所说的，他住在肖契卡里柯。仆人们生起火，上面架上一个大桶，准备把老头儿们放到里面煮熟。轮到小家伙的时候，恶魔把仆人臭骂了一顿，说他们不该把这么一个小东西带回来。不过恶魔饿了，打算生吃了这个小孩。

小家伙偷偷把几块黑曜石攥在手心。吃人巨魔张开大嘴，把小孩生吞下去。小家伙落到巨魔肚子里，他抓起黑曜石，把恶魔的肠呀胃呀统统划破了。这恶魔痛得受不了，死了。

现在的老人都是寿终天年，因为专门吃老人的吃人恶魔已经没有了。

大洪水的传说

小伙子乌伊乔里为了清理耕地，砍倒了几棵树。可是第二天早晨一看，昨天砍倒的树又长得好好的。乌伊乔里很发愁，老是白干活真叫人受不了。第五天，他决定试试看，再一次把这些树砍去，看看会发生什么事情。这时候，在他砍倒的树桩子中间站着一个手执拐杖的老太婆。她就是土地女神——伟大的女先知娜卡维，她能使一切死去的复活。不过，乌伊乔里不认识她。娜卡维举起拐杖，向北、南、西、东、上、下一指，小伙子砍倒的树又重新活过来了。直到此时乌伊乔里才恍然大悟，砍过的树为什么会重新长起来。

他很生气，大声嚷嚷说："耽误我干活的是你吗？"

"是，"娜卡维说，"不过，我有几句话要跟你说。"

娜卡维告诉他，他干也是白干。

"过不了五天，要有一场大洪水，"她说，"到时候会刮起一阵狂风，那么可怕，那么厉害，就像吃了辣椒，让你止不住要咳嗽一样。你去做一个能够容得下你的木箱，再做一个严密的盖子。带上五颗玉米种子，五颗豆种；带上火种和云根树枝，好把火种支架起来；最后，你还要带上一条黑狗。"

乌伊乔里按女神的吩咐去准备了。第五天，箱子做好了，小伙子把女神指定要带的一切全放到箱子里。乌伊乔里带上狗，爬到箱子里去。娜卡维帮他把盖子封上，还按他所说的，用树脂把所有缝隙都涂抹得严严实实的。

天下雨了，娜卡维坐在箱子上。一只马考鹦鹉站在女神肩上。箱子往南方漂了整整一年，然后转向北方，第三年转向西方，第四年到了东方，第五年逆流而上。大地上洪水滔天。再过一年，水才开始退。这时候，箱子在离圣卡塔林纳不远的一座山上停住了。直到如今，这箱子还在那儿！

小伙子把盖子打开一看，大地依然是一片汪洋。不过，马考鹦鹉和他的同伴正用他的喙挖一片谷地，等水一退，就把盆地分成五个海子。地干了，长出了树木，长出了青草。

女神娜卡维不在了。乌伊乔里决定重操旧业——砍树开荒。小伙子住在山洞里。那条黑狗始终跟随着他。白天乌伊乔里外出干活，她留在家里。每天回家的时候，饭和玉米饼子都已经做好了。他很想知道帮他做饭的究竟是谁。

五天过去了。第六天，乌伊乔里躲在山洞外面的小树丛里，想看个究竟。这时候，他看见狗把皮脱掉，挂起来，变成了一个女人。这女人蹲在一个石碾子旁边磨谷子。乌伊乔里悄悄走进去，一把抓起狗皮，把它投入火中。

“你把我的皮烧了！”女人一声惊叫，接着像狗一样凄楚地哀叫起来。

乌伊乔里给女人喝了一点稀粥，这是她用水和磨碎了的玉米做好了的。过了一会儿，她觉得比较舒服了，也就逐渐安静了。从此她就变成了女人。这女人和乌伊乔里发展成一个大家族。他们的子女相互婚配，人类就是这样繁衍起来的。他们仍然住在山洞里。

创世传说

古时候，有兄弟俩，老大叫苏库尤姆，老二叫诺霍特萨克尤姆。他们都是拉坎顿人的主神。苏库尤姆是老大，自然啰，权势要大一些。兄弟俩在天上有一幢房子，老大想据为己有。他让老二另盖新房子，又不去帮忙干活，他懒得很。老二呢，成天都在团一个球球，就像面包师傅揉面团一样。这球球是苏库尤姆的家，他就住在里面。这球球也就是咱们的地球。这球球很大很大。苏库尤姆专管地震和火山爆发。杀人的、偷盗的，还有骗子等恶人，死后都被遣送到苏库尤姆这儿来。他用火去燎烤他们，把烧红的铁放在他们身体中最敏感的地方，就这样去惩罚他们。

老二诺霍特萨克尤姆创造了整个世界和一切生灵。他先造大地，后造水，然后才是人类所必需的一切。他先造太阳，因为太阳可以照亮大地，然后造月亮和星星。他造植物的次序是：先造玉米、香蕉、蒜、豆子、甘蔗，然后才造葡萄藤、树木等其他植物。当然，他先造了稻米，然后才造各式果类。

当大地上的一切都已经准备就绪以后，诺霍特萨克尤姆才造人。最先造的是卡里西业猿人，接着是柯霍卡野猪人，卡布克豹人，最后是长卡野鸡人。就这样，他造了各个不同的部族。他用黏土造男人、女人、儿童，给他们安上眼睛、鼻子、双手、双脚和其他器官，然后把造好的人放在面包师傅通常用的烤炉上。黏土经过火烤以后，人就活过来了。以后，诺霍特萨克尤姆给他们各人分了一些地，让他们好好过日子。诺霍特萨克尤姆还用黏土造了一些小人，准备在第一批成年人死了以后到人间生活。

接着，诺霍特萨克尤姆以同样的方式造了各式兽类：先是美洲豹、蛇、猴、野猪、山鹿、野鸡、野火鸡，然后才造其他飞禽走兽，这就没有什么严格的顺序了。

诺霍特萨克尤姆和他的妻子娜伊诺霍特萨劳尤姆，一切寿终天年的善良人，以及各路圣人都住在天上。天上有土地、道路、树木，和人间一模一样，所不同的是没有兽类和家禽。当世界末日到来，美洲巨豹把地上的生灵吞食个精光之时，人类也要来到天上，像诺霍特萨克尤姆一样生活。在天上，诺霍特萨克尤姆在自己的田地上干活儿，种植玉米，抽烟叶，吃玉米饼子和豆子。

战神惠齐洛波特利[1]诞生的传说

在托兰城附近有一座蛇山，名叫夸杰别克。从前，这里住着一个名叫夸特利奎[2]的女人。她有四百个儿子，名为先佐奴伊茨纳瓦兄弟，还有一个女儿叫柯奥里沙乌赫吉。

夸特利奎曾经许过愿，每天去清扫蛇山上的神庙。有一次，当她正在清扫圣殿的时候，有一个插着羽毛的就像一团羊毛似的小球从天上掉了下来。她把小球揣到怀里。她打扫完毕，想把小球取出来的时候，却找不到了。

据说，她就这样怀孕了。她的儿子看到自己的妈妈快要生孩子了，十分气恼，气势汹汹地说："是谁给咱们家干了这不要脸的事？"

大姐说："兄弟们，咱们的娘没有征得我们的同意就怀了这个野种，丢了咱们的脸，我们把她打死吧！"

这件事让妈妈知道了，她非常伤心，也觉得很难为情。可是，她肚子里的孩子却安慰她说："别怕，这事我自有安排！"这女人听到孩子的话以后心里舒坦了一些，不再发愁了。

1.惠齐洛波特利，在阿兹特克语中，意为"南方的蜂鸟"，是阿兹特克人的战神与狩猎神。蜂鸟是阿兹特克人的部落图腾。

2.战神的母亲，她的巨大雕像在墨西哥特诺奇蒂特兰主要神庙的废墟上发现，雕刻达到相当高的水平。

然而，由于母亲给家庭带来的不幸和耻辱，儿子们坚决要杀死她，经常流露出对母亲的不满。大姐就更是这样了，不断唆使弟弟把母亲杀死。

兄弟们武装起来。他们梳洗自己的头发，像勇士一样把自己全副打扮起来。这时候，四百兄弟中有一个名叫考伊特里卡克的，他把兄弟们的打算很快告诉母亲肚子里的惠齐洛波特利知道。惠齐洛波特利说："好好看着他们，看他们干些什么，听他们说些什么，我自有办法对付他们！"

四百兄弟向山里进发了。走在最前面的是大姐，他们手执长矛，全身戴满棉饰品和贝壳饰品。

考伊特里卡克入山，准备早一点通知妈妈肚里的孩子，他的兄弟马上就要前来杀害他。惠齐洛波特利问他："你看看他们现在在什么地方。"考伊特里卡克回答说，已经到了仓班吉特兰了。惠齐洛波特利又问："现在呢？"回答说，来到夸沙尔柯附近了。接着又问了几次，回答说越来越近了。最后，考伊特里卡克告诉他，兄弟们已经近在咫尺了，走在前面的是大姐柯奥里沙乌赫吉。

就在兄弟们抵达的这一瞬间，惠齐洛波特利全身披挂地诞生了。他双手各执一面蓝色圆盾，一支蓝色长矛。他的脸部饰以黄色斑纹，头上插着羽毛头饰。他的大腿和双手同样涂上蓝色，他的左脚比右脚薄，左脚上覆盖着羽毛。

惠齐洛波特利命令一个名叫多恰纳卡里吉的人把木蛇点燃。木蛇点着以后，把大姐烧伤，她死了。兄弟们把蛇砍成几段。直到现在，蛇头还躺在蛇山上哩！

惠齐洛波特利手执武器，发起进攻，追击他的哥哥们，把他们赶下山去。他迫使他们绕着山跑了四圈，他们无力自卫，也无力反击。

四百兄弟失败了，死伤无数。幸存者求和息火，但惠齐洛波特利毫不理睬，要把他们歼灭得一个不剩，结果，绝大部分都死了，剩下有限几个只好躲到乌伊奇兰巴——遍地荆棘的河谷盆地去了。惠齐洛波特利把四百兄弟的武器攫为己有，满载而归。

惠齐洛波特利成了阿兹特克人的战神。

太阳和月亮是怎么来的

人们都说，古时候，大地上没有白天，没有光亮。

于是，众神聚集在特奥蒂华坎[1]，商量该派哪一位神祇去把宇宙照亮。这时候，有一位神名叫杰古吉谢卡特利，他自告奋勇对众神说："我去把宇宙照亮吧！"

众神又提出，还有谁愿意去照亮宇宙？诸神面面相觑，无人应召，谁都没有这个胆量，谁都害怕，因而都拒绝了。

有一位神名叫纳纳华坎，由于他终年病病歪歪的，诸神都不把他放在眼里。此刻他一言不发，仔细听着其他神祇说话。这时候，众神对他说："纳纳华坎，你愿意去吗？"

他欣然表示服从，说："我很乐意接受各位的邀请，那就一言为定吧！"

两位被挑选出来的神祇立刻参加了忏悔祈祷仪式，这仪式持续了四天之久。他们在如今称为特奥蒂华坎——众神之山——上点起一堆篝火。大神杰古吉谢卡特利献上珍贵的贡品：他献的不是鲜花，而是一束凯采里鸟[2]的美丽的羽毛；他献

1.古代城市，是阿兹特克设立以前托尔特克人的文化中心。它那雄伟的庙宇和宫殿的遗迹一直保存到现在。

2.鸟类的一种，其尾巴上的长羽毛呈碧绿金黄色，只有地位显赫者才有资格以这种羽毛作饰品。

的不是稻草扎的小球，而是几个金子制的大球。滴血祭[1]时使用的不是龙舌兰的刺，而是尖端用宝石制成，用红贝壳磨就的针刺，上面沾满了他的鲜血。他供奉的柯巴脂[2]也是上等的。

病神纳纳华坎呢，他供奉的不是树枝，而是九根芦苇、九个稻草制的小球，以及溅满了他的鲜血的龙舌兰的刺；他没有柯巴脂，他的供品只是他身上的伤痂和脓水。

于是，为这两位神祇建造了一座金字塔[3]。他们在金字塔里举行了四天四夜连续不断的祈祷仪式。四个不眠的日夜过去以后，在这里四周摆上树枝、鲜花和两位神祇的祭品。

第二天晚上，子夜过去不久，仪式正式开始。杰古吉谢卡特利身披羽毛制成的豪华服饰，穿着白软布缝制的上衣。纳纳华坎头戴纸帽，大腿上缠着带子，他的斗篷也是纸做的[4]。

半夜，众神围在篝火四周，这堆火已经燃烧了四天四夜了。他们在篝火两边分立成两排。两位选出来的神祇，站在诸神行列中央，面向篝火。诸神对着杰古吉谢卡特利高声喊道：

“杰古吉谢卡特利，投入火中！”

杰古吉谢卡特利很想投入火里，但火堆如此之大，在这熊

1.古代墨西哥在祭祀时，常用龙舌兰的刺划破自己的胸部，以鲜血贡献神祇。

2.一种带香味的树腊，供焚香时用。

3.墨西哥的庙宇都建筑在金字塔的顶端，金字塔内是没有庙宇的。

4.阿兹特克人的纸用无花果树皮的内层制成，死者或作为牺牲供奉给神灵的活人都穿白色的纸衣。

熊燃烧着的火焰面前，他吓得不由往后一退。他又鼓起勇气，打算再次投身入火，但一旦面临大火，又踌躇不敢向前。如是者四次，依然没有成功。当时有一个习俗，试跳不得超过四次。

于是，诸神转向纳纳华坎，大声呼喊："纳纳华坎，现在该你了！"

不等他们说完，他鼓起勇气，紧闭双目，一跃而起，投身火中。火中投入了东西，顿时响起了噼里吧啦的声音。这时候，杰古吉谢卡特利看到另一位神已经投身入火，正在火中燃烧，于是，他使劲一跳，也投身火中。

据说，当时有一只鹰也掉到这堆篝火之中，因此鹰的羽毛直到如今还是黑的。接着掉到火中去的还有美洲豹，但他没有在火中燃烧，只烧掉了一层毛，所以他的皮毛还留有黑亮黑亮的斑点[1]。

诸神坐下等待，他们相信纳纳华坎很快就会腾升上天。他们等了好久，忽然，天上红光万道，他们看到了朝霞的万丈光芒。诸神跪着等候变成太阳的纳纳华坎的降临。但诸神并不知道太阳会打哪儿出来，有神望着北方，有神望着南方。他们从天际的四方等他，因为朝霞就是从四面八方把他的光芒洒遍人间的。有几个神一直望着东方，他们深信太阳会从东方升起。是的，他们对了。

当太阳升起的时候，他是鲜红的，摇摇晃晃，谁也不敢定

1.在阿兹特克的神话中，鹰是白昼的天空的象征，美洲豹是撒满星星的夜空的象征。

眼看着他，他那强烈的光芒直射人间，使人眼花目眩。很快，月亮也升起来了，也是从东方升起来的。他们一先一后地出现，正像他们一先一后投入火中一样。据说，当时太阳和月亮都一样明亮。怎么办呢？他们该各自放射不同的光芒！众神又在动脑子，想呀想呀，终于想出了一个法子：有一个神跑去把一只兔子扔在杰古吉谢卡特利脸上[1]。月亮变得灰暗了，失去了他的光芒，成了我们现在所看到的这个模样。

太阳升起，月亮下山，又停下不走了。诸神急了："这样下去，咱们还能活吗？太阳站着不动，日日夜夜照射着，咱们不全都要送命了吗！"诸神中有一个名叫肖洛特利[2]的，他不想死，他对众神说："神啊，我不想死！"说完，失声痛哭起来，哭呀哭呀，直到眼睛流不出眼泪来。风神吹过，把众神的生命带走了。当夺取众神生命的风神走到肖洛特利身旁，肖洛特利拔腿就跑，躲到玉米地里，变成了双杆玉米的幼芽：如今农民就把这种植物叫作肖洛特利。风神在玉米芽里找到他，他又跑，藏到龙舌兰那里，变成一棵双茎龙舌兰，人们管它叫作麦肖洛特利。风神又在龙舌兰地里找到他，他投入水中，变成鱼儿，人们管这种鱼叫作阿肖洛特利[3]。可是风神还是把他逮住，杀了。

诸神被杀尽了，可太阳依然在原地不动。这时候，风神拼命

1.阿兹特克人认为月亮上面的斑点就是兔子的身影。

2.即双生子。

3.即幼体美西螈，一种繁殖力很强的美西螈幼虫。

地跑，使劲地吹，原来一动不动的天体开始移动，并且按照自己的轨道奔跑起来。不过，月亮还在老地方。只有当太阳走完自己的路，他才往前走。他们就这样分手了。从这时起，他们在不同的时间露面。太阳整日在天上，月亮只有晚上才放光芒。

人们说，如果杰古吉谢卡特利第一个投入火中，他就会变为太阳的。因为在祭祀仪式中，他奉献了珍贵的供品，诸神第一个选的是他。

有心机的巫师

巫师吉特拉考安纳动身到托兰[1]城去。他装扮成一个来自远方的印第安人，取名道艾奥。他按照这个部族的习俗赤身裸体，不穿衣服。道艾奥靠卖青椒度日，他常到威马克院子前面的市场去，席地而坐，叫卖青椒。威马克是托尔特克人的首领，他膝下无子，只有一个女儿，女儿长得美貌非凡。托尔特克许多小伙子前来求婚，威马克都不愿意把她嫁出去。

有一次，一个偶然的机会，他的女儿凭窗眺望，看到道艾奥健美的身体。她渴望占有他，为此而神魂颠倒。

她得了重病，浑身浮肿。

威马克得知她女儿重病在身，把她的使女叫来，问道："我的闺女怎么病了，为什么肿得这么厉害？"

使女回答说："老爷，有一个赤身裸体的印第安人使小姐得病了。小姐看见他，欣赏他那赤裸的身躯，疯狂地爱上他，所以病了。"

威马克听罢，立即吩咐随从："托尔特克人！把那卖青椒的道艾奥找到，马上带他到我这儿来！"

人们四处去找道艾奥，但哪儿也没有找到。这时候，托尔

1.托尔特克人的重要城市。在阿兹特克的神话传说中常被人格化为一个半童话式的城市。

特克的首领登上查齐杰别特里山，大声高呼："托尔特克人！如果你们见到卖青椒的印第安人道艾奥，把他带到你们的首领威马克这儿来！"

大伙儿找了好久，都没有找到，只好告诉威马克，说道艾奥再也没有在此地露面。

可是，忽然之间，人们又看见他坐在市场的老地方卖青椒。于是，他们向首领威马克报告。威马克说："立刻把他带到我这儿来！"

他来了。他走到威马克跟前，威马克问他："你是什么部族的人？"

道艾奥回答说："老爷，我不是本地人，我是到这里卖青椒的。"

威马克对他说："你以前在哪儿？为什么你不缠绑腿，不披斗篷？"

道艾奥回答说："老爷，这是我们的习俗。"

"你让我的女儿中了邪，"威马克说，"所以你得把她治好！"

"老爷，"道艾奥表示不愿意，"这事我不能办，你杀死我吧——我宁愿一死。我是卖青椒的，我不会治病。"

威马克说："别怕，没事，你一定会治好我女儿的病，使她恢复健康的！"

于是，人们给道艾奥洗头沐浴，用黑色的颜料文身，扎上绑腿，披上斗篷。这时，威马克对他说："到我女儿那儿去吧！"

道艾奥遵命去和威马克的女儿成亲，她迅速恢复了健康。

道艾奥就是这样成为首领威马克的女婿的。

两座火山的传说

伊布特拉克西华特里是一个白皮肤的女人，她是环绕墨西哥谷群山中最高的山。紧挨着她的是波波卡杰别特里——火烟迷雾的山。这两座山高峻挺拔，邻近三个国家都能看个一清二楚。

白雪皑皑、终年冰封的山巅在天边勾勒出清晰的线条，有时候却又笼罩在云霭之中。朝霞升起，晨光给山峰披上万道光芒；傍晚时分，山峰又被茫茫夜色所吞没。

居住在这两座火山下的人们，每天见惯了这壮观的大自然美色，仿佛觉得伊希特拉和波波都像人一样，具有人的品格。他们就是我们常常听到、常常讲述的传说中的一对情人。

伊希特拉是阿兹特克人一位有实力的首领的女儿，长得非常漂亮，是首领的官位和荣耀的唯一继承人。在她的父亲年事已高、体力不支的时候，敌人向他们发起了战争。首领召集他手下各部族最勇猛的青年武士，号召他们歼灭来犯之敌，并许诺战胜者可以继领主之位，并娶他的女儿为妻。波波是所有武士中最优秀的。公主和波波早已彼此相爱。

这场残酷而流血的战争持续了很久。战斗接近尾声，波波很快就要凯旋。接受犒赏的时候，他的对手传出了一个谣言，说波波已经被杀身亡。公主听到以后身染重病，卧床不起。无论是巫师、祭司，都无法医治她。她日见憔悴，很快就死了。

波波归来得知公主已经死亡悲痛万分，他也不愿生活在人世间了。他建造了一座巨大的金字塔，把自己的爱人放在塔顶，紧挨着它建造了另一座——这是为自己建的。波波手执火把守候在爱人身边，使她在永恒的睡梦中得到光明。

岁月流逝，冰雪把公主和勇士的身躯覆盖，但却熄灭不了那熊熊燃烧着的火炬。直到如今，那炽热的、永不熄灭的火炬依旧在燃烧，就像波波对美丽的公主那炽热的、永不熄灭的爱情一样。

黑人、印第安人和混血儿

亚当和夏娃有三个儿子：麦里赫奥尔、加斯伯以及巴里塔萨尔[1]。亚当罗木酒[2]喝多了，常常醉醺醺地回家去。

有一次，老大麦里赫奥尔在路上找到喝醉了的父亲，心里想："看看咱们父亲落到什么地步了！得想个法子治治他！好，我拿块木炭把他的脸涂黑了，让他醒过来好知道害臊！"

于是，老大拿木炭在父亲脸上涂了一遍。这时候，老二过来说："你涂得不对！该这么涂！"

于是，他又把亚当的脸涂得个乱七八糟。当哥儿俩正在捣鬼的时候，老三来了。

"谁把父亲画成个大花脸了？"他一边说，一边拿自己一条新毛巾擦父亲的脸。亚当醒来，老三对他说："爹，你怎么啦？"

"老三，谁把我涂成这个样子？"这回轮到亚当发问了。

"爹，我不知道！"

亚当回家吃饭。饭后把老大、老二叫来，问是不是他们把他的脸画黑了。

"不，不是我们！"两个儿子否认。

1.据《圣经》，亚当与夏娃的三个儿子为该隐、亚伯和塞特。

2.用甘蔗汁酿造的一种烈性酒。

三兄弟到海边洗澡。老大头一个下水，出来的时候，全身皮肤乌黑。这是因为他整治了自己父亲的缘故。第二个下水的是老二，从水中出来的时候，皮肤变成了黄褐色。最后一个从水中出来的是老三，他双眼碧绿、皮肤白皙。这时候，亚当说："你们不承认自己的过错，不过，现在你们可以看清楚了，侮辱亲爹有什么好结果！"

兄弟三人都成了提斯明国的圣王，因为大家都知道，他们是最先从大海里走出来的（是后来从海中出来的部族的祖先）。

基督徒的三个支系就是这样来的：黑人都像老大一样黑皮肤，印第安人像老二一样黄褐皮肤，混血儿就像年轻的老三一样。黑人和印第安人为了养活自己，必须参加繁重的劳动。而混血的白种人呢，只需靠笔杆子，除了专心从事科学以外，不必干重活儿也能过繁荣富强的生活。

地下王国

有一个印第安人死了老婆，十分悲伤。他不停地哭，嘴里还念叨着："老婆子，你在哪儿？你照顾我，给我做饭，你现在在哪儿？"

他的悲痛一天比一天增加，因为自此以后，他不得不过着向东家讨几块薄饼，向西家求一口稀饭的可怜日子了。

一天夜里，印第安人来到他女人的坟上。他扑倒在地，泪流满面地大声呼号："老婆子，你在哪儿？你为什么扔下我孤单单一个人，我好苦呀！"

哭着，哭着，突然，在他面前出现了一个很像城里拉吉诺人[1]打扮的：穿毛织长裤、新衬衣，可能是个神吧，有谁知道？

"为什么哭得这么伤心？"他问印第安人，"出了什么事了？"

印第安人一惊，开头的时候，简直不知说些什么好。

"我老婆死了，"等他醒悟过来，这样说，"我哭是因为我太孤独了，我很想见她！"

来人说："你真想见她吗？这样吧，我带你去找她！不过，你要闭起眼睛，不等我叫你，别睁开眼睛。"

不多久，来人对他说："好了，睁眼吧！"

印第安人张开眼睛一看，他来到死神统治的地下王国了。

1.指西班牙与印第安人的混血种人，以及操西班牙语的印第安人。

领他来的人已经不见了。

“如果你想见自己的老婆，”死神对印第安人说，“你走到那条河边，在河岸上找到一匹马，你把她领到我这儿来！”

印第安人听了他的话去找这条河。河倒是很快就找到了，但马在哪儿呢？岸边全是一色的女人在洗头、洗衣服。印第安人找了半天，就是没有找到马，他回到死神那儿，对他说，没找到马，只看见许多女人。

这时候，死神说：“你再去，问问她们，看她们谁是马。谁告诉你她是马，这个女人就是你老婆。你一问她，她登时就会变成马。好好套住她，把她牵到我这里来。”

印第安人返回河边，按死神的吩咐做了。他问一个女人，她是不是马。他一开口，有一个女人立即变成了一匹马。印第安人抓住她头发上的一根带子，把它拴在马脖子上。马嫌带子勒得太紧，对印第安人说：“带子勒得太紧，我很痛！”

印第安人解下带子，把自己的宽腰带系在马脖子上，就这样把她牵到死神那里。

他们走过一个大坑，里面燃着熊熊大火，旁边白骨成堆。印第安人的老婆（现在已经变成马了）对丈夫说，她每天都到河边洗澡，然后带木柴回来。洗澡的时候是女人，驮木柴的时候就变成马。但是，只要她走到火坑跟前，她就要变成白骨了。

“死神每天用火烧我，是为了惩罚我，”她继续向自己的丈夫说，“他用火烧我，直到我变成灰。我对死神说，我受的罪今天就到头了，他取出骨灰，就会把我变为女人的。这惩罚太可怕了，不过我还是要熬过来，这都是因为我在世的时候，你没有打过我的缘故。”

女人把丈夫领到自己的小屋里。在死神的王国里，每个死者都像我们一样，有一间小屋。女人给丈夫一点吃的，给的是黄玉米和红豆子。在死神这儿，他们吃不上白玉米，因为白玉米是活人智慧的产物；他们吃不上黑玉米，因为黑玉米是我们燃烧过的肉体；他们也吃不上黑豆子，因为黑豆子是我们的眼珠子。

吃完，女人对他说："我在木床上睡，你就睡在炉子边。你要知道这里比不得以前在人世间，不能睡在一起。”

印第安人按妻子的吩咐睡到炉子边。

过不了一会儿，他非常想像过去一样，和老婆亲热亲热。于是，他躺到她的身边，但是，当他伸手过去的时候，发现只有一堆骨头，就像他的女人根本就不存在似的。第二天，他老婆骂他：

“你干吗要碰我，你闯祸了！本来我受的罪已经到头了，现在，他们会更严厉地惩罚我的！”

我们不知道这男人在女人那儿待了多久，因为我们不能确切地知道什么时候是白天，什么时候是黑夜。因为在地下王国里，白天黑夜一个样。

只是有一次，在白天或者黑夜的时候（说什么只好随你的便了），这女人对自己的丈夫说：

“你返回人间以后，过两周就得死了。如果你不到这儿来，你会活很久，因为有明文写着，你阳寿未尽。不过，现在你既然来过死神的王国，过两周你就要死去了！”

“这很好，这对我来说是一样的。我不愿意再在人间生活了！”印第安人回答说。

印第安人准备返回人间，上次带他来地下王国的阴差又来了，他对印第安人说：

“跟上次那样，闭上眼睛，我不叫你，切莫张开！”

他张开眼睛的时候，已经返回人间。过了15天，他死了，又重返地下王国里来了。

饿汉、神和死神

在离萨卡特卡斯城不远的地方，住着一户贫苦的农民。他从地里打回的粮食，连维持自己、妻子儿女的生活都不够。年复一年，他的收成越来越差，而家庭却不断扩大。他把几乎全部的食物都给了妻子儿女，而留给自己充饥的实在少得可怜。

穷困使这个农民实在难以为生了。有一天他偷了一只小鸡，想找一个离得远远的地方自己吃掉。这样，就谁也看不见，谁也不会向他讨要、分享他的食物了。

农民抓起一口小锅，跑到最远的一个山坡上。他选择了一个合适的地点，生起一堆火，把鸡收拾干净，把几种草放到锅里，就开始烧鸡汤。

鸡汤终于做好了。农民把锅从火上端下来，急不可耐地等着鸡汤稍稍凉一点。可是，正当他要进食的时候，看见一个城里打扮的人[1]向他走了过来。农民快手利脚地把锅藏到小树丛里，自言自语地骂了起来："真是个倒霉蛋！即使在这儿，跑进山里来，也躲不过生人的眼睛！"

陌生人走近了，向他施礼问好："早安，朋友！"

"上帝保佑，您早晨好。"农民回答说。

1.指拉丁人，西班牙人与印第安人的混血儿，以及操西班牙语的印第安人。

"你在这儿干什么呀？朋友！"

"先生，我在这儿歇一会儿。您呢，先生，您到哪儿去？"

"我路经此地，想问问你，能不能给我点吃的？"

"先生，没有，我没有吃的东西。"

"那么，你生一堆篝火干什么？"

"这算什么篝火，随便烤烤火罢了！"

"你撒谎！你不是把一口小锅藏到树丛里了吗？小锅里是一只煮熟了的小鸡，里面冒出来的香气，我都闻到了。"

"是的，先生，我实在是有一只小鸡，不过我不能给你吃，连我自己的儿女都不能给。我偷偷到这里来，就是为了饱餐一顿，哪怕在我一生中就这一次也好。我无论如何也不能把这只小鸡分给你吃。"

"别小气了，做个朋友嘛！哪怕是撕一小块给我也好！"

"不，先生，一丁点儿也不能给你。我一生从来没有吃过一顿饱饭，从来没有一天是吃饱过的！"

"给我一小点吧！你拒绝我是因为你不知道我是谁。"

"不管你是谁，我就是不给！"

"不，只要我一说出我是谁，你就会给我的。"

"那么好吧，你究竟是谁？"

"我是神，你的主宰者。"

"那么好了，现在，你连一小块也不该拿我的。你对穷人太狠心了。你把一切都给了那些你喜欢的人；而对于像我这样的人，却一毛不拔。你从来就没有给过我充足的食物，所以我也不能把小鸡给你。”

神费了许多口舌想说服他，可农民竟无动于衷，神只好回家去了。

正当农民抓起小鸡要吃的时候，又有一个不速之客来了，他骨瘦如柴，面无血色。

“朋友，你好，”来者向穷汉说，“你有什么吃的东西吗？”

“不，先生，我没有吃的东西。”

“呶，可别这么小气了！把你藏在树丛里的小鸡分一块给我吧！”

“不，先生，我不给。”

“不，给一点儿吧。你拒绝给我，是因为你不知道我是谁。”

“你会是谁呢？神——我们的主宰者刚刚从我这儿走了，什么也没捞着。我连他都没有给，对你自然也是不会给的。”

“不，给我一点儿吧，到时候你就知道我是谁了。”

“那么好吧，你告诉我，你是谁？”

“我是死神！”

“你说得对，我要把小鸡分给你，因为你是公正的。你召唤一切人——胖的瘦的，老的少的，穷的富的。对你来说，都是一视同仁的。你谁也不爱。我倒真的要把一块鸡肉送给你！”

后记

独特丰富的印第安民间口头文学

印第安人是居住在北美洲、拉丁美洲、南美洲广大地域上的土著民族的总称。因语种、习俗、居住条件等原因，他们被区分为人数不等的若干民族或部落。摩尔根说："当他们被发现的时候，他们正体现着人类文化三个不同的阶段，并较当时地球上的任何其他地方所体现者更为完备。""极北的印第安人和北美、南美一些沿海部落处于蒙昧期的高级阶段；密西西比河的半定居的印第安人，处于野蛮期的中级阶段。"当然，对于印第安人社会发展的不平衡，不同的民族学家有不同的说法，但不平衡却是客观实际的情况，在这一点上的看法是大体一致的。

在发现新大陆之前，火地岛上的印第安人只靠打猎和捕鱼为生，尚未定居，因而未能超越原始社会组织和技术知识阶段。

美国西北部的印第安人和英属哥伦比亚的印第安人虽然也主要从事打猎和捕鱼，但已有固定的文化和较有创造性且趋于完美的艺术。

还有一些属于已经定居的农耕民族的印第安人，如阿兹特克人、玛雅人、荣卡人和奇布恰人。这是一些创造过高度文明的民族。阿兹特克人居住在墨西哥中部高原，玛雅人居住在墨西哥南部和危地马拉，奇布恰人居住在哥伦比亚西北部，荣卡人散居于哥伦比亚从南到北的广大地区，一直延伸到智利中部。这些地区的印第安人种植土豆、玉米、四季豆、蕃瓜、向日葵、西红柿、可可、烟草等作物。

据民族学家们的研究，美洲印第安人的宗教观念是相当复杂的。

北美印第安人的神话形成于氏族制及其解体时期，反映了民族迁徙的复杂过程、各种自然条件的尖锐冲突，以及定居部落与游牧部落、农业部落与狩猎部落之间相互影响的过程。这些神话的特点是：很少把超自然物人格化，对神祇和精灵缺乏明确的等级观念；宇宙四方、四元素（土、火、风、水）的观念广泛流传；一切自然现象均被赋予一种看不见的巫术力量，这种超自然力量不仅为神祇和精灵所有，而且遍布整个宇宙；许多氏族的至上神，兼有创世者与造物者的形态。

北美是“图腾”一词的起源地，这里的图腾神话可以再现出“图腾”的本意，从而廓清许多不正确的理解和阐释。图腾（动物、植物）被印第安人视为亲属、先祖、姐妹，与信仰它的人们保持着一种密不可分的关系。

从现已记录的材料来看，几乎所有北美印第安部族都有创世神话。在他们的神话中，宇宙及万物不是谁创造的，而是从哪里来的。在他们的观念中，天、地、日、月、火、淡水，乃至人与万物早已有之，只是掌握在老妖婆、月亮、美洲豹、松树等手中，或存在于另一世界之中，由某一个角色（学术界称之为“文化英雄”）变着法儿从上述执掌者手中偷来或夺来，或是人类从山洞里、水源中、峡谷里、天上、地下、葫芦中、软体动物的贝壳里引出来的。显然，他们的创世观与所谓混沌创世、天神创世的观念有着很大差异。他们的神还相当模糊，常常以“文化英雄”的面貌出现。

北美印第安人神话中的文化英雄，最有代表性的人物是凯欧蒂。他是一个人兽兼具的角色。他既是一个创世者，创立了许多文化业绩，给人类偷来了火，导水打坝，整顿秩序，平魔镇妖，教人类耕种，与人类是朋友；同时他也是一个恶作剧制造者，善捉弄人，贪食好色，使河水倒流，使庄稼毁坏，喜怒无常。他身上集中了人类善良与丑恶这两种截然对立的品格。在印第安人的精神世界里，神与文化英雄经常是混淆不清的，这恰恰证明了恩格斯所说的他们正处在“向多神教发展的对大自然与自然力崇拜”的阶段这个论断。

部族诞生、部族迁徙以及护身精灵的神话，在北美印第安神话中是颇有特色的。阿尔衮琴人的迁徙神话叙述了他们传说中的始祖母如何从美洲西北部往东南部迁徙的过程。卡约韦人的神话说他们的部族是钻过一个空心的树干来到这个世界的。奥赛吉人的神话说，印第安人是从星空下到人间来的（不少部落的神话都描绘了大地与天空由一根箭绳相连接，可以上天，也可以下地）。许多民族由于地球物理的变化而有过民族大迁徙的悲壮历史。为了确保民族的生存与安全，人们在迁徙过程中创造出各自的保护神——护身精灵，并从此承袭下来。护身精灵通常有驼鹿、坚果等，人的灵魂寄存于别处，以另一动物或植物为形体；伤害了护身精灵，才能伤害被护身精灵所保护的人。《死灵魂湖里的驼鹿精》里描绘的青年武士费吉尔，因为忘了驼鹿的话，多打了野兽，误伤了自己的护身精灵驼鹿，因而死于湖中。在神通广大的文化英雄凯欧蒂及其护佑者——三姐妹——的许多传说中，都体现着这种观念。

有学者认为，南美洲印第安人几乎没有创世神话，这是因为在他们的观念里，世界是早已有之的，无所谓创造，而世界大劫难的神话倒是相当普遍。常见的是世界毁于大火或洪水。洪水神话中，世界再生与鸟兽有密切的关系。荣卡人和乔科人的神话说，世界遭难时人类从藏身的地方派兽类探听消息，最后派去的那只兽报告说，地面上可以住人了。有的神话说，鸟或兽从水底衔起一撮泥土，使世界重现。加勒比人、博托库多人的神话说，人爬到树上躲避大洪水，他们想知道水是否退了，往下撒了些种子、果实。圭亚那人是往下扔了一撮泥土，这撮泥土重新形成了陆地。奥纳人的神话说，洪水之所以发生，是因为巫师们没有察觉；洪水来了，人类变成了海豹和飞鸟。有的神话说，洪水是从树根部流出来的。有的神话说，洪水的出现，是因为人违反了神的戒律而遭到了惩罚。

与世界毁灭有联系的是“兽人”的存在。“兽人”作为世界毁灭之前世间的生灵，是南美印第安人神话中最值得注意并加以探讨的问题之一。南美神话中的文化英雄，其形态与北美神话中有明显差异。其差异表现在：一是未形成固定的人物，二是多数具有“兽人”的特点。这又与南美印第安人中至上神观念不发达有关。即使象莫多克人的酋长古希穆、查科人神话中的阿辛等一些类似原始一神教的人物，也不过是区别于动物神的人形神，他们并不拥有至上的、全能全知的权力，也没有一个神系供他调遣。

解释动物习性、生活方式以及事物来历的推原神话，是南美印第安人神话的重要组成部分。这类神话与动物关系极为密切。狩猎经济使印第安人形成了“动物即人”的世界观。狐狸、原驼、乌龟、鹿、负鼠、猴子、美洲豹、鹦鹉、鸥、鹰、蝴蝪……都具有同人一样的脾性和思想，与人类朝夕相处。水獭的爪子为什么那么短？飞禽走兽为什么有各种各样的颜色？乌龟壳为什么打碎成片？……回答这些问题的神话故事，显示了人类对动物的习性、躯体各部分的观察是多么仔细、了解是多么深刻、想象是多么奇特和瑰丽（对自然现象的观察亦然，尤其令人感兴趣的是对火山及火山湖的观察和描写）。动物和人是同类，动物可以变人（人也可以变动物），“动物即人”。动物不仅有人的特点，而且执行人的使命：兔子从美洲豹那里偷来了火；啄木鸟清理田地，种植庄稼；蛇可以让女人怀孕……这是原始先民的世界观。

天体起源神话，大部分是以太阳和月亮为主角的。日月要么是兄弟，要么是夫妻。有的印第安人说，日月是一对孪生兄弟，在经历了一番奇遇之后，变成了太阳和月亮。解释月亮上斑点由来的神话，在南美印第安各部族中相当流行。瓜拉尼人的神话说，古时候男女分开住，晚上男人摸黑去找姑娘，有个小伙子出于好奇，很想知道跟他相好的姑娘是谁，就偷偷地给姑娘抹了一脸灰。太阳尼安杰鲁和月亮札西是一对兄妹，都在天上运行，可是当妹妹带着涂黑的脸孔从天空的另一端露出来的时候，尼安杰鲁总是匆匆忙忙地躲起来。尤拉卡雷人的神话说，月亮上的斑点是一种生灵的影子。中国也有这种观念，“蟾蜍说”即是如此。希瓦洛人说，狐狸攀着藤条上天，放火把月亮身上的毛燎着了。天上的星星也激发了印第安人的想象，由此编织了许多美丽的神话。许多民族都有星姑娘或姑娘与星星结亲的故事。

值得一提的是孪生子神话。这是一个非常普遍的题材，世界上许多国家、地区、民族都有孪生子神话。世界上也有不少学者力图通过自己的研究揭开孪生子神话的秘密。巴凯里人的凯里与卡梅、博罗罗人的巴柯罗罗与伊波杜里、奇楚人的维加兄妹，都是引起学者注意的著名神话。在孪生子神话里，往往是收养人会将杀死被收养人妈妈的凶手告诉后者，而凶手多是美洲豹。在南美，美洲豹在许多情况下都扮演一个不光彩的角色。孪生子向凶手复仇，其结局往往是变成日月。孪生兄弟总是一强一弱，也有两人反目成仇的。

拉丁美洲神话中有明确的宇宙、天体观念。纳瓦人最初的神系里，除了祖先神以外，最重要的莫过于猎神。纳瓦人认为宇宙由十三层天界与九层地界所构成。天界分为：第一层——月亮天，第二层——星星天，第三层——太阳天，第四层——维涅拉行星天，第五层——慧星天，第六层——黑天或绿天（即夜天），第七层——蓝天（白天），第八层——风暴天，第九层——白天，第十层——黄天，第十一层——红天，第十二层和十三层——奥梅奥干，即男女合体神奥梅杰奥特尔的居所。玛雅人的神话说，宇宙同样是由十三层天界和九层地界所组成的。他们认为，宇宙的中心是世界之树，它穿过十三层天，其四隅就是宇宙四方之国。

玛雅人的神系非常丰富而且复杂。起初他们只是地方神衹，随着氏族和国家联盟的发展，这些神衹聚合而成为一个庞大的系统。其中有生殖神、水神、猎神、火神、星神、死神、战神等。阿兹特克人的神系也是由几类神衹联合而成的：第一类起源于十分古老的生殖神与自然神；第二类是三名地位显赫的大神——惠齐洛波奇特利、特兹卡特利波卡、凯查尔夸特尔；第三类是诸星神；第四类是死神与地狱之神；第五类是创世神。

拉丁美洲各印第安民族也拥有与其他印第安民族共同或相似的神话，如大洪水神话、创世传说、事物起源的传说、部落迁徙的传说。惠乔尔人神话说，女先知娜卡维事先告诉乌伊乔里五天后要发大洪水，要他钉好一只木箱，带上五颗玉米种子、五颗豆种，带上火种和五根树枝以及一条黑狗；水退后，黑狗变成了女人，与乌伊乔里生了许多孩子。米却肯人神话说，特斯皮和他的妻子带着许多动物、粮食和种子登上了一只箱子似的小船；雨停了，水未退，他放出几只水鸟均未回来，只有一只瓜伊比鸟回来报信。在梵蒂冈收藏的一本阿兹特克手抄本中，有一幅表现一场洪水的象形图画，水中有一间房子，从里面伸出一个妇女的头和胳膊，这表示所有的建筑和房屋都被淹没了。据阿兹特克人的传说，图中的两条游鱼除了表示幸免于难的意思外，还表示所有人都变成了鱼人。水中漂着一只小木船，上有一男一女，他们是唯一没有遇难的一对。这幅图画与传说相印证，自然令人很感兴趣。

几个世纪前，美洲印第安人的民间口头文学就由欧洲人记录下来了（少数是由本族人记录的）。这些材料既是殖民政策的产物，又在客观上保存了印第安人的民间文化。随着印第安人民间口头文学记录成文字并得到研究，文化人类学、民间文艺学、神话学等学科迅速发展起来。

我国翻译印第安人民间口头文学的书不多。近几年，随着对外开放政策的实施，翻译出版了一些印第安人民间口头文学的小册子，使我们对印第安人的精神文化、民族特性、风俗习惯有了进一步的了解。这些翻译介绍，对一般读者来说也许就够用了，但对于建设民间文学和神话学的理论而言则嫌太少。本书根据苏联进步出版社1964年出版的《北美印第安人的传说故事》和苏联国家文学艺术出版社1962年出版的《拉丁美洲印第安人的传说故事》两书的俄文译本译出，现将其合为一册出版，所容资料是较为丰富和全面的。我想，无论是作为文学读物还是作为研究印第安人的资料，都是无愧的。

由于才疏学浅，以上所论，挂一漏万，浅尝辄止，谬误之处肯定所在多有，请读者不吝赐教。

刘锡诚

龙年正月初四于北京羊坊店

图书在版编目（CIP）数据

讲了 100 万次的故事 . 印第安 / 刘锡成，马昌仪编译 . -- 北京：北京联合出版公司，2020.4（2020.5 重印）

ISBN 978-7-5596-2703-2

Ⅰ . ①讲… Ⅱ . ①刘… ②马… Ⅲ . ①故事—作品集—世界 Ⅳ . ① I14

中国版本图书馆 CIP 数据核字（2018）第 230968 号

讲了 100 万次的故事 · 印第安

作　　者：刘锡诚　马昌仪
策　　划：乐府文化
责任编辑：张　芃
特约编辑：李　洁　刘美慧
封面设计：崔晓晋
版式设计：萧睿子

北京联合出版公司出版
（北京市西城区德外大街 83 号楼 9 层 100088）
北京联合天畅文化传播公司发行
北京美图印务有限公司印刷　新华书店经销
字数 191 千字　787 毫米 × 1092 毫米　1/32　14.75 印张
2020 年 4 月第 1 版　2020 年 5 月第 2 次印刷
ISBN 978-7-5596-2703-2
定价：66.00 元

致谢

“讲了100万次的故事”系列的版画插画提供者为北京市朝阳师范学校附属小学和平街本部版画社团的老师与同学。

在此向朝师附小和祁兵、陈志君、李莉三位老师致以诚挚的谢意。并感谢以下同学充满灵感的创作：

梁嘉茵　张依阳　周林楠　郭倩男　周康勋　董文熙　刘泓成
常佳琪　王禹博　俞莎莎　汤　为　吴　轩　赵欣曜　马英宸
李子恒　高文睿　叶梓慧　王紫萱　沈卓然　梁子瞻　闫嘉彤
刘子一　张源东　王格格　王　喆　郑梓君　杜礼妍　王皓石
周润芃　潘梓颖　王婧萱　冯奕滔　于佳烨　栾宇轩

世界上有多少个孩子，就可能传承多少个故事，丰富的艺术想象，是孩子和故事之间的又一个相通的秘密。

感谢并祝福每一个孩子。